Os fugitivos

Patricia Highsmith
Os fugitivos

Tradução de Luiz Roberto Mendes Gonçalves

A GIRAFA

1

Coleman estava dizendo:

"Ela não tinha irmãos. Isso facilita um pouco as coisas, eu acho."

Ray caminhava de cabeça baixa, sem chapéu, as mãos enfiadas nos bolsos do casaco. Estremeceu. Com a proximidade do inverno, o ar da noite em Roma estava cortante. Não facilitava as coisas, Ray pensou, o fato de Peggy não ter irmãos ou irmãs. Certamente não facilitava as coisas para Coleman. A rua por onde andavam estava escura. Ray levantou a cabeça para ver a placa, mas não a encontrou.

"Sabe aonde estamos indo?", ele perguntou a Coleman.

"Deve haver algum táxi ali embaixo", disse Coleman, balançando a cabeça.

A rua começava a descer. O som de seus passos ficou mais agudo, pois os sapatos escorregavam um pouco. *Scrap*, *scrap*, *scrap*, *scrap*. Ray dava praticamente um passo para cada dois do outro. Coleman era baixo e tinha um andar ligeiro e entrecortado, que era ao mesmo tempo um rolar. De vez em quando, uma baforada do charuto de Coleman, que ele segurava com os dentes da frente, passava pelas narinas de Ray, escura e amarga. O restaurante a que Coleman quisera ir não justificava atravessar Roma, Ray pensou. Ele tinha encontrado Coleman, como combinado, às oito horas no Caffè Greco. Coleman dissera que precisava encontrar um homem — como era mesmo o nome? — no restaurante, mas o homem não apareceu. Coleman não falara nisso desde que chegaram lá, e agora Ray se perguntava se aquele homem realmente existia. Coleman era estranho. Talvez tivesse almoçado ou jantado no restaurante algumas vezes com Peggy e gostasse do lugar — pelas lembranças. Coleman havia falado principalmente sobre Peggy no restaurante, não de modo tão ressentido quanto em Maiorca; até rira um pouco esta noite. Mas a tristeza, a indagação, continuavam no olhar de Coleman. E Ray não chegara a lugar nenhum tentando conversar com ele. Para Ray, a noite foi simplesmente mais uma noite que passou. O mesmo clima de outras em Maiorca naqueles dez dias desde a morte de Peggy — incolores, noites de certa forma escondidas do resto do mundo, noites de alimentos consumidos ou meio consumidos simplesmente porque vieram à mesa.

"Você segue daqui para Nova York?", disse Coleman.

"Primeiro Paris."

"Algum negócio por lá?"

"Bem... sim. Coisas que posso resolver em dois dias."

Ray ia se encontrar com alguns pintores em Roma, para ver se lhes interessava ser representados por sua galeria em Nova York. Na verdade, a galeria ainda não existia. Ele não tinha feito telefonemas hoje, apesar de estar em Roma desde o meio-dia. Ray suspirou, sabendo que não tinha ânimo para encontrar pintores e convencê-los de que a Galeria Garrett seria um sucesso.

"Viale Pola", Ray leu numa placa. Uma avenida maior se estendia à frente. Ray achou que fosse a Nomentana.

Ele teve a vaga sensação de ver Coleman mexer no bolso, procurando alguma coisa. Então Coleman ficou de frente para ele e subitamente um tiro explodiu entre os dois, empurrando Ray para trás contra uma cerca viva e fazendo seus ouvidos tinir, de modo que por alguns segundos ele não pôde escutar os passos em fuga de Coleman. Coleman desapareceu. Ray não sabia se uma bala o havia derrubado ou se tinha caído pelo susto.

"*Che cosa?*", um homem gritou de uma janela.

Ray puxou o ar com força, percebendo que estivera prendendo a respiração, então fez um esforço para a frente, livrou-se da cerca viva e ficou de pé.

"*Niente*", ele respondeu automaticamente. Quando conseguiu respirar fundo, nada doeu. Chegou à conclusão de que não fora atingido. Começou a andar na mesma direção em que Coleman havia seguido, a mesma em que estavam caminhando antes.

"É aquele homem!"

"O que aconteceu?"

As vozes ficaram mais fracas quando Ray entrou na Nomentana.

Ele teve sorte. Um táxi se aproximou imediatamente pela esquerda. Ray fez sinal.

"Albergo Mediterraneo", ele disse, e afundou-se no banco de trás. Sentiu uma dor, uma espécie de queimação no braço esquerdo. Levantou o braço. Certamente não havia atingido o osso. Ray apalpou a manga do casaco e um dedo entrou pelo buraco que havia ali. Explorando melhor, encontrou o orifício de saída no outro lado da manga. E agora havia uma umidade quente na parte interna do braço, por onde o sangue escorria.

No Mediterraneo — um hotel moderno cujo estilo não agradava a Ray, mas seus hotéis preferidos estavam lotados naquele dia —, ele pediu a chave e subiu com o ascensorista, com a mão esquerda no bolso do casaco para que o sangue não pingasse no carpete. Fechar a porta do quarto deu a Ray uma sensação de segurança, mas ele se flagrou olhando para os cantos depois de acender a luz, como se esperasse ver Coleman num deles.

Entrou no banheiro, tirou o casaco e o jogou no quarto, sobre a cama, depois tirou o paletó, revelando uma mancha de sangue na camisa listrada branca e azul, de mangas compridas. Tirou a camisa.

O ferimento era pequeno, com menos de um centímetro, um clássico arranhão. Ray molhou uma toalha de rosto limpa e o lavou. Pegou um band-aid de um bolso da mala, lembrando que esse band-aid largo era o único que restava na latinha quando ele esvaziou o armário de remédios em Maiorca. Então, usando os dentes, amarrou um lenço em torno do braço. Mergulhou a camisa numa bacia de água fria.

Cinco minutos depois, de pijama, Ray pediu ao bar um Dewar's duplo. Deu uma boa gorjeta ao rapaz. Então apagou a luz e foi até a janela com seu copo. Estava num andar alto. Roma parecia ampla e baixa, exceto pelas distantes e sólidas cúpulas de São Pedro e pela coluna de Santa Trinità, no alto da escadaria da Piazza di Spagna. Talvez Coleman pensasse que ele estava morto, Ray pensou. Não havia olhado para trás. Ray deu um pequeno sorriso, mas sua testa se franziu. Onde Coleman teria conseguido a arma? E quando?

Coleman partiria no dia seguinte num vôo do meio-dia para Veneza. Inez e Antonio iriam com ele, Coleman havia dito. Coleman disse que queria mudar de cenário, para algo maravilhoso, e Veneza era o melhor lugar em que podia pensar. Ray se perguntou se Coleman ligaria no dia seguinte de manhã para ver se ele tinha voltado para o hotel ou não. Se o pessoal do hotel dissesse "sim, o senhor Garrett está aqui", Coleman desligaria? E se Coleman acreditasse que havia matado Ray, o que diria para Inez? "Deixei Ray perto da Nomentana. Pegamos táxis diferentes. Não sei quem pode ter feito isso." Teria Coleman dito que jantaria com outra pessoa, e não com ele? Teria Coleman se livrado da arma imediatamente naquela noite, atirando-a de cima de uma ponte ao Tibre?

Ray deu um gole maior de uísque. Coleman não ligaria para o hotel. Simplesmente não se daria ao trabalho. E, caso fosse investigado, sabia mentir bem.

E é claro que Coleman acabaria sabendo que ele continuava vivo, porque não sairia nada nos jornais sobre sua morte ou um ferimento grave. E se Ray estivesse em Paris ou Nova York, Coleman teria a impressão de que ele havia fugido como um covarde, antes que tudo pudesse ser explicado, rotulado, analisado. Ray sabia que iria para Veneza. Sabia que haveria mais conversas.

A bebida ajudou. Ray sentiu-se repentinamente descontraído e cansado. Olhou para sua grande mala, aberta sobre o suporte. Havia arrumado as coisas com inteligência em Maiorca, sem esquecer as abotoaduras, o bloco de desenho, a caneta-tinteiro, agendas de endereços. O resto das coisas, dois baús e várias caixas de papelão, ele despachara para Paris. Por que Paris e não Nova York ele não sabia, já que uma vez em Paris ele teria de despachá-las de novo para Nova York. Não fora um plano eficiente, mas nas circunstâncias apressadas em que havia arrumado as coisas em Maiorca, era surpreendente que tivesse se saído tão bem. Coleman havia chegado de Roma na véspera do serviço fúnebre e continuara lá por três dias; e nesses dias Ray tinha embalado seus objetos e os de Peggy, acertado contas com os comerciantes, escrito cartas, cancelado o aluguel com o proprietário, Dekkard, que estava em Madri, de modo que o trato foi feito por telefone. E o tempo todo Coleman ficou vagando pela casa, atônito, muito silencioso; mas Ray tinha visto a boca fina de Coleman ficar menor e mais reta conforme ele passou a acumular e endurecer sua ira contra Ray. Certa vez, Ray lembrava-se, havia entrado na sala para perguntar alguma coisa a Coleman (ele tinha dormido no sofá, recusando o quarto de hóspedes) e o encontrou segurando com as duas mãos um grande abajur de cerâmica em forma de cabaça; Ray pensou por um instante que Coleman fosse atirá-lo contra ele, mas Coleman o devolveu no lugar. Ray perguntou se Coleman queria ir de carro até Palma, a quarenta quilômetros dali, porque precisava enviar suas coisas. Coleman recusou. No dia seguinte, pegou um avião em Palma e voltou para Roma, onde estava Inez, sua atual mulher. Ray não a conhecia. Ela havia telefonado duas vezes para Coleman quando ele estava em Maiorca. Coleman fora chamado ao correio para atender as ligações, pois não havia telefone na casa. Coleman sempre tinha mulheres, embora Ray não entendesse que encanto ele poderia ter para elas.

Ray entrou na cama com cuidado, para evitar que o braço voltasse a sangrar. Era irritante pensar que agora Coleman estaria na companhia de Inez e do italiano Antonio. Ray nunca tinha visto Antonio, mas podia imaginar o tipo — fraco, bonito e jovem, bem vestido, sem dinheiro, agora um encostado, mas provavelmente ex-namorado de Inez. E Inez teria seus quarenta anos, talvez fosse viúva, endinheirada, possivelmente uma pintora, má pintora. Mas em Veneza, se Ray visse Coleman sozinho novamente pelo menos uma vez, talvez pudesse lhe dizer com todas as letras o simples fato de que não sabia por que Peggy havia se matado, que honestamente não podia explicar. Se conseguisse fazer Coleman acreditar nisso, em vez de acreditar que ele, Ray, estava escondendo algum segredo ou fato vital, então... Então o quê? A mente de Ray se recusou a continuar encarando o problema. Ele dormiu.

Na manhã seguinte, Ray marcou um vôo noturno para Veneza, mandou um telegrama para reservar um quarto na Pensione Seguso, no cais Zattere, e deu quatro telefonemas para pintores e galerias de arte em Roma, marcando dois encontros. Destes, conseguiu um pintor para a futura Galeria Garrett, um certo Guglielmo Guardini, que pintava paisagens fantásticas muito detalhadas, com pincéis finos. Foi um acordo verbal, sem nada assinado, mas Ray sentiu-se revigorado. Afinal, ele e Bruce talvez não precisassem inaugurar a Galeria de Arte Ruim em Nova York. Essa tinha sido a idéia de Ray como último recurso: se não conseguissem bons pintores, arranjariam os piores, e as pessoas iriam ali para rir e ficariam para comprar, para ter algo diferente das outras que só colecionavam "o melhor". "Tudo o que teremos de fazer é sentar e esperar", Bruce tinha dito. "Pegue apenas o pior, e não explique o que está fazendo. Não precisamos chamá-la de

Galeria de Arte Ruim. Pode ser Galeria Zero, por exemplo. O público logo vai entender a idéia." Eles riram ao falar sobre isso em Maiorca, quando Bruce viera para passar o último verão. E talvez a idéia não fosse totalmente impossível; mas Ray ficou feliz, naquela noite em Roma, por encontrar um rumo mais sóbrio com o pintor Guardini.

Quando foi pegar sua mala no hotel, depois de um jantar solitário, não haviam recebido ligações para ele.

2

Os outros tinham chegado primeiro, pelo menos dez horas antes dele, Ray pensou. O avião despejou seus passageiros na escuridão gélida às três e meia da manhã, e Ray ficou sabendo que não havia ônibus àquela hora, só barcos.

O barco era uma lancha de bom tamanho, e rapidamente se encheu de ingleses e escandinavos louros, silenciosos e solenes, que já estavam esperando quando o avião de Ray pousou. A lancha recuou do píer, girou com habilidade, baixou a popa como um cavalo arrancando e disparou a toda velocidade. Música alegre de piano, do tipo que se poderia esperar em um bar de hotel, saía suavemente do alto-falante, mas não parecia animar ninguém. Mudos, pálidos, todos olhavam para a frente como se o barco os estivesse levando às pressas para sua execução. A lancha os deixou no píer do terminal da Alitalia, perto da parada de San Marco, de onde

Ray pretendia pegar um *vaporetto* — seu destino era a parada da Accademia —, mas antes que pudesse perceber, sua mala estava sendo levada num carrinho para o prédio da Alitalia. Ray correu atrás dela, foi bloqueado por um amontoado de gente na porta, e quando conseguiu entrar a mala não estava à vista. Teve de esperar num balcão enquanto dois carregadores atarefados tentavam atender aos gritos de cinqüenta viajantes e distribuir corretamente suas bagagens. Quando Ray conseguiu a sua e saiu do edifício, um *vaporetto* acabava de deixar a parada de San Marco.

Isso significava uma longa espera, provavelmente, mas ele não se importou muito.

"Para onde vai, senhor? Eu levo suas bagagens", disse um carregador forte, de roupa azul desbotada, inclinando-se para pegar a mala.

"Accademia."

"Ah, acaba de perder o *vaporetto*..." Um sorriso. "Mais quarenta e cinco minutos. Pensione Seguso?"

"*Sì*", disse Ray.

"Eu o acompanho. *Mille lire*."

"*Grazie*. Não está muito longe da Accademia."

"Dez minutos andando."

Certamente não era só isso, mas Ray o dispensou com um sorriso. Ele caminhou até o píer de San Marco pelo cais que rangia e balançava e acendeu um cigarro. Naquele momento, nada se movia sobre a água. A grande igreja de Santa Maria della Salute, na margem oposta do canal, estava fracamente iluminada, parecendo tão inútil quanto as lâmpadas de rua, porque novembro não era a temporada turística, Ray pensou.

A água batia delicada mas poderosamente nas estacas do píer. Ray pensou em Coleman, Inez e Antonio dormindo em algum lugar em Veneza. Coleman e Inez talvez estivessem na mesma cama, talvez no Gritti ou no Danieli, já que Inez estaria pagando a conta. (Coleman havia dito que ela era rica.) Antonio, embora também devesse ser financiado por Inez na viagem, estaria num lugar mais barato.

Dois italianos bem vestidos, carregando pastas, juntaram-se a Ray no píer. Falavam sobre expandir uma oficina em algum lugar. Sua presença e sua conversa eram de certa forma reconfortantes; mas ainda assim ele tremia, e olhou ao redor esperançosamente pela segunda vez, procurando um café, mas nada viu. O Harry's Bar parecia um túmulo cinzento de pedra e vidro. E não havia uma só janela iluminada na fachada do Hotel Monaco e do Canal Grande, em frente a ele. Ray caminhou em pequenos círculos ao redor de sua mala.

O *vaporetto* surgiu de uma curva escura e distante no canal, à esquerda, uma pequena luz amarelada e bem-vinda. Ele reduziu a velocidade e encostou num ponto antes de San Marco. Assim como os dois italianos, Ray olhava fascinado. O barco ficou maior e mais próximo, até que Ray pôde ver nele cinco ou seis passageiros, e o rosto belo e tranqüilo do homem de quepe branco que ia atirar a corda para atracar. No barco, Ray comprou uma passagem para si e outra de cinqüenta liras para a mala. O barco passou pela Della Salute e entrou na boca estreita do Canal Grande. A iluminação do Palazzo Gritti era elegante e discreta: duas lanternas elétricas com luz suave sustentadas por grandes estátuas femininas à beira d'água. Os barcos que chegavam ao Gritti atracavam entre elas. Lanchas cobertas de lona balançavam entre as estacas. Seus nomes eram *Ca' Corner* e *Aldebaran*. Tudo estava preto, havia apenas raras luzes amareladas contra o cais, às vezes revelando um suave verde ou vermelho da pedra.

Na parada da Accademia, a terceira, Ray caminhou rapidamente com sua mala pela passagem larga e pavimentada que cruzava a ilha em direção ao cais Zattere. Entrou por uma porta em arco no que parecia ser um beco sem saída, mas lembrou que ele virava à esquerda depois de alguns metros, e também da placa de cerâmica azul na lateral da casa bem à sua frente, a qual dizia que John Ruskin tinha vivido e trabalhado ali. A Pensione Seguso ficava logo depois da curva, à esquerda. Ray lamentou ter de acordar o porteiro. Apertou a campainha.

Depois de dois minutos, mais ou menos, um senhor idoso de paletó vermelho, o qual não teve tempo de abotoar, abriu a porta, o cumprimentou educadamente e subiu com Ray em um pequeno elevador até o terceiro andar.

Seu quarto era simples e limpo, e pelas janelas altas abria-se uma vista para a Giudecca, do outro lado da água, e, diretamente abaixo, o pequeno canal que corria ao lado da pensão. Ray vestiu o pijama, lavou-se na pia — o porteiro disse que não havia quartos com banheiro disponíveis — e caiu na cama. Ele havia pensado que estava muito cansado, mas depois de alguns minutos teve certeza de que não conseguiria dormir. Conhecia essa sensação desde Maiorca, uma exaustão trêmula que dava uma leve oscilação em seu traço ou sua caligrafia.

A única coisa a fazer era caminhar. Ray levantou-se, vestiu roupas confortáveis e saiu silenciosamente do hotel.

Estava amanhecendo. Um gondoleiro vestido de azul-marinho conduzia uma carga de caixotes de Coca-Cola pelo canal junto à pensão. Uma lancha passou veloz em linha reta pelo Canal Giudecca, como se corresse para casa com culpa depois de uma longa festa.

Ray subiu correndo os degraus arqueados da ponte da Accademia e seguiu para o interior, na direção de San Marco. Passou por ruas cinzentas e estreitas com lojas fechadas, por pequenos largos — Campo Morosini, Campo Manin — conhecidos, inalterados, mas Ray não tinha familiaridade suficiente para lembrar de cada detalhe. Passou por uma única pessoa, uma senhora idosa com um grande cesto de couves-de-bruxelas. Então as lajotas da American Express apareceram sob seus pés, dirigindo-o como uma flecha para o escritório, e ele viu à sua frente a base das colunas da Piazza San Marco.

Entrou no retângulo gigantesco da praça. O espaço parecia fazer um som parecido com "ah" em seus ouvidos, como a interminável exalação de um espírito. À direita e à esquerda, as duas arcadas diminuíam em progressão constante. Com uma estranha consciência de si parado, Ray começou a andar, agora intimidado pelo discreto som das solas de borracha de suas botas no cimento. Alguns pombos que acordavam agitaram-se ao redor dos ninhos nas arcadas, e dois ou três desceram para procurar comida na praça. Não deram atenção a Ray, que caminhava muito perto deles, como se ele não existisse. Então Ray se abrigou sob as arcadas. As joalherias estavam fechadas com portas metálicas e grades dobráveis. Perto do final da arcada, ele voltou para a praça e olhou para a catedral ao passar por ela, contemplando-a com os olhos semicerrados como sempre fizera diante de sua complexidade, sua variedade de estilos misturados. Uma bagunça artística, ele pensou, mas erigida para surpreender e impressionar, e nisso tivera êxito.

Ray havia estado em Veneza cinco ou seis vezes antes, começando pela vez em que viera com seus pais, aos catorze anos. Sua mãe conhecia a Europa muito melhor que seu pai, mas ele fora mais severo quanto a fazer o filho estudar a cidade, obrigando-o a escutar discos de aulas em italiano e francês. No verão de seus dezessete anos, o pai de Ray o presenteara com um curso intensivo de francês na Escola Berlitz em St. Louis. Ray sempre apreciara a Itália e as cidades italianas mais que Paris, mais que o bairro do *château* que seu pai tanto admirava e cujo cenário parecera a Ray, quando menino, fotos de calendário.

Eram quinze para as sete. Ray encontrou uma cafeteria abrindo, entrou e sentou-se ao balcão. Uma garota loura de aspecto saudável, com grandes olhos azuis e faces de pêssego, preparou na máquina seu *cappuccino*. O jovem ajudante estava ocupado abastecendo as vitrines de pães. A garota usava um uniforme limpo azul-claro. Olhou nos olhos de Ray quando colocou a xícara à sua frente, não como um flerte ou de modo íntimo, mas como Ray achava que todos os italianos de qualquer idade ou sexo olhavam para as pessoas: como se realmente as vissem. Ela morava com os pais?, Ray se perguntou, ou seria recém-casada? Mas a garota se afastou antes que ele pudesse olhar para sua mão em busca de uma aliança, o que na verdade não o importava. Ray fechou as mãos frias ao redor da xícara e percebeu o rosto feliz e saudável da garota do outro lado do balcão, mas não voltou a olhar para ela. Com o segundo café, ele pediu um *croissant*, pagou a diferença para sentar-se e foi para uma mesinha. Pôde então comprar um jornal no estabelecimento vizinho. Passou quase uma hora sentado, enquanto a cidade despertava a seu redor e a rua começava a se encher de gente apressada, andando nas duas direções. O menino magro de calças pretas e paletó branco levava bandejas e bandejas de *cappuccini* pela vizinhança, e voltava girando a bandeja vazia entre o polegar e o indicador. Embora parecesse ter no máximo doze anos e devesse estar na escola, estava apaixonado pela moça loura, que o tratava como um irmão pequeno, ajeitando o cabelo em sua nuca.

Ray pensou que deveria descobrir onde estavam Coleman e seus companheiros, e não encontrá-los por acaso em algum restaurante ou na *piazza*, com Coleman mostrando-se chocado ou dizendo: "Ray, que surpresa vê-lo aqui!". Mas eram apenas oito horas, cedo demais para tentar lhes telefonar no Gritti ou em outro lugar. Ray pensou em voltar à pensão e dormir um pouco, mas decidiu continuar caminhando. Os lojistas agora arranjavam suas mercadorias, pendurando livros de bolso e lenços na frente das lojas entupidas de coisas, erguendo as cortinas metálicas para revelar vitrines cheias de produtos de couro.

Ray viu um lenço verde, preto e amarelo, com a estampa floral quase encobrindo o fundo branco. Um choque percorreu seu corpo ao vê-lo, e pareceu que só depois do choque ele enxergou o lenço, e um segundo depois percebeu que o havia notado porque lhe lembrava Peggy. Ela o teria adorado, embora na verdade Ray não lembrasse de um lenço dela parecido com aquele. Andou cinco ou seis passos, então virou-se. Queria o lenço. A loja ainda não estava aberta. Para matar tempo, Ray tomou mais um *espresso* e fumou mais um cigarro num bar na mesma rua. Quando voltou, a loja estava abrindo, e ele comprou o lenço por duas mil liras. A vendedora o colocou em uma bonita caixa e o embrulhou cuidadosamente, pensando que ele o daria a uma garota.

Então Ray caminhou de volta para a Pensione Seguso. Estava mais calmo agora. No quarto, pendurou o lenço no encosto da cadeira, jogou fora a caixa e o papel e tornou a vestir o pijama. Sentou-se na cama e olhou para o lenço. Era como se Peggy estivesse no quarto com ele. O lenço não precisava do toque de seu perfume, nem de marcas de amarra, como se ela o tivesse prendido, para parecer exatamente com Peggy, e Ray se perguntou se não deveria tirá-lo dali, pelo menos guardá-lo na mala. Então decidiu que isso era absurdo, deitou-se na cama e dormiu.

Acordou às onze, ao som dos sinos das igrejas, mas sabia que haviam tocado a cada quarto de hora desde que adormecera. *Tente achar Coleman,* pensou, *ou vão sair para almoçar e só voltarão às cinco.* O quarto não tinha telefone. Ray vestiu a capa de chuva e desceu ao saguão, onde havia um telefone num balcão lateral.

"Quer ligar para o Hotel Gritti Palace, por favor?", ele pediu.

Não havia nenhum Coleman no Gritti.

Ray pediu o Royal Danieli.

Novamente uma negativa.

Coleman teria mentido sobre ir a Veneza? Parecia muito provável que sim, estivesse Ray morto ou não. Ele sorriu ao pensar que Coleman poderia estar em Nápoles ou Paris, ou mesmo ainda em Roma.

Havia o Bauer-Gruenwald. Ou o Monaco. Ray ergueu de novo o telefone.

"Hotel Bauer-Gruenwald, por favor." Houve uma espera mais longa, então ele fez a pergunta a uma nova voz.

"*Signore* Col-e-man. Um momento, por favor."

Ray esperou.

"Alô", disse uma mulher.

"Madame... Inez?", Ray não sabia seu sobrenome. "Aqui é Ray Garrett. Desculpe-me por incomodá-la. Gostaria de falar com Ed."

"Ah, Ray! Onde você está? Aqui?"

"Sim, estou em Veneza. Ed está aí? Se não estiver, posso..."

"Ele está aqui", ela disse em um tom firme e reconfortante. "Um momento, por favor, Ray."

Foi um longo momento. Ray se perguntou se Coleman atenderia. Então ele falou:

"Sim?"

"Olá. Achei melhor lhe contar que estou em Veneza."

"Ora, ora. Que surpresa! Há quanto tempo está aqui?"

"Apenas um dia... Gostaria de vê-lo, se possível."

"É claro! E você precisa conhecer Inez... Inez Schneider", Coleman parecia só um pouco abalado, mas se recuperou ao dizer: "Quer jantar esta noite? Aonde é que vamos, Inez? No Da Colombo, por volta das oito e meia", ele disse a Ray.

"Talvez eu possa encontrá-lo depois do jantar, ou esta tarde? Prefiro vê-lo a sós." Uma explosão semelhante a uma ovação ao Bronx pelo telefone amorteceu o ouvido de Ray por um instante, e ele não ouviu o que Coleman disse. "Pode repetir? Desculpe."

"Eu disse", a voz americana tensa e banal de Coleman falou em tom de tédio, "que está na hora de você conhecer Inez. Encontraremos você às oito e meia no Da Colombo, Ray." Coleman desligou.

Ray ficou furioso. Deveria ligar de novo e dizer que não ia jantar, que o encontraria em qualquer outro momento? Ele subiu ao quarto para pensar melhor, mas em poucos segundos decidiu aceitar e comparecer no horário marcado.

3

Ray chegou deliberadamente quinze minutos atrasado, mas não foi suficiente, pois Coleman ainda não tinha chegado. Ray percorreu duas vezes o grande restaurante, procurando-o. Saiu e entrou no primeiro bar que encontrou. Pediu um *scotch*.

Então viu Coleman, uma mulher e um rapaz passarem pelo bar, Coleman rindo alto de alguma coisa, seu corpo balançando para trás. Não fazia duas semanas que sua única filha tinha morrido, Ray pensou. Um homem estranho. Ray terminou a bebida.

Entrou no restaurante quando achou que os outros já haviam se acomodado. Eles estavam na segunda sala em que Ray procurou. Teve de chegar bem perto da mesa antes que Coleman se dignasse a levantar os olhos e cumprimentá-lo.

"Ah, Ray! Sente-se. Inez... posso lhe apresentar Inez Schneider? Ray Garrett."

"*Enchantée, monsieur* Garrett", ela disse.

"*Enchanté*, madame", Ray respondeu.

"E Antonio Santini", disse Coleman, indicando o jovem italiano moreno, de cabelos ondulados, sentado à mesa.

Antonio semi-ergueu-se e estendeu a mão.

"*Piacere.*"

"*Piacere*", disse Ray, apertando sua mão.

"Sente-se", disse Coleman.

Ray pendurou o casaco num gancho e sentou-se. Olhou rapidamente para Inez, que o observava. Era uma loura-escura, cerca de quarenta e cinco anos, magra, e usava boas jóias. Não era exatamente bonita; tinha um queixo retraído e muito afilado, mas Ray sentiu nela uma calidez e uma feminilidade, talvez algo maternal, que era muito atraente. E mais uma vez, olhando para o rosto inchado de Coleman, seu bigode castanho repulsivo, a cabeça calva com sardas de Maiorca, imaginando a barriga volumosa abaixo da mesa, Ray se perguntou como ele conseguia atrair mulheres tão exigentes quanto Inez parecia ser. Coleman estivera com outra mulher bem do tipo de Inez, quando Ray o conhecera, juntamente com Peggy, duas primaveras atrás numa exposição na Via Margutta. "É sempre meu pai quem diz adeus", Peggy lhe havia dito ao ouvido, e Ray se mexera nervosamente na cadeira.

"Você é pintor?", perguntou Antonio, à sua direita, em italiano.

"Um mau pintor. Sou melhor colecionador", Ray respondeu. Ele não teve energia ou inclinação para perguntar sobre a profissão de Antonio. Coleman tinha dito que era pintor.

"Estou muito contente por conhecê-lo, finalmente", Inez disse para Ray. "Queria encontrá-lo em Roma."

Ray sorriu ligeiramente, e não conseguiu pensar em nada para dizer. Não importava. Percebeu que Inez seria simpática. Ela usava um perfume bom e forte, brincos de pingente com pedras verdes, vestido de jérsei verde e preto.

O garçom chegou e eles fizeram os pedidos. Então Inez disse para Ray:

"Você vai voltar para os Estados Unidos?"

"É possível, mas antes vou a Paris. Preciso ver alguns pintores lá."

"Ele não gosta do meu trabalho", Coleman murmurou com o charuto na boca.

"Oh, Edward!", disse Inez, pronunciando o nome em francês, *Edouard*.

Ray tentou dar a impressão de que não tinha ouvido. Não apreciava a atual fase *pop-art* de Coleman, mas simplesmente nunca havia passado por sua cabeça convidar Coleman para participar de sua galeria. Coleman agora se considerava um "europeu". Até onde Ray sabia, ele não era e não queria ser representado por uma galeria de Nova York. Coleman havia abandonado seu emprego de engenheiro civil quando Peggy tinha quatro anos, e começara a pintar. Ray gostava dele por isso, e pelo mesmo motivo a mãe de Peggy se divorciara dele, levando a menina. (E talvez também houvesse outra mulher em cena.) Então, em menos de um ano, a mãe de Peggy morrera num acidente de carro, enquanto dirigia. Coleman, em Paris, foi informado de que tinha a custódia da filha e que sua falecida esposa, que era rica, havia criado um fundo fiduciário para Peggy que Coleman não poderia tocar, mas que pagaria a educação da menina e lhe daria uma renda quando fizesse vinte e um anos. Tudo isso Peggy havia contado a Ray. Peggy fizera vinte e um quando eles estavam casados, e desfrutou da renda por quatro meses. Peggy tinha dito que o dinnheiro não poderia ser entregue a seu pai ou a qualquer outra pessoa. Caso ela morresse, seria enviado para uma tia nos Estados Unidos.

"Você está abrindo uma galeria em Nova York", Inez disse.

"Sim. Meu sócio, Bruce Main, ainda não conseguiu o espaço. Estamos procurando." Ray quase não conseguia falar, mas se esforçou. "Não é uma idéia nova para mim. É antiga. Peggy e eu... Nós..." Ele olhou inadvertidamente para Coleman e encontrou seus olhos fixos nele, de modo calculista, "pretendíamos ir para Nova York depois de passar um ano em Maiorca."

"Um pouco mais de um ano", Coleman se intrometeu.

"Peggy quis continuar lá", disse Ray.

Coleman encolheu os ombros, como para manifestar descrença, ou que o desejo de Peggy não tinha importância.

"Você também está visitando pintores em Veneza?", Inez perguntou.

Ray sentiu-se grato pelo tom civilizado de sua voz.

"Não", disse.

A comida chegou. Ray tinha pedido *cannelloni*. A carne estava repugnante, os *cannelloni* apenas não convidativos. Coleman comeu com apetite.

"Sobre o que você queria falar?", Coleman perguntou a Ray, servindo vinho da garrafa primeiro para si e depois para Ray.

"Talvez eu possa encontrá-lo em algum momento amanhã", Ray respondeu.

Antonio escutava cada palavra, pendurado na conversa, e Ray estava inclinado a considerá-lo sem importância; mas assim que pensou isso ocorreu-lhe que Antonio talvez fosse um parceiro de Coleman, um jovem que o ajudaria a livrar-se de Ray por algum dinheiro. Ray olhou para os olhos escuros e brilhantes de Antonio, seus lábios sérios e finos, agora reluzindo com azeite de oliva, e não chegou a uma conclusão sobre ele. E Coleman, falando com Inez, não respondera à sua sugestão de se encontrarem no dia seguinte.

"Onde você está hospedado?", Coleman perguntou a Ray.

"Na Pensione Seguso."

"Onde fica?"

"Na Accademia."

Uma grande mesa de homens ao fundo da sala fazia barulho.

Ray inclinou-se e disse para Coleman:

"Você tem alguma hora amanhã em que eu possa encontrá-lo?"

"Não tenho certeza... sobre amanhã", disse Coleman, comendo sem olhar para Ray. "Temos alguns amigos aqui. Eles estão vindo para cá, na verdade." Coleman olhou para a porta, depois para seu relógio. "A que horas você disse?", perguntou a Inez.

"Nove e meia", Inez respondeu. "Eles jantam cedo, você sabe."

Ray arrependeu-se de ter ido aquela noite. Naquelas circunstâncias, não havia nada a fazer senão ser educado e ir embora assim que possível. Mas ele não conseguia pensar em nada, absolutamente nada, para dizer a Inez. Nada a contar, nem mesmo sobre Veneza.

O tempo se arrastava. Antonio conversava com Inez e Coleman sobre as corridas de cavalos em Roma. Estava entusiasmado. Ray não conseguia escutar.

"Puxa! Antes tarde do que nunca. Lá estão eles."

Um homem e uma mulher se aproximaram da mesa e com dificuldade Ray tentou focalizá-los.

"Olá, Laura", disse Coleman. "Francis, como vai? O senhor e a senhora Smith-Peters, meu ex-genro, Ray Garrett."

Ray levantou-se, aceitando educadamente a apresentação rude, e encontrou uma cadeira livre, que faltava. Pareciam americanos muito comuns, na casa dos cinquenta anos, e pareciam ter dinheiro.

"Ah, sim, já jantamos, obrigada", dizia Laura Smith-Peters, sentando-se. "Americanos, você sabe. Ainda gostamos de comer por volta das oito!", ela falava para Inez. Tinha cabelos avermelhados e sua voz era muito aguda e nasalada. Por seu R arrastado Ray deduziu que eram de Wisconsin ou Indiana.

"E estamos em meia pensão no Monaco, então achamos melhor comer lá esta noite, porque já almoçamos fora", disse a senhora Smith-Peters com uma precisão bem-humorada, seu rosto fino de pássaro sorrindo para Inez.

Ray percebeu que ela se empertigava para falar com ele, sem dúvida sobre Peggy, e preparou-se.

"Ficamos realmente tristes sobre a tragédia em sua vida", ela disse. "Conhecíamos Peggy desde que ela tinha dezoito anos. Mas não muito bem, porque estava sempre longe, na escola. Uma garota adorável!"

Ray assentiu.

"Somos de Milwaukee. Eu sou. Meu marido é da Califórnia, mas moramos a maior parte da vida em Milwaukee. A não ser no ano passado. De onde você é?"

"St. Louis", disse Ray.

Coleman pediu mais um litro de vinho e taças para os Smith-Peters. Mas a senhora Smith-Peters não queria vinho e, afinal, diante da insistência de Coleman para que bebesse algo, pediu uma xícara de chá.

"O que o senhor faz?", Ray perguntou ao senhor Smith-Peters, sentindo que a pergunta não o incomodaria.

"Fabrico equipamento esportivo", ele respondeu rapidamente. "Bolas de golfe, raquetes de tênis, material para mergulho. Meu sócio está cuidando das coisas em Milwaukee, mas o médico me ordenou repouso total. Tive infarto há um ano. Por isso agora nos esfalfamos subindo três lances de escada em Florença... moramos lá agora...uma correria por Veneza."

"Querido, desde quando estamos numa *correria*?", sua mulher o interrompeu.

Era um homem que gostava de se movimentar depressa, Ray percebeu. Seu cabelo era quase branco. Ray não podia imaginá-lo jovem, com mais peso, mas era fácil imaginar sua mulher jovem, com olhos azuis brilhantes, e vivaz, com uma graça irlandesa bastante comum que precisa da juventude ou... O rosto do senhor Smith-Peters lembrava a Ray certos velhos jogadores de beisebol que ele via às vezes nas páginas de esportes nos Estados Unidos, sobre os quais nunca se deu o trabalho de ler. Magro, com nariz de falcão, sorridente. Ray não quis perguntar se ele havia praticado algum esporte antes de abrir a empresa. Sabia que a resposta seria beisebol ou golfe.

Ray sentiu os olhos da senhora Smith-Peters sobre ele, examinando-o, talvez em busca de sinais de dor, talvez de brutalidade ou frieza, que pudessem ter precipitado o suicídio de Peggy. Ray não sabia o que Coleman lhes havia dito na época, mas não teria sido algo favorável nem um pouco, exceto talvez que ele tinha dinheiro, fato que Coleman teria declarado com leve desprezo. Mas o próprio Coleman tinha faro para dinheiro, como testemunhavam sua esposa e a mulher com quem estava agora. E os Smith-Peters. Os Smith-Peters eram as típicas pessoas que Coleman colecionava por motivos sociais e econômicos. Provavelmente eles pouco se importavam com arte, mas Coleman conseguiria lhes vender um de seus quadros. Coleman poderia levar uma mulher com quem pretendesse ter um caso a uma festa de gente como os

Smith-Peters, para impressioná-la. Peggy, apesar de todo o terror primitivo e respeito por seu pai, sempre deplorou seu oportunismo e sua hipocrisia.

"Ficamos surpresos quando Ed nos encontrou esta manhã na praça", a senhora Smith-Peters falou para Inez. "Não sabíamos que ele estava aqui. Estamos passando só algumas semanas aqui enquanto instalam o aquecimento central em nossa casa em Florença." Ela olhou para Ray. "Conhecemos Ed e Peggy em St. Moritz num natal!"

"Laura, gostaria de adoçar esse chá com conhaque?", Coleman interrompeu.

"Não, obrigada, Ed. Conhaque me tira o sono", respondeu a senhora Smith-Peters. Ela virou-se para Inez. "Vai ficar muito tempo aqui, madame Schneider?"

"É melhor perguntar para Ed", disse Inez, abanando a mão. "Ele falou algo sobre pintar aqui, então... quem sabe?"

Sua franqueza, o fato de ela admitir que estava por conta de Coleman, pareceu surpreender a senhora Smith-Peters, que poderia ter suspeitado de seu relacionamento mas não esperava que a mulher o revelasse.

"Pinturas... de Veneza?"

Ray tentou imaginar o que os contornos pretos pesados de Coleman e seus planos de cor chapada fariam de Veneza.

"Você parece muito deprimido", a senhora Smith-Peters disse delicadamente para Ray, e Ray detestou que Coleman ouvisse a conversa.

Coleman ouvia.

"É inevitável", disse Ray igualmente baixo, e de uma maneira com a qual esperava afastar o assunto, mas Coleman disse:

"Por que não deveria parecer triste? Um homem que viu sua mulher, uma menina, morrer duas semanas atrás." Coleman agitou o charuto para dar ênfase.

"Ele não a *viu* morrer, Edward", disse Inez, inclinando-se para a frente.

"Ele a viu morrer aos poucos, antes de encontrá-la morta", Coleman retrucou. Ele certamente sentia o efeito do álcool, mas estava longe de estar bêbado.

A senhora Smith-Peters deu a impressão de que ia perguntar algo, mas achou melhor não.

"Aconteceu quando Ray esteve várias horas fora de casa", Inez disse à senhora Smith-Peters.

"Sim, e onde ele estava?", Coleman sorriu para Antonio, que continuava escutando com grave atenção, depois voltou-se para o senhor Smith-Peters, a quem queria atrair para a conversa. "Na casa de uma vizinha. Numa manhã ou tarde em que sua mulher se encontrava obviamente abalada, ele estava em outro lugar."

Ray não conseguiu olhar para ninguém na mesa. Mas, estranhamente, as palavras de Coleman não o feriram tanto agora quanto em Maiorca, quando ele e Coleman estavam sozinhos.

"Ela não estava obviamente abalada naquele dia", disse Ray.

"Não mais que em qualquer outro dia, você quer dizer", Coleman retrucou.

"Edward, tenho certeza de que não queremos ouvir tudo isso de novo", disse Inez, batendo com o cabo da faca na toalha, segurando-a na vertical. "Tenho certeza de que os Smith-Peters não querem."

"Não havia ninguém na casa?", a senhora Smith-Peters perguntou suavemente, talvez querendo demonstrar um interesse cortês, mas foi horrível.

"A empregada estava lá, mas saiu à uma, depois de preparar o almoço", Coleman disse, feliz por ter um ouvinte. "Ray chegou à casa depois das três e encontrou Peggy na banheira. Ela cortou os pulsos. Também se afogou."

Até Antonio estremeceu ligeiramente.

"Que terrível!", murmurou a senhora Smith-Peters.

"Meu Deus!", sussurrou o senhor Smith-Peters, e limpou a garganta.

"Ray não foi almoçar naquele dia", disse Coleman, em tom significativo.

Nem isso o magoou muito. Ray estivera na casa de Elizabeth Bayard, uma americana de vinte e seis anos, mais ou menos; tinha olhado seus desenhos, que eram melhores que os quadros. Ela era nova na aldeia, e Ray e Peggy haviam estado em sua casa apenas uma vez. Ela lhe servira um Dubonnet com soda e gelo, e ele falara e rira muito naquele dia, lembrava-se, desfrutando a companhia de Elizabeth. Ela era atraente, decente e bem intencionada; mas nem mesmo essas qualidades seriam necessárias para fazê-lo desfrutar aquelas duas ou três horas com ela, porque estava cansado do grupinho de americanos e ingleses da aldeia. Ele havia dito: "Tenho certeza de que Peggy não se importa se eu voltar para o almoço ou não. Eu disse que talvez não voltasse". O almoço era sempre frio e eles podiam comê-lo ou não, na hora em que quisessem. E era praticamente verdade, como Coleman insinuara, que Ray achava Elizabeth Bayard atraente (Coleman dissera isso com mais veemência em

Maiorca, mas Ray nada admitira sobre o assunto), e lembrava-se de ter pensado naquela tarde que provavelmente poderia, se estivesse inclinado a isso, começar um caso com ela e escondê-lo de Peggy, e que Elizabeth seria casual e afetuosa, e para ele seria um afastamento muito saudável do misticismo de Peggy. Mas sabia também que jamais teria iniciado um romance. Era impossível, tendo uma garota como Peggy como esposa, uma garota para quem os ideais eram reais, e até indestrutíveis, talvez a coisa mais real do mundo. E, de qualquer modo, fisicamente ele não teria energia para um caso.

"Ele parece deprimido o bastante para se matar, e talvez o faça", disse Coleman, novamente enrolando a língua.

"Edward, insisto que você pare com isso", disse Inez.

Mas outra pergunta crescia na senhora Smith-Peters. Ela olhou para o marido, como se pedisse permissão, mas ele olhava fixamente para a toalha da mesa.

"Peggy estava pintando?", ela perguntou a Ray.

"Cada vez menos, infelizmente. Isso foi muito ruim. Nós... tínhamos muitos empregados. Havia tempo de sobra."

Coleman novamente escutava com ar crítico.

Ray continuou:

"Era um ambiente de preguiça, porém. Eu tinha uma certa rotina, bem tranqüila, mas... sem isso as pessoas se desintegram. Peggy tinha parado de pintar de manhã, então pintava no final da tarde, quando pintava."

"Parece totalmente deprimente", disse Coleman.

Mas Peggy não parecia deprimida, Ray pensou. Ele não podia dizer isso. Parecia que estaria se justificando. E que direito tinham esses estranhos de constituir um tribunal sobre ele e Peggy? Ray atirou o guardanapo nervosamente sobre a mesa.

A senhora Smith-Peters olhou para o relógio e disse que precisavam ir. Virou-se para Inez:

"Estava pensando... você e Ed gostariam de ir a Ca' Rezzonica? Adoro esse lugar. Estava pensando em amanhã de manhã!"

"Podemos lhe ligar na hora do café-da-manhã?", Inez perguntou. "Nove ou nove e meia é cedo demais?"

"Oh, não, nós estamos de pé às oito", disse a senhora Smith-Peters.

Seu marido levantou-se primeiro.

"Talvez você também queira vir", a senhora Smith-Peters disse a Ray quando ele se levantou.

"Infelizmente não posso", Ray disse. "Obrigado."

Os Smith-Peters se foram.

"Pode pedir a conta, Inez? Já volto", disse Coleman, levantando-se. Foi para o fundo do restaurante.

Antonio levantou-se assim que Coleman virou as costas.

"Desculpem-me", disse em inglês. "Acho que vou voltar para meu hotel. Estou muito cansado. Preciso escrever para minha mãe."

"Ah, é claro, Antonio", disse Inez. "Nos vemos amanhã."

"Amanhã", Antonio inclinou-se sobre a mão dela e depositou um beijo. "Boa noite", ele disse a Ray. "Boa noite, madame."

Inez procurou um garçom.

Ray levantou o braço, mas não conseguiu chamar a atenção do garçom.

"Ray, você deveria sair de Veneza", Inez disse. "De que adianta ver Edward de novo?"

Ray suspirou.

"Ed ainda não entendeu. De alguma forma preciso lhe explicar melhor."

"Ele jantou com você ontem em Roma?"

"Sim."

"Foi o que pensei. Mas ele disse que foi com outra pessoa. Escute, Ray, Edward nunca vai compreender. Ele era tão louco pela filha...", Inez fechou os olhos, inclinou a cabeça para trás, mas só perdeu um segundo nisso, porque queria falar antes que Coleman voltasse. "Eu não conheci Peggy, mas ouvi muitas pessoas falarem sobre ela. Cabeça nas nuvens, disseram. Ela era como uma deusa para Edward, alguém que nem era humano. Boa demais para os humanos."

"Eu sei."

"Ele acha você muito insensível. Eu vejo que não é verdade. Mas também vejo que ele nunca entenderá que não foi sua culpa."

O que ela disse não surpreendeu Ray. Coleman o havia chamado de insensível em Maiorca, e provavelmente teria dito isso de qualquer marido de Peggy, mesmo que ela tivesse um casamento feliz, com muitos filhos, mesmo que ela estivesse irradiando felicidade, realização e tudo mais.

"É verdade que Peggy tinha medo de sexo?", Inez perguntou.

"Não. Na verdade não, pelo contrário. Ele está voltando."

"Você pode partir de Veneza amanhã?"

"Não, eu..."

"Preciso vê-lo amanhã. Às onze no Florian's?"

Ray não teve tempo para responder, pois Coleman estava se sentando, mas fez um sinal com a cabeça. Era mais fácil que recusar.

"Nosso garçom está tão ocupado!", disse Inez, com uma exasperação convincente, como se eles tivessem passado o tempo todo tentando chamá-lo.

"Meu Deus", disse Coleman com um suspiro, virando-se na cadeira. *"Cameriere! Il conto, per favore."*

Ray puxou duas notas de duzentas liras, mais que sua parte.

"Guarde isso", disse Coleman.

"Não, eu insisto", disse Ray, guardando a carteira no bolso.

"Guarde!", disse Coleman rudemente. Ele ia pagar, sem dúvida com dinheiro que Inez lhe havia dado em algum momento.

Ray nada disse. Levantou-se

"Então, boa noite, se me permitem." Ele fez uma reverência para Inez. Depois pegou seu casaco no gancho. Era o casaco, o único que tinha trazido, em que havia dois buracos de bala na manga esquerda, mas era quase preto e os buracos não estavam muito visíveis. Ray levantou o braço esquerdo e sorriu ao partir.

4

Era uma manhã brilhante, ensolarada. Embaixo da janela de Ray na *pensione*, trabalhadores cantavam como se fosse primavera ou verão, uma faxineira cantava enquanto esfregava um pano no corredor diante de sua porta, e um pássaro numa gaiola cantava numa janela da embaixada de Mônaco, do outro lado do pequeno canal.

Quando Ray deixou a pensão, às dez e meia, para se encontrar com Inez, levava duas cartas no bolso, uma para seus pais e uma para seu jardineiro, Benson, que lhe havia mandado uma mensagem de pêsames para Maiorca. Para seus pais, Ray escrevera agradecendo o convite para que passasse algum tempo com eles, mas disse que ainda tinha negócios a tratar na Europa e que achava melhor começar a trabalhar com Bruce Main na galeria em Nova York. Era uma resposta à segunda carta que seus pais lhe escreveram, depois que ele lhes passara um telegrama contando sobre Peggy. Ray entrou numa tabacaria na arcada da *piazza*, comprou selos e depositou as cartas numa caixa de correio. Estava dez minutos adiantado. Caminhou lentamente pela praça, até que finalmente viu Inez andando depressa, de saltos altos, uma figura pequena e frágil, saindo da esquina de San Moisè.

"Bom dia", ele disse, antes que ela o visse.

"Oh!", Inez parou. "Olá. Estou atrasada?"

"Não. Na verdade está adiantada", disse Ray, sorrindo.

Um pombo voou baixo sobre a cabeça dela, as asas estalando. Inez usava um chapeuzinho amarelo de plumas, com algumas penas de pavão de um lado. À luz do sol, Ray viu as rugas sob seus olhos e outras mais profundas nos cantos da boca. De modo algum elas diminuíam seu encanto, Ray pensou. Ele se perguntou se uma mulher como ela poderia se interessar por ele como amante, e sentiu uma onda de inferioridade que não conseguiu afastar dizendo a si mesmo que era irracional. Uma mulher como Inez poderia gostar muito dele porque era mais jovem, e porque ficaria lisonjeada.

Não havia muitas mesas no terraço do Florian's, e as poucas pessoas ali sentadas usavam casacos e luvas.

Ray puxou a cadeira para Inez sentar-se.

Ela queria apenas um café.

"Bem", disse Inez, depois que pediram. Havia pousado os braços estendidos sobre a mesa, os cotovelos separados, os dedos trançados nas luvas de camurça cor de abóbora. "Eu repito, gostaria que você deixasse Veneza. Hoje, se possível."

O ar frio e límpido também tornava suas palavras vibrantes. Ambos sorriam. Era impossível não sorrir numa manhã como aquela e num lugar como aquele.

"Bem, talvez eu possa partir amanhã. Estou bastante inclinado."

"Você quer falar com Edward, mas lhe digo que não adianta. Você poderia mostrar um diário de Peggy com toda a verdade, qualquer que seja, e Edward ainda acreditaria no que quer acreditar." Ela tirou uma luva, enquanto gesticulava apaixonadamente para enfatizar o que dizia.

"Não sei o que você está dizendo. Entendo, mas..." Ray ajeitou o casaco sob o corpo e inclinou-se para a frente. "Talvez eu tenha de repassar a coisa toda com Ed de novo, mas poderia fazer isso em cinco minutos, se organizar direito."

"E o que diria a ele?"

"Falaria sobre Peggy. E sobre mim. O ambiente. O que fazíamos e sobre o que conversávamos. Acho que é nisso que Ed está interessado."

Inez balançou a cabeça, desanimada.

"É verdade que Peggy estava experimentando drogas? Tomando LSD?"

"Não. Meu Deus, Peggy não. Ela nem tinha curiosidade sobre isso. Eu sei, porque fomos a festas onde havia drogas. Muita gente as consumia lá."

"Está vendo? Edward acha que ela estava se drogando."

"Bem, isso é uma das coisas que eu poderia esclarecer."

O café chegou, e a conta foi colocada embaixo do cinzeiro.

"Então ele pensaria em alguma outra coisa. Que você tinha outras mulheres. Não sei."

"Ele indagou sobre isso em Maiorca. Conheceu vários de nossos amigos. Acho que não foi bom para ele."

Um silêncio de alguns segundos. Ray sentiu a inutilidade desse encontro com Inez.

"Sinto que você quer o melhor para mim", Ray disse, "mas está vendo quantas coisas Ed entendeu errado? Não posso simplesmente deixar tudo como está."

"Mas acho melhor que deixe, e também que não tente escrever para ele." Inez olhou para baixo, para os pombos saltitando no chão. "Sou mais velha que você. E conheço Edward um pouco. Estou lhe dando meu melhor conselho."

"Aprecio isso", Ray disse, mas seu tom deu a entender que não ia concordar, o que era verdade.

"Edward quer culpá-lo por tudo. Pensei até que ele poderia tentar matá-lo", Inez disse em voz mais baixa.

Ray recostou-se e riu um pouco. Seu coração começou a bater mais rápido.

"Por quê? Ele anda armado?"

"Ah, não, mas... poderia pedir para alguém fazer isso."

"Na verdade, eu ia lhe perguntar sobre Antonio. Acha que ele poderia contratar Antonio?"

"Ah, não! Pode ficar sossegado. Antonio não. Antonio detesta brigas. Fica enojado. Ele não é um mau menino, mas não é das melhores famílias italianas. Entende? Ontem à noite ele quase ficou doente. Ele escuta, escuta, e depois não pode mais suportar. Telefonou esta manhã para pedir desculpas por sair tão cedo."

Seria verdade isto, que Antonio quase ficara doente? Inez certamente achava que sim.

"Você acha que posso ver Ed esta tarde? Pode me ajudar a marcar uma hora com ele? Então poderei ir embora amanhã."

"Sei que ele vai adiar. Vai fazê-lo esperar dois ou três dias, só para aborrecê-lo. Ele sabe que você quer vê-lo."

"Não deve ser impossível. Estive com ele sozinho em Roma", Ray disse num crescendo, então olhou à direita para ver se alguém tinha percebido. "O problema é que naquela noite ele só quis falar sobre o passado." Ray dizia a verdade, mas sabia que estava mentindo porque não contaria sobre o tiro. "Estava de bom humor, realmente, falando sobre o tempo de escola de Peggy, as férias que passavam quando ela vinha da escola na Suíça. Ele falou que não tinha dinheiro suficiente para acompanhar seu ritmo, e que economizava para lugares como Veneza e Paris, porque Peggy tinha seu próprio dinheiro, e muito."

"Ah, posso imaginar", disse Inez.

"Quando tentei falar sobre o que acabara de acontecer, ele não quis ouvir. Mas agora você vê que ele quer. Dá para perceber isso."

"Ele só quer atiçar a própria raiva. Como ontem à noite. É visível. Quantos anos você tem, Ray?"

"Vinte e sete."

"Eu tinha vinte e um quando você nasceu. Está vendo? Devo saber muito mais. Para começar, porque tive dois maridos." Ela reprimiu uma súbita alegria. "Meu último marido me deixou há mais de um ano por outra mulher. Eles não estão mais juntos. Eu sabia que isso ia acontecer. Sei, por exemplo, que você não assustaria uma garota como Peggy com cama... com sexo."

"Eu lhe disse isso ontem à noite."

"Não, você respondeu à minha pergunta sobre se Peggy tinha medo disso. É diferente."

Ray levou um momento para juntar as palavras.

"Não, eu não chamaria de medo. Ela gostava bastante. De certa maneira. Mas não da maneira habitual. Quero dizer... acho que ela esperava alguma coisa fabulosa, algo místico. É claro que há algo de místico no sexo, mas ela queria algo mais. E cada vez mais." Esse arroubo de eloqüência acabara com ele por alguns segundos. Palavras mais simples que poderia ter dito se misturaram em sua cabeça até que ele não entendeu mais o que eram. Tentar pôr tudo isso em palavras revelava o lado ridículo: Peggy pensando que seria "melhor" se eles mudassem de posição na cama um pouco, enquanto tudo estava perfeito como estava, e tentar qualquer aperfeiçoamento estragaria tudo. Ray mordeu os lábios de nervosismo e para evitar sorrir.

"Também posso imaginar isso", disse Inez. "Ela gostava muito."

"Sim", disse Ray, agradecido. "Mas de certo modo não da maneira certa. Eu nunca disse isso para Ed. É tão difícil. Também nunca tentei falar com Peggy a respeito. Ou acho que... quando o fiz uma vez, ela não entendeu o que eu queria dizer, ou não fui longe o suficiente. Você vê, eu culpo a mim mesmo por isso, por não falar com ela, porque eu era bem mais velho e certamente conhecia melhor o mundo."

"Parece que Peggy não sabia nada sobre o mundo", disse Inez, batendo a cinza no cinzeiro, de onde o vento a soprou imediatamente.

As palavras de Inez e a maneira tranqüila como as dizia eram a coisa mais reconfortante que Ray havia escutado desde a morte de Peggy. Então a visão da banheira cheia de vermelho veio a sua mente, como acontecia dez vezes por dia. Ele viu, superposta à roupa amarela e ocre de Inez, a feia imagem branca e vermelha do banheiro em Maiorca, os cabelos longos e escuros de Peggy flutuando logo abaixo da superfície na parte posterior da banheira. Ela não tinha se afogado, porque não havia muita água em seus pulmões, segundo a polícia. E é claro que a banheira não se enchera totalmente de sangue, porque estava cheia demais para isso, mas a cor dera a impressão a Ray de que litros de sangue tinham escorrido dela, por algum processo de sua vontade de desistir completamente da vida, de uma vez.

"Você a amava", disse Inez.

"Sim, a amava de verdade. Pena que você não a conheceu." Ray hesitou, então puxou a echarpe dobrada do bolso do casaco. "Isto... não é dela. Comprei aqui, ontem. Mas é tão parecida com ela. Com sua personalidade. Por isso a comprei."

Inez sorriu e tocou o lenço com as pontas dos dedos.

"Decorativo e romântico."

"De certa forma é como uma foto dela", Ray disse, subitamente embaraçado, e guardou a echarpe no bolso. "Mas você deve ter visto fotos."

"Guardou outras coisas dela?"

"Não. Dei as roupas aos pobres da aldeia. Dei suas jóias a Ed. A maior parte das coisas dela estavam no apartamento de Ed em Roma."

Houve um silêncio. Uma orquestra de cordas começou a tocar algo de South Pacific.

"De que você sente culpa?", Inez perguntou.

"Não sei. Acho que quando alguém comete suicídio as pessoas mais próximas sempre se sentem culpadas, não é?"

"Sim, geralmente."

"Se sou culpado", Ray disse, "e é claro que isso é possível, é por alguma coisa que ainda não descobri."

"Então não deve parecer culpado... ainda."

"Pareço?"

"Sim. É o seu jeito. Se você não é culpado, não deve parecer culpado", Inez disse, como se fosse muito simples.

Ray sorriu um pouco.

"Obrigado. Vou tentar."

"Se for embora amanhã, poderia me ligar antes no hotel? Se eu não estiver deixe um recado: 'Está tudo bem'. Fará isso?"

"Sim."

"Ou, quando partir, me ligue antes." Inez bebeu o resto do café.

"De que você gosta em Ed?", Ray perguntou, sentindo-se ingênuo, mas incapaz de conter a pergunta.

Inez sorriu e pareceu subitamente mais jovem.

"De uma certa coragem que ele tem. Não dá a mínima para o mundo, para o que o mundo pensa. Ele tem convicção."

"E você gosta disso? Só isso?"

"Ele tem uma certa força, e as mulheres gostam de força. Acho que você não entende isso. Ainda não."

Ray entenderia, se o homem fosse como Errol Flynn, infringindo as convenções, até a lei, mas não alguém tão feio quanto Coleman; por isso o comentário o deixou tão surpreso quanto Inez supunha.

"Ele não é nada parecido com Peggy. Você acha? Ou Peggy não se parecia nada com ele. Nem mesmo a cor."

"Não, não pelas fotos que vi. Ela se parece com a mãe."

Ray tinha visto uma foto da mãe de Peggy. Ela havia morrido aos trinta anos, e sua foto no apartamento de Coleman em Roma — Peggy tinha uma em Maiorca — mostrava uma bela morena com um leve sorriso na boca, como Peggy, olhos intensos como Peggy, mas mais arrogante que o rosto sonhador de Peggy.

"Preciso ir", disse Inez, erguendo-se. "Eu disse a Edward que ia comprar sapatos. Vou dizer que não encontrei nada."

Como não avistou o garçom, Ray deixou o dinheiro sobre a mesa.

"Vou acompanhá-la."

"Não o caminho todo. Não quero que Edward o veja."

Eles caminharam para o centro da praça.

"Não vou ficar com Edward para sempre", disse Inez, levantando a cabeça. Seu andar era leve e gracioso. "Mas ele é muito simpático quando se está sozinha, e eu estava sozinha... seis meses atrás. Edward é um homem sem complicações para uma mulher. Ele não diz: 'Fique para sempre', e quando diz: 'Eu te amo', o que é quase nunca, não acredito, de qualquer modo. Mas é um bom parceiro..."

Ela interrompeu a frase, e Ray achou que fosse dizer "de cama". Era inacreditável.

"...E um bom acompanhante", ela concluiu, com o vento carregando as palavras de modo que Ray quase não as escutou.

Sim, ele era um acompanhante, Ray supunha. As mulheres gostam de acompanhantes.

"Você não deve continuar", Inez disse, parando.

Estavam na rua do Bauer-Gruenwald. Ray teria entrado no hotel com Inez, mas percebeu que ela teria problemas se Coleman os visse juntos.

"Quanto tempo ainda vai ficar?"

"Realmente não sei. Cinco dias?" Ela encolheu os ombros. "Você deve me prometer que partirá amanhã. Edward está nervoso com sua presença em Veneza, e continuar aqui não vai levá-lo a nada, acredite."

"Então eu gostaria de vê-lo hoje."

Inez balançou a cabeça.

"Esta tarde vamos a Ca' Rezzonica, e à noite vamos todos jantar no Lido. Tenho certeza de que Edward não o encontraria hoje, de qualquer modo. Não deixe que o humilhe desse jeito." O sol pôs em seus olhos uma chama verde-amarelada.

"Está bem. Vou pensar nisso." Como se a estivesse retendo, Ray levantou uma das mãos e virou-se abruptamente.

Almoçaria na pensão, ele pensou, mas antes do almoço tentaria arranjar um encontro com Coleman, estivesse ou não Inez em seu quarto. Depois do almoço escreveria para Bruce, contando-lhe sobre Guardini em Roma e lhe daria a data em que estaria em Paris no Hotel Pont Royal.

A garota na recepção da Seguso entregou a Ray uma mensagem junto com a chave. Dizia: "Senhor Coleman telefonou às onze horas. O senhor quer jantar no Lido esta noite? Telefonar para o Hotel Bauer-Gruenwald".

Coleman propunha outra noite de provocações. Ray aproximou-se da recepção para pedir o telefone do Bauer-Gruenwald, pois havia uma cabine embaixo, mas duas inglesas idosas chegaram antes dele, perguntando sobre a melhor maneira de ir a Ca' d'Oro. A garota lhes explicou, então uma delas falou:

"Queríamos ir de gôndola. Pode nos dizer onde encontrar uma gôndola? Ou pode pedir para uma vir nos buscar?"

"Ah, sim, madame, podemos chamar uma gôndola aqui. A que horas?"

Ray olhou para um relógio alto no saguão, para o pêndulo de latão atrás do vidro desenhado. Deveria levar o casaco e encontrar um lugar para cerzi-lo, pensou. Fez o pedido à garota e ela discou o número do Bauer-Gruenwald.

Ray pegou o fone numa das duas cabines. Coleman atendeu:

"Ah, Ray. Vamos jantar hoje no Excelsior, no Lido. Gostaria de vir conosco?"

"Eu gostaria, se puder vê-lo por um momento a sós depois do jantar", Ray disse do modo mais educado possível.

"É claro que sim", Coleman respondeu afavelmente. "Está bem, às oito e meia ou nove no Excelsior."

"Estarei lá depois do jantar, muito obrigado. Até logo." E desligou.

5

Ray achou que onze horas seria cedo o suficiente para chegar ao Excelsior. Às dez ele comeu um sanduíche de queijo quente com uma taça de vinho, de pé junto a um balcão, depois caminhou até o píer na Riva degli Schiavoni, de onde partiam os barcos para o Lido. Houve uma espera de quinze minutos. Nuvens cinza-azuladas passavam lentamente, encobrindo as estrelas, e Ray pensou que talvez chovesse. Um casal de meia-idade, que também esperava o barco, estava tendo uma discussão deprimente sobre o dinheiro do aluguel, que o marido tinha emprestado ou dado para o irmão da mulher. A mulher dizia que seu irmão era um inútil. O marido encolheu os ombros com ar miserável, olhou para o espaço e respondeu à mulher na linguagem concisa da velha guerra conjugal:

"Ele já devolveu antes."

"A metade. Lembra?", ela perguntou.

"Agora já está feito."

"Agora já foi. Nunca mais veremos o dinheiro."

O homem levantou uma caixa de papelão amarrada com barbante e foi para o portão quando o barco encostou, como se quisesse se afastar da mulher, subir no barco, ir para qualquer lugar, mas logo a mulher vinha atrás dele.

Ray pensou que ele e Peggy nunca tinham brigado. Talvez isso fosse parte do que estava errado. Ray se considerava fácil de lidar — porque várias pessoas lhe haviam dito isso —, o que ele supunha ser uma vantagem no casamento. Por outro lado, Peggy nunca fora exigente, nunca desejara qualquer coisa que ele considerasse irracional, por isso simplesmente não houvera motivos para brigas. Ele não queria particularmente passar um ano inteiro em Maiorca, mas Peggy queria "algum lugar muito primitivo e simples, ainda mais simples que o sul da Itália", então Ray havia decidido considerar como uma lua-de-mel prolongada, e pensou que poderia passar um bom tempo pintando e lendo, especialmente lendo livros de história da arte, por isso concordou. E nos primeiros quatro meses ela estivera animada e feliz. Ray poderia até dizer que nos primeiros oito meses. A novidade da vida muito simples havia passado então, mas ela estava pintando, durante um período menor a cada dia, mas de modo mais construtivo, ele pensara. Seus pensamentos vagaram, e ele ficou tão perdido quanto sempre sobre o motivo da morte de Peggy. Agora Coleman estava com os quadros dela, havia arrebanhado todos, e também seus desenhos, e os enviara para Roma, sem perguntar a Ray se gostaria de guardar algum. Ray se censurava por ter deixado isso acontecer. Por esse motivo sentia uma grande amargura contra Coleman, tanta que tentava esquecê-la sempre que se lembrava.

Olhou para as luzes do Lido, uma faixa longa e baixa à sua frente. Pensou na *Morte em Veneza* de Mann, no sol calcinante golpeando aquela faixa de terra. Paixão e doença. Bem, agora não fazia aquele clima, não havia doença e a paixão estava apenas em Coleman.

Ray acompanhou o casal agora silencioso até um cais que pareceu ainda mais frio, na Piazza Santa Maria Elisabetta, travou os dentes contra o vento e foi perguntar ao homem no guichê de passagens para que lado ficava o Excelsior. Era uma caminhada de dez minutos até o outro lado da ilha pela ampla Viale Santa Maria Elisabetta, depois uma curva à direita no Lungomare Marconi. As casas escuras à direita e à esquerda, com fachadas envidraçadas, construídas para residências de verão, pareciam desoladas. Alguns cafés estavam abertos. O Excelsior era um lugar grande e iluminado, e podia-se saber de imediato que seria bem aquecido. Ray baixou a gola do casaco, alisou o cabelo e entrou no restaurante.

"Obrigado, estou procurando algumas pessoas", ele disse ao *maître* que veio recebê-lo. Não havia muita gente na sala, e Ray viu a mesa de Coleman quase imediatamente. Ele deu um ligeiro sorriso quando viu que os Smith-Peters também estavam lá. Ray ficou feliz ao ver que já tomavam café.

Inez levantou a mão para ele e sorriu.

"Olá, Ray", disse Coleman.

"Boa noite", Ray disse para todos. Antonio também estava lá, e nessa noite seu sorriso parecia mais verdadeiro.

"Que gentil você vir até aqui", disse a senhora Smith-Peters. Ray sentou-se.

"É um passeio agradável."

"Por isso viemos", disse Coleman, com o rosto rosado. "Não posso dizer que a comida atrairia alguém. Já comi melhor em muitas *trattorie*."

"Shh! Afinal, a senhora Perry nos convidou", Inez disse para Coleman, franzindo o cenho.

Uma mulher magra, de seus sessenta anos, com um vestido de noite azul, o pescoço e os punhos reluzentes de jóias, um tipo Edith Sitwell, se aproximava, e então Ray percebeu que havia um lugar a mais, uma xícara com café, onde ela estava sentada. Ray levantou-se.

"Senhora Perry", Inez disse para ela, "este é o senhor Garrett, genro do senhor Coleman."

"Ex-genro", Coleman corrigiu. Ele não havia se levantado.

A senhora Perry lhe atirou um olhar preocupado, mas Ray notou que sua expressão era permanentemente preocupada.

"Como vai, senhora Perry?", disse Ray.

"Como vai?" A senhora Perry se sentou. Ela sorriu e levantou a cabeça, como alguém sob pressão. "Bem! Vamos tomar um conhaque? De que tipo vocês preferem?

Ou alguém quer outra coisa?", ela disse. Os tendões se destacavam sob seu queixo, frouxos sob a pele delicadamente enrugada. Ela usava sombra roxa nas pálpebras.

"Eu gostaria de um conhaque, obrigado", disse Antonio.

"Courvoisier, por favor", disse Ray, percebendo que os pedidos individuais agradavam a anfitriã.

Quando o conhaque chegou, a senhora Perry começou a conversar com Ray sobre sua galeria de arte. Inez lhe havia contado que ele estava abrindo uma em Nova York. Ela perguntou o nome.

"Ainda não está decidido. Apenas Galeria Garrett, a menos que encontremos algo melhor. Espero conseguir um lugar na Terceira Avenida."

A senhora Perry disse que amava pintura e que tinha dois Gauguin e um Soutine em sua casa. Morava em Washington. Parecia muito triste, e Ray sentiu automaticamente pena dela, talvez porque não soubesse o que a entristecia, e se soubesse nada poderia fazer a respeito. Ele também percebeu que jamais saberia, porque sequer conheceria a senhora Perry tempo suficiente para descobrir. Ray viu que Coleman procurava sinais de partida. Inez tinha terminado seu conhaque. Os Smith-Peters estavam se preparando.

"Disseram-nos que há um barco que volta à meia-noite, e acho que Francis e eu devemos pegá-lo", disse a senhora Smith-Peters. "Foi adorável, Ethel."

"Vocês precisam mesmo ir? Podemos alugar uma lancha", disse a senhora Perry.

Mas eles estavam decididos, e Inez também disse a Antonio em italiano que deviam voltar com os Smith-

Peters porque Edward queria conversar com o *signore* Garrett. Antonio imediatamente se levantou.

"Edward, podemos lhe deixar a *Marianna*, e você leva Ray de volta com Corrado", Inez disse.

Coleman começou a protestar contra o arranjo, então disse:

"Ah, está bem, se o último *vaporetto* é à meia-noite..."

"Tenho certeza de que não é", disse Ray, mas não tinha realmente certeza.

"Pode ser." Inez virou-se para Ray e sorriu. "Nós contratamos uma lancha por quatro dias. Você poderia fazer alguns passeios conosco, se estiver aqui."

Ray assentiu e sorriu para ela. Supôs que Corrado fosse o piloto.

Inez, Antonio e os Smith-Peters saíram. A senhora Perry acendeu outro cigarro — ela fumava só até a metade e os apagava —, então disse que como eles queriam conversar ela ia se despedir. Coleman se levantou, assim como Ray, ambos lhe agradeceram e Coleman disse descuidadamente, como se não tivesse a intenção, que lhe daria um telefonema no dia seguinte. Coleman caminhou com a senhora Perry pelo restaurante, um acompanhante desajeitado e hesitante para aquela mulher mais alta do que ele.

"Mais um conhaque? Café?" Coleman sentou-se.

"Não, obrigado", disse Ray.

"Bem, eu quero." Coleman fez um sinal para o garçom e pediu outro conhaque. Ele pegou a jarra de água e despejou um pouco num copo limpo. Nenhum dos dois falou até que o garçom trouxe o conhaque e se afastou.

"Eu queria falar com você", Ray recomeçou, "porque acho que não entendeu bem que...", ele hesitou por um segundo, mas Coleman o interrompeu rapidamente.

"Não entendi o quê? Eu entendi que você não era o homem certo para minha filha."

Ray sentiu as maçãs do rosto quentes.

"Pode ser. Talvez ele exista em algum lugar."

"Não seja engraçadinho, Ray. Estou falando inglês claro."

"Eu também, acredito."

"Todo esse *talvez, eu acho...* Você não sabia lidar com ela. Não percebeu, até que foi tarde demais, que ela estava no fim." Coleman olhou diretamente nos olhos de Ray e sua cabeça calva e redonda inclinou-se para o lado.

"Eu sabia que ela estava pintando menos. Mas não parecia deprimida. Ainda encontrávamos pessoas com freqüência e Peggy parecia gostar de vê-las. Tínhamos dado um jantar duas noites antes."

"Mas que tipo de pessoas?", Coleman perguntou retoricamente.

"Você conheceu algumas. Não são a escória. A questão é que ela não estava deprimida. Estava sonhadora, sim, e falava muito sobre pomares cheios de frutas, pássaros com penas coloridas." Ray umedeceu os lábios. Ele sentia que não estava falando direito, que parecia estar tentando descrever um filme começando a história pelo meio. "O que estou tentando explicar é que ela nunca falou em suicídio e nunca falou como se estivesse deprimida. Como alguém poderia saber? Na verdade ela parecia feliz. E eu contei a você em Xanuanx que procurei um psiquiatra em Palma. Ele poderia tê-la atendido algumas vezes... na verdade enquanto Peggy quisesse. Mas ela não quis."

"Você deve ter suspeitado de alguma coisa, ou não teria procurado um psiquiatra."

"Não era uma grande suspeita. Mas teria pedido para o psiquiatra ir a nossa casa, se soubesse como ela estava mal. Ela comia normalmente."

"Já ouvi isso."

"Achei que Peggy precisava conversar com outra pessoa além de mim, alguém que tentasse lhe explicar... o que era a realidade."

"Realidade?" O tom de Coleman era irritado e desconfiado. "Não acha que ela teve uma grande dose disso com o casamento?"

Para Ray era uma pergunta complexa.

"Você quer dizer os aspectos físicos..."

"Sim."

"Era como realidade e não-realidade para Peggy. Ela não tinha medo. Simplesmente não podia continuar com aquilo, Coleman."

"Ela estava apenas surpresa. Talvez chocada."

"De modo algum. O problema não era esse. Talvez fosse o fato de ter se afastado de você. Ter a mim como centro de sua vida, supostamente, em vez de você, depois de tantos anos em que ela só teve você." Ray falava depressa, mas Coleman queria interromper. "Ela era uma garota extraordinariamente protegida, você deve saber disso. Escolas particulares a vida inteira, muito supervisionada por você quando estava de férias. Deve saber que não lhe deu a liberdade que a maioria das garotas da idade dela tem quando está crescendo."

"Você acha que eu queria que ela crescesse sabendo todo o... o lado sujo da vida, como a maioria das garotas?"

"É claro que não. Eu entendo isso. E aprecio o fato de que Peggy não fosse assim. Mas talvez ela quisesse mais magia do que eu tinha para lhe dar... ou do que existe no casamento."

"Magia?"

Ray sentiu-se confuso e vago.

"Peggy era muito romântica, de uma maneira perigosa. Achava que o casamento era outro mundo, algo como o paraíso ou a poesia, em vez de uma continuação deste mundo. Mas o lugar onde vivíamos não podia ser mais parecido com o paraíso. O clima, as frutas nas árvores do quintal. Tínhamos empregados, tínhamos tempo, tínhamos sol. Não era como se ela estivesse carregada de filhos e cheia de pratos para lavar."

"Ah, o dinheiro não podia fazer Peggy feliz. Ela sempre teve dinheiro", Coleman disse gravemente.

E Ray sabia que havia dito a coisa errada, usado a comparação errada, porque Coleman se ressentia do fato de ele ter dinheiro. Mas jamais teria deixado sua filha se casar com alguém que não tivesse.

"É claro que não era apenas dinheiro. Estou tentando descrever o ambiente. Tentei muitas vezes conversar com Peggy. Queria que mudássemos para Paris por algum tempo, que alugássemos um apartamento lá. Isso teria sido um passo em direção à realidade. O clima é pior, há barulho e pessoas e há um calendário e um relógio a se respeitar em Paris."

"O que é todo esse absurdo sobre realidade?", Coleman indagou, dando baforadas no charuto entre os dentes. Seus olhos estavam avermelhados agora.

Ray percebeu que era inútil, como Inez lhe havia dito. E durante seu silêncio Ray viu a raiva de Coleman crescer, como havia visto em Maiorca. Coleman recostou-se na cadeira com um ar de finalidade, de dignidade em sua tristeza. Peggy havia sido o motivo de sua existência, sua única verdadeira fonte de orgulho, a Peggy que ele havia recebido e criado sozinho — ou pelo menos desde que ela tinha quatro ou cinco anos — um exemplo de beleza, graça e boas maneiras. Ray podia ver tudo isso passando pela mente de Coleman, e nenhuma explicação, desculpa, expiação dele mudaria isso. Ray percebia agora que não poderia mais fazê-lo nem mesmo por escrito. Os olhos de Coleman, assim como seus ouvidos, estavam fechados.

"Estou exausto de discutir isso", disse Coleman, "então vamos embora." Ele olhou vagamente ao redor, distraído, como se procurasse um garçom. "E deixemos o passado para trás", murmurou.

Não era uma frase de reconciliação, do modo como Coleman a disse, e Ray não a considerou como tal. Pegou seu casaco e acompanhou Coleman para a saída. Nenhum deles tentou fazer nada para pagar o último conhaque. Ray mexeu no bolso esquerdo do casaco, procurando seu isqueiro. Puxou a chave da pensão, que pensava ter deixado na recepção, e com ela veio a echarpe dobrada. Ele a empurrou de volta com a chave, mas Coleman a havia visto.

"O que é isso?", Coleman perguntou.

Eles estavam passando pelo saguão.

"Minha chave do hotel."

"O lenço, a echarpe!"

A mão de Ray estava no bolso e ele a tirou de novo, com a echarpe.

"É uma echarpe."

"É de Peggy. Vou ficar com ela, se não se importa."

A voz de Coleman pôde ser ouvida pelo homem na recepção do Excelsior e pelo jovem carregador junto à porta. A mão de Coleman estava estendida. Ray hesitou por um instante — ele tinha direito à echarpe —, mas em vez de prolongar a discussão entregou-a a Coleman.

"Tome."

Coleman segurou o lenço pendurado por um canto enquanto passavam pelas portas do hotel, olhou para ele e disse:

"É a cara de Peggy. Obrigado." Na rua, ele disse: "Afinal você distribuiu as roupas dela em Maiorca". Coleman enfiou a echarpe no bolso de seu casaco.

"Não pensei que você quisesse alguma", Ray respondeu. "Afinal, você levou todo o trabalho de Peggy, as pinturas e desenhos." Ele lamentou que sua mágoa fosse perceptível. Mas a echarpe era falsa, o que, de certa forma, lhe deu uma satisfação bastante incômoda.

Seus passos soaram novamente na rua de cascalho no mesmo ritmo da noite em Roma, três noites atrás. Ray estava atento para algum movimento súbito de Coleman, talvez puxando a arma — Coleman não dava valor à própria vida —, por isso caminhava a quase um metro dele, a seu lado. Coleman queria que ele soubesse que considerava sua vida inútil, Ray percebeu. Fazia parte da punição. Eles passaram por apenas duas pessoas, dois homens que caminhavam separadamente, no trajeto até o outro lado da ilha.

"Não preciso voltar com você", disse Ray. "Tenho certeza de que há um *vaporetto*."

Coleman pareceu encolher os ombros lentamente. Então disse:

"Não tem problema. É a mesma direção. Aqui está. O *Marianna II*." Ele caminhou na direção de um grupo de três lanchas amarradas ao cais em ângulo reto.

Na popa de um dos barcos Ray viu escrito MARIANNA II. Nenhum deles tinha coberta de lona.

Ray olhou em volta. Havia apenas três ou quatro jovens italianos à vista, abrigados em seus casacos, não longe da cabine de passagens do *vaporetto*, a cerca de vinte metros. A cabine estava fechada, Ray percebeu. Ele olhou para a laguna, para ver se algum *vaporetto* se aproximava, mas não viu nada. Era uma e vinte da madrugada.

"Maldito Corrado! Provavelmente foi para casa", Coleman resmungou. "Bem, vamos embora. Não precisamos dele. Coleman pisou no ancoradouro, desceu uma pequena escada e subiu desajeitadamente a bordo, no compartimento da popa."

Coleman ia conduzi-lo. Ray recuou imediatamente, procurando uma desculpa, uma boa desculpa para se safar, e, percebendo a dificuldade e o absurdo de ter de inventar uma desculpa para proteger sua vida, sorriu divertido e sentiu-se vazio.

"Você vai dirigir?", ele perguntou a Coleman.

"Claro. Dirigi o dia todo. Corrado vem apenas para passear. Ele mora no Lido, mas não sei onde." Coleman tirou a chave do bolso. "Vamos."

Posso enfrentá-lo, Ray pensou. Coleman não o pegaria novamente de surpresa. Se tentasse, Ray poderia ter o prazer de atingir Coleman finalmente, de derrubá-lo. De qualquer forma, recuar agora seria uma clara covardia, e Coleman ficaria satisfeito. Ray subiu a bordo. Uma barra de latão baixa contornava a popa, e o barco tinha uma cabine fechada onde ficavam os controles.

Coleman ligou o motor e recuou lentamente. Então a lancha deu meia-volta e ganhou velocidade. O ruído do motor era desagradável. Ray levantou a gola do casaco e fechou o botão de cima.

"Vou para o Canal Giudecca. Deixo você em algum lugar no Zattere", Coleman gritou para ele.

"No Schiavoni está bem", Ray gritou de volta. Ele estava sentado no banco baixo na popa. Certamente era um transporte rápido, mas fazia frio. Ray foi para a cabine, para se abrigar, exatamente quando Coleman deixou os controles e veio em sua direção.

"Travei o leme", disse Coleman, apontando com o polegar para trás, na direção do motor.

Ray assentiu, segurando o batente da porta da cabine para se equilibrar. O barco balançava. Vendo as bóias ao redor, para não falar na possibilidade de outros barcos, Ray não achava muito seguro travar os controles. Ele olhou para a frente ansiosamente, mas nada viu entre eles e as luzes de Veneza. Coleman inclinou-se e virou de lado para Ray para reacender seu charuto. Ray começou a entrar na cabine e Coleman veio em sua direção, de modo que Ray teve de recuar, mas continuou segurando o topo da cabine. Então Coleman, com o charuto entre os dentes, atirou-se contra Ray com todo o peso do corpo dobrado, acertando-o no estômago. Ray caiu com meio corpo para fora do barco, mas sua mão direita segurou a barra fina de latão. Coleman o atingiu no rosto com o punho e chutou seu peito. O braço direito de Ray estava torcido, e ele não conseguiu se segurar quando seu peso foi empurrado para o lado.

Ray sofreu uma terrível queda para trás por um segundo, e então estava na água, afundando. Quando conseguiu voltar à superfície o barco estava a muitos metros de distância, o zumbido do motor já fraco em seus ouvidos cheios de água. Seus sapatos e o casaco o puxavam para baixo. A água estava gelada em seu corpo, e ele já podia sentir a dormência se aproximar. Ray se maldisse. *É o que você merece, imbecil!* Mas seu corpo, como o de um animal, lutava para flutuar, para respirar. Ele tentou tirar um sapato, mas não conseguia sem afundar a cabeça. Concentrou-se em ficar à tona, em avistar um barco para chamar. A água estava terrivelmente agitada, como se o próprio mar tivesse assumido a causa de Coleman. Ray não viu barco nenhum. Veneza parecia mais longe agora do que da lancha, mas o Lido estava ainda mais distante, Ray sabia. Um de seus ouvidos estalou com a saída da água, e então ele escutou vagamente um sino. Um sino de bóia. Durante vários segundos não conseguiu descobrir sua direção — ou ver suas luzes, se é que tinha —, mas decidiu que estava à sua esquerda, na direção oposta a Veneza, e redobrou os esforços naquele rumo. Seu avanço não poderia ser chamado de nado. Era uma série de espasmos de pernas, tronco e braços, que ele fazia com cautela, pois não queria se esgotar. Ray era um nadador razoável, apenas razoável, mas vestido, e na água gelada era um péssimo nadador. Ele sentiu, bem no fundo, que provavelmente não conseguiria.

"Socorro!", gritou, e depois: "*Aiuto!*", desperdiçando um fôlego precioso. O sino parecia mais próximo. Mas sua força se afastava mais depressa do que o sino se aproximava. Ray descansou, temendo sentir cãibras. Já sentia na panturrilha esquerda, mas ainda podia mover a perna. Então viu a bóia, uma bolha cinza-clara, mais próxima do que ele havia imaginado. Não tinha luz. O vento soprava o som para longe, e Ray esperava que soprasse a água na direção da bóia. Então Ray ficou boiando e tentou apenas orientar o corpo, avançando centímetro por centímetro.

A bóia surgiu como uma lágrima macia que tivesse caído pela metade na água. Ray não viu alças, e a parte de cima — uma confusão de barras cercando o sino — ficava muito longe da água para ser alcançada. Ray tocou a bóia com os dedos, afinal sentiu seu corpo gordo e escorregadio com a palma de uma das mãos. Era preciso ter força para se segurar a ela com os braços abertos, mas tê-la alcançado foi um enorme incentivo para seu moral. Ela afasta os navios, Ray pensou, e achou uma graça macabra nesse fato. Esperançoso, procurou com os pés alguma espécie de apoio, mas não encontrou. A água estava em seu pescoço. As barras de metal ficavam trinta centímetros acima das pontas de seus dedos quando ele tentava alcançá-las. Com uma das mãos — a outra pressionando delicadamente a curvatura superior da bóia — ele afrouxou a gravata, retirou-a e tentou atirar uma das pontas por cima de uma barra. As barras eram quase verticais, mas se inclinavam ligeiramente para fora. Ele experimentou de uma direção em que o vento o ajudasse. Na quarta ou quinta tentativa, a gravata se prendeu e Ray a ajeitou pacientemente. Quando as duas pontas se encontraram, ele deu um salto e a segurou. Cautelosamente, apoiou seu peso nela, deixando-se sustentar pela água o máximo possível, então tentou agarrar a barra de metal mas errou, soltou a gravata para não arrebentá-la e mergulhou. Ray lutou para subir, esperou alguns segundos para recuperar o fôlego e então tentou de novo. Usando os joelhos contra a bóia e puxando cuidadosamente a gravata, ele saltou novamente em direção à barra e desta vez a segurou. Ficou quase ajoelhado sobre a bóia e passou os dois braços firmemente ao redor da barra.

Agora, ele imaginou, seria um teste de força muscular, um teste de quanto tempo poderia suportar o frio antes de desmaiar, congelar ou adormecer, ou que quer que acontecesse, mas pelo menos estava fora da água e também em melhor posição para enxergar um barco.

Ele viu um, talvez a quinhentos metros de distância, que parecia uma barcaça de carga com motor na popa.

"*Aiuto!*", Ray gritou. "*Soccorso! Soccorso!*"

O barco não mudou de rumo.

Ele gritou de novo. Mas era evidente que quem estava a bordo não o escutava.

Foi uma decepção para Ray, porque ele achou que aquele era o único barco destinado a passar por ali. Também teve a estranha sensação de que não se importava muito, não tanto quanto teria se importado cinco minutos atrás, quando estava na água. Mas pensou que agora corria o mesmo perigo de morrer. A idéia de tirar o casaco e de alguma forma amarrar-se com ele às barras de metal era complicada demais. Mas o avanço da barcaça distanciando-se dele parecia uma rejeição declarada, uma negação desavergonhada (mesmo que não houvesse necessidade de a barcaça sentir vergonha) de seu direito de viver. Por vários segundos ele se sentiu sonolento e inclinou a cabeça contra o vento, mas prendeu os braços firmemente para se manter. A dor do frio em seus ouvidos piorava, e o barulho do sino ficava mais tênue.

Ray levantou a cabeça, olhou em volta de novo e viu o que pensou ser uma luz balançando muito longe à sua esquerda, depois ela desapareceu. Ele manteve os olhos nesse ponto, porém, e a luz voltou a surgir.

Ele se preparou e gritou:

"*Alôoo!*"

Não ouviu resposta, mas pelo menos não ouviu nenhum motor, o que era um fato a favor de ele ser escutado. Ou seria uma bóia com luz, em vez de sino? Agora, muito atrás da luz, uma coisa que parecia um *vaporetto* se movia na direção do Lido, mas poderia estar a um milhão de quilômetros.

"A-lôo! *Soccorso!*", ele gritou na direção da luz. Agora tinha certeza de que estava se movendo. A bóia sem luz de Ray balançou e tocou seu sino, advertindo os barcos para se afastar. Ele não conseguia dizer em que direção a luz se movia, se obliquamente na direção dele ou ao contrário. "*Soccorso! Aiuto!*" Sua garganta ardeu com o frio e o sal.

"Ah-ool!", uma voz respondeu da direção da luz. Era o grito de um gondoleiro. "Tem alguém aí?"

Ray não sabia dizer "bóia" em italiano.

"O sino! *Sulla campana*! *Vieni, per favore!*"

"*La campana!*", veio a resposta firme, corroborativa.

Ray percebeu que estava salvo. Seus braços sentiram-se imediatamente duas vezes mais cansados. O homem estava remando. Poderia facilmente levar mais dez minutos. Ele não queria assistir à lenta abordagem, e manteve a cabeça afundada no peito.

"Ah-ool!" Era um grito automático, um som natural como o miado de um gato, o pio de uma coruja, o relincho de um cavalo.

Ray ouviu o ruído da água espirrando quando o gondoleiro fez um movimento errado ou uma onda se chocou contra seu remo.

"Aqui", Ray disse, muito mais fraco, agora rouco.

"*Vengo, vengo*", respondeu a voz profunda, parecendo muito próxima.

Ray olhou e o viu atrás da luz na proa, de pé, remando na popa de seu barco oscilante.

"*Ai*! O que aconteceu? Caiu de um barco?"

Era um dialeto que Ray mal entendia.

"Fui empurrado." Ray tinha planejado dizer isso, que fora empurrado por amigos brincalhões. Mas não teve forças para falar. Passou um pé frouxo sobre o lado da gôndola, deixou-se cair e foi puxado para bordo pelos braços fortes do italiano. Ray rolou no fundo do barco. A armação rígida do casco lhe dava uma sensação deliciosa, como se fosse terra firme.

O italiano inclinou-se sobre ele, invocou os nomes de alguns santos e disse:

"Foi empurrado? Há quanto tempo está aí?"

"Oh..." Os dentes de Ray bateram e a sílaba saiu em falsete. "Dez minutos talvez. Está frio."

"*Ah, sì... Un momento*." O italiano passou com destreza por Ray, abriu o armário na proa do barco e rapidamente tirou um cobertor dobrado e uma garrafa. O sapato do italiano raspou o nariz de Ray quando ele se virou, agachado. "Tome. Beba da garrafa. Conhaque."

Ray segurou a garrafa, uma garrafa de vinho, na boca aberta, evitando tocar o vidro com os dentes. Deu um grande gole e seu estômago se rebelou, mas a bebida ficou. Era um conhaque ruim e aguado.

"Vá para dentro", disse o italiano. Depois, vendo que Ray não podia se mover, pegou a garrafa, fechou-a e colocou-a no fundo do barco, então segurou Ray por baixo dos braços e o arrastou para a parte coberta da gôndola, colocando-o no banco feito para duas pessoas. Ray se estendeu, sem forças, sentiu-se vagamente culpado e percebeu que sua mão direita, que estava estendida no banco acarpetado, nada sentia e parecia carne morta.

"Santa Maria, que amigos! Em uma noite como esta!" O italiano ofereceu a garrafa de novo para Ray. Havia colocado o cobertor grosso sobre ele. "Aonde você quer ir? San Marco? Está num hotel?"

"San Marco", Ray disse, incapaz de pensar.

"Está num hotel?"

Ray não respondeu.

O italiano, uma figura magra vestida de preto, com a cabeça pequena e angulosa, foi emoldurado por um momento pela porta baixa da gôndola. Então ele se afastou, arrastando-se até a popa. Um ruído do remo e então Ray percebeu o avanço do barco. Ele enxugou o rosto e o cabelo com uma ponta do cobertor. Sentia mais frio conforme recuperava as forças. Deveria ter dito Accademia para o homem, pensou. Por outro lado, San Marco era mais perto e lá poderia encontrar um bar ou um saguão de hotel onde se aquecer. Um *vaporetto* cruzou sua frente, parecendo uma fornalha com todas as luzes acesas, cheio de pessoas tranquilas e confortáveis olhando para a frente.

"Está em um hotel? Vou levá-lo até lá", disse o gondoleiro.

Precisava lhe dar uma ótima gorjeta, Ray pensou, e sua mão amortecida procurou o bolso interno do paletó, não conseguiu abrir os botões do casaco, pressionou a lateral do casaco e Ray pensou, mas não teve certeza, que a carteira continuava lá.

"Fica perto de San Marco", disse Ray. "Acho que posso andar, obrigado."

Suich, suich, fazia a gôndola, enfrentando a distância com impulsos macios. O vento soprava pela abertura na frente da cabine, mas Ray não sentia mais sua força. Provavelmente era o passeio de gôndola mais anti-romântico que alguém já havia feito, ele pensou. Espremeu as pontas do casaco, depois as barras da calça. San Marco estava se aproximando. Rumavam para a *piazzetta*, entre o Palácio Ducal e a coluna alta do campanário.

"Desculpe por ter molhado sua gôndola", disse Ray.

"Ah, *Rosita* não é um... barco. Não agora. De qualquer forma, no inverno ela transporta óleo e legumes. É mais lucrativo que turistas, quando não há nenhum."

Ray não conseguia entender todas as palavras.

"Está terminando o...", ele começou com a voz rouca, "terminando o trabalho tão tarde?"

Um riso.

"Não, começando. Vou para a estação ferroviária. Eu durmo um pouco no barco, depois começamos às cinco e meia, seis."

Ray bateu os pés no chão, avaliando sua força. Talvez conseguisse chegar ao Hotel Luna partindo de San Marco.

"Bela piada, seus amigos. Americanos também?"

"Sim", disse Ray. A terra estava muito próxima. "Em qualquer lugar aqui. Fico muito agradecido. Você salvou minha vida."

"Ah, outro barco teria passado", disse o italiano. "Você deve tomar um banho quente, muito conhaque, senão..."

O resto Ray não entendeu, mas supôs que encontraria a morte.

A proa dourada da gôndola, depois de rumar perigosamente para a popa de um grande barco de excursão, desviou e entrou com precisão em uma brecha entre estacas listradas. A gôndola freou, e a proa beijou o cais delicadamente, balançando. O italiano agarrou alguma coisa no píer, passou por suas pernas e virou o barco de lado, o fez avançar e apareceram degraus à esquerda deles. Ray se levantou nas pernas trêmulas e desembarcou de quatro, apoiando as mãos nos degraus de pedra antes de subir. Uma bela visão para os doges.

O italiano riu, preocupado.

"Está tudo bem? Talvez seja melhor eu o acompanhar."

Ray não queria. Ele ficou de pé na pedra dura e plana, com os pés afastados para se equilibrar.

"Agradeço-lhe infinitamente." Ele lutou com os botões do casaco e tirou a carteira. Vagamente percebeu que tinha cerca de vinte notas dobradas em quadrado, e puxou cerca de metade delas. "Muito obrigado. Compre outra garrafa de conhaque."

"Ah, *signore, è troppo!*" Um aceno de mão, um sorriso, mas o homem aceitou o dinheiro e seu rosto se abriu de felicidade. Ele tinha uma barba grisalha curta.

"Não é o bastante. Mil vezes obrigado. *Addio.*"

"*Addio, signore.*" Ele apertou com força a mão de Ray. "Desejo-lhe saúde."

Ray virou-se e se afastou, consciente de que dois homens pararam brevemente para olhá-lo. Ray não olhou para eles. Caminhava devagar, balançava as roupas para que não grudassem e tremia violentamente. Tudo parecia fechado. Na Piazza San Marco só havia duas ou três luzes de lugares que estavam fechados, em limpeza. Ray virou à direita, na direção do Luna. Mas o saguão do Luna era grande e aberto demais, Ray lembrou. Seria notado, fariam-lhe perguntas. Ray encontrou de repente uma pequena cafeteria. Havia um balcão. Ele ficou de pé e pediu um *cappuccino* e um conhaque. O rapaz serviu um conhaque Stock. Ray não gostava desse conhaque, mas não estava em condições de protestar. Enquanto esperava o café, uma súbita hostilidade contra Coleman o percorreu, como se os eventos perigosos da última hora tivessem de alguma forma contido suas emoções. A sensação durou apenas alguns segundos e cresceu na medida em que sua força crescia. Ele fechou as mãos ao redor da xícara quente. O rapaz de olhos cansados atrás do balcão olhava para ele de vez em quando. Ray endireitou a gola de seu casaco. Era uma capa nova, impermeável, e começava a parecer apresentável. Somente seus sapatos e a barra da calça estavam molhados. Ray decidiu ir a um pequeno hotel próximo que talvez não exigisse passaporte, porque seu passaporte havia ficado na pensão.

Tomou mais um *cappuccino*, mais um conhaque e comprou cigarros e fósforos. A porta de ferro do bar desceu com um ruído forte e um baque. Havia uma porta menor nela, através da qual ele poderia sair, e um chaveiro pendurado na fechadura. Ray pagou e saiu.

Encontrou o tipo de hotel que desejava um minuto depois, numa rua estreita, com uma placa iluminada em azul sobre a pequena marquise esculpida: Albergo Internazionale, ou coisa parecida. A porta do saguão era uma imitação de veneziana antiga. No bar à esquerda do saguão, dois italianos conversavam sentados.

"O que deseja, senhor?" O barman de paletó branco se aproximou da recepção vazia.

"Um quarto para uma noite", Ray disse.

"Com banheiro, senhor?"

"Sim. A água está quente?"

"Ah, sim, senhor."

Alguns momentos depois ele estava sozinho num pequeno quarto, de mãos vazias, sem bagagem. O que o rapaz havia dito? *O senhor pode se registrar amanhã de manhã. O gerente trancou a mesa.* Ele havia dado a Ray o cartão branco que os hóspedes deviam preencher para a polícia. Ray abriu a água quente na banheira e sorriu ao ver o vapor subir. Ele se despiu e entrou suavemente na água, que tomara o cuidado para não deixar quente demais. Começou a sentir-se sonolento, ou a desmaiar, então saiu e secou-se o mais vigorosamente possível com uma toalha pequena. Havia uma toalha enorme dobrada e pendurada num suporte, mas Ray não tinha forças para lidar com ela. Então pendurou suas roupas com certo cuidado, bem devagar porque estava exausto, e entrou nu sob os lençóis. Sua garganta já doía, e ele não sabia o que o esperava.

De manhã Ray sentou-se, piscou os olhos e percebeu onde estava. Havia dormido com a luz acesa. Apagou-a. Agora sua garganta estava em chamas, sua cabeça leve e vazia como se ele fosse desmaiar. Ray sentiu medo, e não apenas porque poderia ter uma pneumonia. Era um medo sem nome e vago, combinado com uma sensação de vergonha. Suas calças continuavam molhadas. Ele olhou para o relógio de pulso — que ainda funcionava porque era à prova d'água — e viu que eram nove e vinte. Pensou num pequeno plano, tão pequeno que se sentiu estúpido por encontrar prazer nele. Pediria o café-da-manhã, mandaria passar o terno e tentaria dormir de novo enquanto isso. Vestiu sua capa, que estava apenas um pouco molhada no forro, pegou o telefone e fez o pedido. Sentiu um volume dentro do casaco, no alto à direita, e lembrou que seu talão de cheques de viagem estava ali, no bolso abotoado. Ele o tirou. Que sorte havê-lo deixado ali, depois de comprá-lo em Palma. Dois mil dólares em notas de cem. Havia um talão menor de cheques de viagem na pensão, que haviam sobrado do tempo de Xanuanx, com apenas algumas centenas de dólares, Ray pensou. Ele alisou o talão de cheques. Tinha assinado as folhas com sua caneta de desenho a tinta nanquim, por isso as assinaturas estavam intactas, mas as páginas haviam colado. Ele colocou o talão sobre o aquecedor.

A bandeja com o café-da-manhã chegou, e Ray mandou a garota embora com seu terno molhado e também a camisa. Ela pareceu um pouco surpresa, mas nada disse.

Depois do café, ele preencheu o cartão com um nome e um número de passaporte inventados, pois por algum motivo sentia vergonha de escrever o seu verdadeiro.

Foi acordado às onze, quando trouxeram seu terno. Pendurou-o no armário e voltou para a cama, pensando em acordar por volta da uma, deixar o hotel e fazer um bom almoço em algum lugar. Ray acordou às quinze para a uma e se vestiu. Não tinha gravata e precisava se barbear, mas essas coisas podiam ser facilmente remediadas. Olhou pela janela, que dava para telhados, algumas copas de árvores e videiras nos jardins, uma visão que poderia ter sido de Florença ou de várias outras cidades italianas, e mais uma vez sentiu o medo sem nome e paralisante, uma sensação de desespero e derrota. *Você poderia estar morto. Como é que está vivo?* Ray estremeceu embaixo do paletó. Quase tinha escutado a voz. E mais uma vez, Coleman provavelmente acharia que ele estava morto. Mais uma vez, Coleman não se importaria, não lhe interessava muito que Ray estivesse vivo ou não. *Porque você simplesmente não importa.* Ray se obrigou a pensar no que precisava fazer a seguir. Pagar a conta. Não queria voltar para a Seguso. Era isso. Fingir-se de morto por alguns dias, ver o que Coleman faria. A idéia lhe trouxe um alívio curioso. Era uma espécie de plano.

Descendo para a recepção, ele pediu a conta. Número 84. O nome, Thompson. Ray entregou seu cartão. Pagou quatro mil seiscentas e sessenta liras. Não lhe pediram passaporte. Ray saiu do hotel e imediatamente teve consciência de que não queria encontrar Coleman. Nem Inez ou Antonio. Lamentou não ter olhado pelas portas de vidro antes de sair, e agora caminhava rígido e olhava para as pessoas com tanta freqüência que alguns olhares foram atraídos para ele, o que o obrigou a parar com aquilo. As lojas começavam a fechar para a longa pausa do meio-dia. Ray entrou numa delas e comprou uma camisa azul-clara e uma gravata de listras azuis e vermelhas. Havia uma cabine para provar roupas, e lá dentro ele vestiu a camisa e a gravata novas.

Cautelosamente, Ray caminhou pela rua do Hotel Bauer-Gruenwald e virou à esquerda, afastando-se do hotel. Nada de Coleman nem de Inez, só ondas de estranhos que não prestavam atenção nele. Ray entrou numa *trattoria* chamada Città di Vittorio, um lugar modesto demais para Inez e Coleman freqüentarem, pensou, mas assim mesmo olhou em volta quando abriu a porta. Ray tinha comprado um jornal. Almoçou devagar, comeu o que pôde, mas não conseguiu terminar tudo o que havia pedido. Sentia as faces quentes, e vira seu rosto avermelhado no espelho da loja de roupas. Infelizmente, estava adoecendo. Era curioso pensar que agora poderia ter alguma coisa que viesse a ser fatal, conseqüência do golpe de Coleman. Pensou em procurar um médico e tomar uma injeção de penicilina. *Caí num canal ontem à noite e...*

Ray foi ao médico por volta das quatro da tarde, num velho prédio empoeirado na Calle Fiubera, atrás da Torre do Relógio. O médico tomou sua temperatura, disse que estava febril e não lhe deu penicilina, mas um envelope com grandes pílulas brancas. Recomendou-lhe ir para casa e se deitar.

O dia estava cinzento e frio, mas não chovia. Ray foi até o alfaiate onde tinha deixado o casaco para consertar e o pegou. Parecia uma estranha transação, o casaco, como uma vida invadindo outra, ou uma ponte entre duas existências. Mas os buracos da bala de Coleman tinham desaparecido, apagado, o casaco parecia novo e ele o vestiu. Era um bom casaco forrado de seda, de Paris. Ray entrou num bar para tomar um café e fumar um cigarro. Precisava pensar no que ia fazer, porque a noite chegaria logo. Com um copo d'água, tomou duas das pílulas enormes, inclinando a cabeça para trás para as engolir. Lembrou que certa vez ficou doente em Paris, quando era menino, deram-lhe um grande comprimido e ele perguntou ao médico, em francês: "Por que é tão grande?". "Para que as enfermeiras não o deixem cair", o médico havia dito, como se fosse óbvio, e Ray ainda lembrava do choque que sentiu, da sensação de injustiça, porque se pensava antes nos dedos da enfermeira do que em sua garganta. O médico daqui lhe havia recomendado seis por dia. Com o café delicioso e inspirador, Ray sentiu-se cheio de idéias e tudo pareceu-lhe possível. Ele poderia conhecer uma garota, contar-lhe uma história interessante, ser convidado para seu apartamento, receber permissão para ficar, especialmente se oferecesse algum dinheiro. Ou poderia escolher alguns americanos, dizer-lhes que estava se escondendo de uma garota, uma italiana que o procurava em todos os hotéis de Veneza. Mas percebeu a dificuldade de encontrar americanos que a) tivessem um apartamento ou uma casa em Veneza, e b) fossem boêmios o suficiente para aceitar um estranho em casa. Ray pensou melhor e tentou ser mais lógico. Pela terceira vez, veio-lhe à cabeça a garota de rosto de pêssego da cafeteria no lado norte da praça. Uma boa menina, isso era evidente. Ele teria de lhe contar uma história decente. Quanto mais perto da verdade, melhor, era o que sempre ouvira dizer. Poderia lhe fazer uma pergunta perfeitamente honrada: ela conhecia algum lugar, alguma família, qualquer pessoa que pudesse hospedá-lo durante alguns dias, se ele pagasse aluguel? Casas particulares não lhe pediriam passaporte, porque não declaravam a renda de inquilinos.

Ray saiu do bar e foi procurar uma barbearia. Na barbearia — onde um garoto de dez anos estava deitado num banco com um rádio, enfeitiçado por um bom jazz americano à moda antiga — , Ray pediu ao barbeiro para deixar a barba ao longo do maxilar e do lábio superior. Ele não estava tentando mudar de aparência, e a barba não faria isso; simplesmente queria uma mudança. Havia deixado crescer uma barba desse tipo em Maiorca durante alguns meses. Peggy tinha gostado no início, depois não gostou e ele a cortou. O espelho do barbeiro era comprido e claro, cobrindo meia parede. Ray olhou diretamente para si sobre a fileira dupla de vidros de tônicos e loções capilares, com os olhos ardendo em um frenesi de febre, ele supôs.

Ele tinha sobrancelhas grossas e escuras, a boca larga e reta, os lábios mais para cheios. Seu nariz era reto e forte, uma versão mais pesada do de sua mãe, mas nela fora um atributo que a tornava "uma beleza". Seu cabelo castanho-avermelhado não era o de seus pais, mas tinha sido a cor do cabelo do irmão de sua mãe, Rayburn, de onde viera seu nome. Quando Ray recebia cartas endereçadas a um Raymond, sabia que quem tinha escrito não o conhecia bem. De seu pai, que na juventude fora um trabalhador em poços de petróleo, um *self-made man* hoje milionário, dono de uma companhia de petróleo, Ray herdou o rosto largo. Era um rosto americano, ligeiramente para o bonito, totalmente marcado pela vagueza, prudência, dúvida, ou mesmo pura indecisão, ele pensou. Não gostava de sua aparência, e sempre se via ligeiramente inclinado para a frente, como se quisesse escutar alguém que estivesse falando baixo, ou como se iniciasse uma reverência, prestes a recuar. Ele achava que por causa do dinheiro de seus pais tinha uma vida fácil demais. Ainda era antiamericano receber dinheiro dos pais. Entre seus amigos, muitos deles pintores sem muitos recursos, Ray tendia a pagar todas as contas, mas isso também era proibido: era exibição. Ele era atormentado por uma constante sensação de que não estava na corrente principal da vida, porque não precisava ter um emprego. Com os amigos, ele dividia as contas, talvez com excesso de minúcia, e cada um pagava sua parte, exceto quando ele havia tomado alguns drinques e conseguia fazer o que tinha vontade, que era dizer: "Essa é minha".

Sentado na cadeira do barbeiro, Ray lembrou um incidente de sua infância que se destacava absurdamente, e do qual se lembrava pelo menos duas vezes por ano. Quando tinha nove ou dez anos, havia ficado na casa de um de seus colegas de escola, um apartamento. Ele percebeu que os pais desse amigo não eram donos do apartamento, apenas o alugavam, e que outras pessoas tinham morado ali antes deles e morariam depois. Ray havia conversado sobre isso com seu pai naquela noite, dizendo: "Nossa casa sempre foi nossa, não é?". "É claro, eu a construí", disse seu pai. (Ray havia pensado na época que seu pai tinha construído a casa com as próprias mãos antes de ele nascer, porque seu pai sabia fazer tudo.) Ray sentira-se diferente então, muito especial, mas de uma maneira que não queria ser. Queria viver em uma casa ou um apartamento em que outras pessoas tivessem morado antes. Sentiu que era vagamente inamistoso e arrogante o fato de ele e sua família morarem em uma casa que eles próprios tinham construído e possuíam. O apartamento de seu colega não era pobre, pelo contrário, bastante luxuoso. Mas anos mais tarde, e até o presente, a visão de uma fileira de casas banais em Nova York, de fachadas comuns aqui em Veneza, o faziam lembrar do incidente e da mesma emoção perturbadora: outras pessoas viviam de algum modo em camada sobre camada de humanidade e história; sua família tinha uma superfície nova, fina, rica. Portanto, de alguma forma, não havia nada para lhe servir de base.

Aos vinte anos, quando estudava em Princeton, Ray havia ficado noivo de uma garota de St. Louis que ele conhecia desde os dezoito. Ele pensava que a amava, mas mal entendia como o noivado tinha acontecido. É claro que tinha feito a proposta verbalmente, mas de uma maneira que deu à garota e a ambas as famílias o direito de exercer pressão, simplesmente por "aprovarem". Um ano depois, pouco antes da formatura, Ray percebeu que não a amava e que tinha de romper. A experiência foi traumática. Ele mal acabara de passar nos exames. Sentiu-se um canalha, pensando que havia destruído o mundo da menina. Um dos momentos mais felizes de sua vida foi logo depois da formatura, quando soube que a garota tinha se casado. Na verdade ele não a havia magoado, percebeu. Seus pais, Ray pensou, não faziam idéia do que ele havia passado no último ano da universidade, embora se interessassem muito por suas notas, por quem ele conhecia e se estava "feliz e se saindo bem".

Ele escutou — com mais prazer do que geralmente escutava jazz, que em Maiorca quase o deixara louco — o virtuosismo livre e fácil que saía do rádio do menino, música que o barbeiro gordo que agora cortava seu cabelo e os dois outros barbeiros e os homens nas cadeiras não pareciam escutar, e Ray sentiu que qualquer coisa que desejasse no mundo seria possível. Teoricamente, era possível e verdadeiro. Mas ele também percebia que lhe faltava pique para tornar qualquer coisa real, e que esse pensamento lhe ocorreu por causa do jazz e de sua febre. Ele era tímido, bem diferente de seu pai, cuja palavra era lei, um homem que fazia o que queria e o que precisava ser feito de uma tacada. Ray queria se anular, o que às vezes chegava a fazê-lo gaguejar com estranhos. Detestava seu dinheiro, mas sempre havia lugares para se livrar dele, e Ray os estava usando — ajudando a sustentar alguns pintores em Nova York, fazendo doações anônimas (pequenas, comparadas com as dos milionários, mas ele ainda não havia entrado no dinheiro de seu pai) para igrejas falidas na Inglaterra, para comitês de ajuda a aldeias italianas e austríacas enterradas sob avalanches e algumas organizações para o progresso das relações raciais. Ray poderia ter ainda mais dinheiro. Ele havia instruído os banqueiros de seu fundo fiduciário a lhe enviar uma soma que considerava adequada; mas como não a utilizava toda, o dinheiro se acumulava no fundo, crescendo diariamente apesar das mordidas do imposto de renda e um pedido ocasional de cinco mil dólares para um carro, dez mil para o barco que ele e Peggy haviam comprado em Maiorca.

Quando Ray saiu da barbearia, caminhou na direção da cafeteria perto do Campo Manin. Já passava das cinco horas e escurecia. Talvez a garota já não estivesse trabalhando, Ray pensou, ela entrava muito cedo de manhã.

Encontrou o café, e ela não estava atrás do balcão. Ray ficou muito decepcionado. Encostou-se no balcão e pediu ao menino um *capuccino*, que não queria. Pensou em perguntar a ele sobre um quarto em algum lugar. Os italianos eram sempre prestativos para essas coisas, e o menino parecia inteligente, mas Ray não conseguiu se expor a esse risco. O menino poderia contar a outras pessoas. Então a garota loura de uniforme azul-claro entrou por uma porta no fundo do café. Um choque lento percorreu Ray ao vê-la, e ele baixou os olhos para sua xícara; mas eles tinham encontrado os da garota, e ela disse com um sorriso: "*Buona sera*", como devia ter dito para duzentas pessoas naquele dia.

Ela serviu dois homens que tinham entrado. Taças de vinho tinto no balcão.

Ray pensou que devia falar com ela antes que o lugar se enchesse, e começou a formar frases em italiano. Quando a garota estava mergulhando xícaras na pia de água quente à sua frente, Ray disse:

"Desculpe. Você conhece uma casa onde eu possa alugar um quarto? Não é necessário que seja aqui perto."

"Um quarto?", ela perguntou, arregalando os olhos cinzentos. Então estes se fecharam um pouco enquanto ela pensava, segurando um pano molhado na mão esquerda na borda da pia de inox. "Minha vizinha, a *signora* Calliuoli. Fica no Largo San Sebastiano." Ela apontou.

O endereço nada significava para Ray.

"Você pode me dizer o número?"

A garota sorriu e pareceu confusa.

"É um número comprido, e não há nome na campainha. Se você quiser, posso lhe mostrar quando sair. Se quiser esperar", ela deu um olhar sobre o ombro, "eu termino às seis."

Faltavam dezessete minutos para as seis. Ray terminou seu café, pagou e deixou uma gorjeta no pires sobre o balcão. Ele fez um sinal com a cabeça para a garota, tentando parecer eficiente e correto e disse: "Até às seis", e saiu do bar.

A *signora* Calliuoli poderia não ter um quarto livre, ele pensou, e nesse caso talvez a garota não conhecesse outro lugar. Mas Ray se sentia despreocupado e feliz, realmente feliz, e logo percebeu que isso era passageiro e conseqüência da febre. Ele voltou à cafeteria às seis em ponto.

A garota vestia um casaco preto. Ela lhe deu um sorriso e fez um aceno. Um rapaz forte de paletó branco entrou pela porta do fundo, talvez para substituí-la à noite, e ela também falou com ele, fazendo-o sorrir e olhar para Ray.

"Não é longe. Quatro minutos", disse a garota.

Ray assentiu. Queria lhe dizer seu nome, por educação, então percebeu que precisava inventar um novo.

"Meu nome é Philip. *Filippo*. Gordon", acrescentou.

Ela assentiu, sem demonstrar interesse.

"O meu é Elisabetta."

"*Piacere.*"

"Você quer o quarto por quantas noites?" A garota caminhava depressa.

"Três, quatro. Diga uma semana, se a *signora* preferir."

Viraram uma esquina, o vento bateu de frente neles e Ray estremeceu. De repente a garota parou e tocou uma campainha numa entrada estreita que dava diretamente para a rua. Ray olhou à direita e à esquerda, depois para cima e viu a casa de cinco andares, mais estreita do que alta. Não viu canal ali perto.

"Quem é?", disse uma voz de uma janela elevada.

"Elisabetta." Seguiu-se uma sentença mais longa que Ray não entendeu.

Um zumbido e a porta se abriu. Eles entraram e encontraram a mulher que descia a escada. Ela fez sinal para Ray subir e ver o quarto. Para alívio de Ray, a garota os acompanhou, trocando conversa com a mulher.

A *signora* mostrou a Ray um quarto quadrado, de tamanho médio, com uma colcha florida vermelha e amarela sobre uma cama de viúvo que parecia cheia de calombos. Havia um guarda-roupa alto e fotos nas paredes. Mas era limpo.

"Você entende? Oitocentas liras por dia, com café-da-manhã", disse Elisabetta.

"Muito bom", disse Ray. "Vou ficar com ele", disse para a *signora* Calliuoli.

Ela sorriu e marcas profundas e amistosas se formaram nos dois lados de sua boca. Ela vestia preto.

"O banheiro fica embaixo. Um andar. O toalete", ela apontou, "um para cima."

"*Grazie.*"

"*Va bene?*", disse Elisabetta, também sorrindo.

Ray teve vontade de beijá-la.

"Muito obrigado", ele disse em inglês. "*Grazie tanto.*"

"Sua mala?", perguntou a *signora* Calliuoli.

"Vou buscá-la amanhã", Ray disse casualmente, e pegou a carteira. Ele mostrou uma nota de cinco mil liras. "Vou lhe pagar por cinco noites, de qualquer modo, se isso for satisfatório. Desculpe, mas não tenho troco agora."

A mulher pegou a nota.

"Obrigada, senhor. Vou lhe trazer mil liras." Ela saiu.

Ray deu um passo para o lado para que a garota pudesse sair do quarto antes dele. Desceram as escadas. Ray teve um impulso de convidá-la para jantar, perguntar se poderia encontrá-la às oito, mas achou melhor não.

A *signora* os encontrou lá embaixo, com o troco.

"*Grazie*, *signore* Gordon. Vai sair agora?"

"Só por alguns momentos", disse Ray.

"Aqui sempre tem alguém. Não vai precisar de chave."

Ray assentiu, mal escutando. Uma cortina de irrealidade havia baixado entre ele e o mundo. Ray sentia-se enérgico, feliz, gentil e otimista. A garota olhava para ele de modo estranho na rua, e Ray disse:

"Pensei em acompanhá-la até sua casa."

"Eu moro aqui." Ela parou subitamente, com a mão na fechadura de uma porta igual àquela por onde acabavam de sair, mas com uma aldrava circular de metal polido.

"Obrigado mais uma vez por encontrar um quarto para mim", disse Ray.

"*Prego*", disse a garota, que agora parecia um pouco confusa, talvez desconfiada. Ela procurou a chave em sua bolsa.

Ray deu um passo para trás e sorriu.

"Boa noite, *signorina* Elisabetta."

Ela deu um pequeno sorriso.

"Boa noite", ela disse, e virou-se para colocar a chave na fechadura.

Ray voltou para sua nova casa e seu quarto. Pretendia deitar-se por alguns instantes, mas dormiu e só acordou às oito e meia. O pequeno abajur de leitura cor-de-rosa estava aceso. Ele tinha sonhado com um terremoto, com crianças nadando habilmente pelos canais criados pelo terremoto e subindo para a terra como focas. Ele havia tido uma conversa frustrante com algumas garotas que estavam sentadas em um muro alto enquanto ele ficava de pé embaixo, enterrado na lama até os joelhos, tentando fazê-las escutar. Elas o haviam esnobado. Prédios desmoronados e em ruínas estavam em toda parte no sonho. Ray tomou mais dois comprimidos. A febre tinha piorado. Devia tomar uma sopa quente em algum lugar e voltar para a cama, pensou.

Vestiu a camisa azul que tinha tirado para dormir e se fez o mais apresentável possível com seu guarda-roupa limitado. *Preciso de uns bons drinques antes da sopa*, pensou. Foi a um bar e tomou alguns uísques, depois caminhou em direção a Rialto para o Graspo di Ua. Seria bom tomar uma boa tigela de sopa, já que era tudo o que comeria, e o Graspo di Ua era um restaurante excelente. A caminhada o cansou, mas ele refletiu que poderia pegar um *vaporetto* na volta e que a parada do Giglio devia ser a mais próxima do Largo San Sebastiano.

Ray abriu a porta do restaurante e entrou, apreciando o calor que o envolveu já no primeiro passo. À sua frente, um pouco para a direita, estava Coleman, rindo e conversando com Inez, que estava de costas. Ray o olhou fixamente. Coleman estava de boca aberta, com a colher no ar, embora sua voz se perdesse no ruído ambiente.

"Quantas pessoas, senhor?", perguntou o *maître*.

"Não. Não, obrigado", Ray respondeu em italiano, e saiu. Ele se virou automaticamente para a direção de onde viera, depois voltou e caminhou na direção da Ponte de Rialto, o lugar mais próximo onde poderia pegar um *vaporetto*. Inez também estava rindo, lembrou. O que pensaria Inez? O que Coleman pensaria sobre ele estar vivo ou não? Teria telefonado para a Pensione Seguso? Teria ligado sem Inez saber? Agora Ray pensou que talvez não. De certa forma, era um pensamento perturbador e surpreendente. Ray se concentrou em chegar a Rialto e à parada do *vaporetto*.

A Seguso provavelmente arrumaria sua mala amanhã e a guardaria em algum lugar no porão. Notificariam a polícia ou o consulado americano? Ray duvidou que tivessem muita pressa em fazer isso. Certamente hóspedes estranhos já haviam partido sem aviso para algum lugar e escrito cartas dias depois para que enviassem sua bagagem.

Coleman rindo.

É claro que Coleman nada teria dito a Inez, exceto que deixara Ray no cais Zattere. Se Inez comentasse que Ray não havia ligado para eles, Coleman diria: "Ah, provavelmente ele foi para Paris. Por que deveria nos dizer?". Inez poderia lembrar que havia pedido para Ray lhe telefonar antes de ir embora. Mas então, o que ela faria?

Ray sentiu-se subitamente fraco e muito doente. Seu nariz escorria. Ele voltou para casa no Largo San Sebastiano, foi recebido por uma adolescente que não tinha visto antes, subiu a escada até seu quarto e foi para a cama depois de tomar duas pílulas.

Sonhou com fogo e corpos cor-de-rosa dançantes, esguios, nus, sem sexo, em um lugar que não era o céu nem o inferno. Acordou quente, com o peito e as costas molhados de suor, e ficou contente porque achou que a febre estava cedendo. Benditas pílulas, pensou sonolento, e pousou novamente a cabeça no travesseiro molhado. Acordou com uma batida na porta.

A garota de rosto comum trouxe sua bandeja com o café-da-manhã. Ray puxou as cobertas sobre seus ombros nus.

"A *signora* perguntou se o senhor está doente", disse a garota.

"Estou melhor agora, obrigado." Sua voz estava rouca.

A garota o encarou.

"Está resfriado?"

"Sim, mas já melhorei", disse Ray.

Ela se retirou.

Ele tomou mais duas pílulas. Ainda restavam oito. Durante a primeira hora ficou acordado e não tentou pensar ou fazer planos. Cuidou de si mesmo delicadamente, como alguém ainda equilibrado entre a doença e a saúde, ou mesmo entre a vida e a morte, grato por se sentir melhor. Compraria um suéter hoje e outro par de sapatos, talvez uma mala, uma bela mala, se tivesse dinheiro suficiente. Pensou que devia ter setenta ou oitenta mil liras na carteira. Teria de pensar em como conseguir mais, usando seus cheques de viagem sem passaporte, mas se preocuparia com isso mais tarde. Em algum momento hoje ele poderia ir à cafeteria onde Elisabetta trabalhava e convidá-la para jantar.

Ray comprou um aparelho de barbear, sabão, escova e pasta de dentes e um par de sapatos. Levou as coisas para casa e usou a lâmina, aparando ao redor da barba que estava crescendo. Era quase uma hora. Ele saiu e caminhou na direção do Campo Manin. No caminho encontrou Elisabetta, que evidentemente ia para casa almoçar.

"*Buon giorno*", Ray lhe disse.

"*Buon giorno*." Ela parou. "Está se sentindo melhor?"

"Sim. Por quê?"

Eles caminharam na direção em que a garota seguia.

"Porque ontem pensei que você estivesse muito doente."

"Só um resfriado. Estou melhor, sim."

"Eu vi a *signora* Calliuoli ontem à noite no bar da esquina. Ela disse que você parecia doente e foi dormir cedo."

"Sim, fui. Estava muito frio duas noites atrás. Me resfriei." Ele não conhecia a palavra para "gripe".

"Veneza às vezes é muito fria."

"Muito."

"Desculpe, preciso comprar pão." Ela entrou numa padaria.

Ray a esperou na rua. A loja estava cheia de mulheres e empregadas comprando pão para o almoço. Ele não devia parecer um idiota a persegui-la, Ray pensou, e endireitou o corpo quando ela saiu.

"Estava pensando", ele disse, "se você poderia jantar comigo esta noite. Eu gostaria de convidá-la, para agradecer." Seu italiano limitado chegou abruptamente ao fim depois dessa frase. Ele havia falado com solenidade e rigidez, como um velho formal, pensou. E assim que pensou isso a atração da garota, que havia sido formidável um segundo antes, desapareceu como um fogo que esmorece. Mas ele dependia terrivelmente de sua resposta.

"Esta noite não posso. Minha tia vem jantar", disse ela sem prestar atenção, enquanto começava a caminhar. "Obrigada."

"Que pena. E amanhã à noite?"

Ela olhou para Ray de lado — não era muito mais baixa que ele — e seu sorriso foi adorável, rápido, divertido.

"Oh! Posso sair com você esta noite. Minha tia vem todos os sábados."

"Muito bem! A que horas? Oito? Sete e meia?"

Eles tinham chegado à porta da casa de Elisabetta.

"Sete e meia. Não posso voltar muito tarde. É a campainha debaixo." Ela indicou, sem apertá-la.

Exatamente às sete e meia, Ray apertou o botão da campainha. Ele usava uma camisa nova, gravata nova e sapatos novos. E havia feito uma reserva (em nome de Gordon) no Graspo di Ua, pois achou improvável que Coleman e Inez jantassem lá duas noites seguidas.

Elisabetta abriu a porta. Usava um vestido azul-claro, mais claro que o avental de trabalho. A cor tornou-se ela.

"*Buona sera*. Suba. Estarei pronta em um minuto."

Ao subir a escada Ray conheceu seus pais e sua tia, que estavam bebendo vinho tinto na sala de jantar, onde havia uma mesa oval arrumada para quatro pessoas. Tigelas de sopa esperavam sobre os pratos. A tia e o pai eram parecidos. A mãe era grande e loura como Elisabetta, e sorria com facilidade, mas Ray percebeu que ela o examinava com atenção.

Ray não foi convidado para se sentar, e depois de apresentá-los, Elisabetta reapareceu quase imediatamente, de casaco.

"Estou hospedado ao lado, com a *signora* Calliuoli", disse Ray, sabendo que não era necessário, para a mãe de Elisabetta.

"Ah, sim. Vai ficar muito tempo?"

"Alguns dias."

"Você deve estar de volta às onze, Elisabetta", disse o pai.

"E não sei que preciso levantar com os pombos?!", ela retrucou.

"Onde vocês vão jantar?", perguntou a mãe.

Ray limpou a garganta, que ainda estava áspera.

"Pensei no Graspo di Ua."

"Ah, muito bom", comentou a tia, sem sorrir.

"Sim, acho muito bom", ele disse.

"Vamos", disse Elisabetta. "Boa noite, tia Rosalia." Ela tocou o ombro da tia e lhe deu um beijo no rosto.

6

Elisabetta — seu sobrenome era Stefano — gostou do restaurante. Ray pôde ver isso assim que entraram.

E Coleman não estava à vista.

Ray pediu um *scotch,* a garota um Cinzano. Ela devia ter vinte e quatro ou vinte e cinco anos, Ray pensou. Ele ainda não se sentia nada bem, estava vagamente trêmulo e cheio de dores, mas tentou esconder isso com maneiras lentas e formais, e conversou fazendo perguntas como "Você sempre morou em Veneza?".

Elisabetta tinha nascido ali, assim como sua mãe, mas seu pai era de uma cidade ao sul de Florença de que Ray nunca tinha ouvido falar. O pai era gerente de uma loja de artigos de couro perto da Ponte de Rialto.

"Você é um agente da polícia?", Elisabetta perguntou, olhando para ele com um sorriso franco do outro lado da mesa.

"*Dio mio, no*! O que a fez pensar isso?"

"Ou um espião?", ela disse, sorrindo com nervosismo.

Então boa parte de seu encanto desapareceu.

"Também não sou espião."

Mas Elisabetta tinha uma aparência adorável, realmente espetacular.

"Se eu fosse espião", Ray começou cuidadosamente, "meu governo me daria tudo de que preciso. Um passaporte, um nome, um hotel."

Ela pendurou sua carteira em um gancho oferecido pelo garçom. O gancho repousava num disco plano sobre a mesa e curvo para fora.

"Você me contou seu nome verdadeiro?"

"Sim. Philip Gordon. Você está pensando por que não estou num hotel. Vou lhe dizer por quê. Estou tentando evitar certos amigos por alguns dias. Amigos americanos."

Ela franziu a testa, descrente.

"Mesmo? Por quê?"

"Porque querem que eu volte para Roma com eles. De lá vão para Londres. Se eu fosse para um hotel eles me encontrariam, porque não acreditaram quando eu disse que estava partindo para os Estados Unidos. Entende?" Parecia convincente, mas Ray achou que ficou ainda mais vago, em vez de claro, por causa de seu italiano rudimentar. Ele viu que a moça não acreditou, que ficou inquieta por causa disso. Ray olhou para o relógio. "Você deve me ajudar a vigiar a hora, já que precisa voltar às onze. Agora são oito e cinco."

Os lábios dela se abriram num sorriso.

"Ah, eles não são tão severos."

Seus dentes eram grandes e brancos, a boca farta e generosa. Ela devia ser deliciosa na cama, Ray pensou, e perguntou-se se seria virgem. Teria vinte e sete anos, ou talvez apenas vinte e dois? Ele queria reforçar sua história, mas o garçom chegou.

"Meus amigos são todos rapazes", Ray disse depois que o garçom anotou os pedidos. "Velhos amigos da faculdade. Um pouco grossos. Quando eu disse que não voltaria a Roma com eles, me atiraram na água. Duas noites atrás. Por isso eu estava gripado ontem."

"Na água onde?", Elisabetta perguntou, alarmada.

"Ah, num canal. Eu saí imediatamente, mas estava frio,

você sabe. Tive de andar muito até a casa. Até o hotel. Eu disse a meus amigos que ia embora e fiz as malas, mas..."

"Eles pediram desculpas?"

Ray sorriu.

"Ah, sim, de certa maneira. Mas sei que não acreditaram que eu ia embora. Deixei minha mala na estação de trem. Achei que seria bom passar alguns dias livre."

O primeiro prato da garota chegou, e ela pegou o garfo com um sorriso de antecipação.

"Não acredito em você. Em nada do que disse."

"Por que não acredita?"

"Qual é seu trabalho nos Estados Unidos?"

"Tenho uma galeria de arte", Ray respondeu.

Elisabetta riu de novo.

"Acho que você está contando uma mentira depois da outra." Ela olhou à direita e à esquerda, então disse baixinho: "Acho que você fez alguma coisa errada e está se escondendo".

Ray também olhou ao redor, mas apenas procurando Coleman.

"Acho que você... quer me insultar", ele disse com um sorriso e começou a tomar a sopa.

"Estou tão cansada de Veneza...", Elisabetta disse com um suspiro.

"Por quê?"

"É sempre igual. Fria no inverno, cheia de turistas no verão. Mas sempre as mesmas pessoas. Não os turistas, as pessoas com quem convivo." Ela ficou nessa ladainha durante dois ou três minutos, sem olhar para Ray, com uma insatisfação petulante em seu rosto infantil, com tédio, com... — Ray notou e ficou decepcionado — falta de inteligência.

Ray escutava educadamente. Havia apenas uma coisa a sugerir a garotas desse tipo, ele pensou, e era que se casassem, trocando um tipo de tédio por outro, talvez, mas com um cenário diferente e uma pessoa diferente. Afinal ele disse:

"Você não pode fazer uma viagem para algum lugar? Ou ir trabalhar em outra cidade? Como Florença?"

"Ah, Florença. Estive lá uma vez", disse Elisabetta sem entusiasmo.

Não restava nada além do casamento, então Ray disse:

"Você quer se casar?"

"Olhe, algum dia. Não tenho pressa. Mas já estou com vinte e dois. Não sou muito velha, sou? Pareço ter vinte e dois?"

"Não. Acho que parece vinte", disse Ray.

Isso agradou à moça. Ela bebeu o vinho e ele serviu mais.

"Aquele rapaz no bar, Alfonso", ela disse, "ele quer casar comigo. Mas não é muito interessante."

Ray supôs que fosse o jovem peludo que ele tinha visto chegando para trabalhar quando Elisabetta saía na noite anterior. Pensou que ela estava conversando com ele como poderia conversar com outro homem, ou mesmo outra garota, o que deu à noite uma súbita sensação de achatamento. Por outro lado, nos últimos minutos, a atração sexual da garota tinha desaparecido para Ray. Seu corpo podia ser muito bonito, mas o que ela dizia o havia entediado e matado seu desejo.

Agora ela falava sobre os pais, suas pequenas brigas sobre qualquer coisa. A mãe estava interessada em investir cada vez mais dinheiro. Ações. Seu pai queria comprar uma fazenda perto de Chioggia para se aposentar, e queria começar a comprá-la agora. Ela não tinha irmãos ou irmãs. Não sabia de que lado estava, se do pai ou da mãe, e disse que as discussões a estavam destroçando. Ela dava a metade de seu salário para os pais e os deixava discutir sobre o que fazer com ele. Sua tia Rosalia era muito mais sensata, mas o problema era que não tinha influência nenhuma sobre seus pais.

Eles chegaram à sobremesa. Elisabetta queria alguma coisa com sorvete. Ray se serviu do resto do vinho, pois a taça da garota estava quase cheia.

"Devo lhe contar a verdade sobre mim?", Ray perguntou num momento de silêncio.

"Sim." Elisabetta olhou para ele com ar sério, sóbria depois de ter contado sua própria vida.

"Meu sogro está em Veneza e quer me matar. Minha mulher morreu há um mês. Foi meu sogro quem me empurrou para a água. A água entre o Lido e a terra."

"A laguna..." Os olhos de Elisabetta pareceram se retrair enquanto ela olhava fixamente para Ray. Seus lábios fartos estavam solenes. "Sua mulher morreu?"

"Ela se suicidou", disse Ray, "e o pai dela pensa que eu sou o culpado. Eu... acho que não sou. Mas ele quer me matar, por isso preciso me esconder, para me proteger."

"Por que não vai embora de Veneza, então?"

Ray não respondeu por um instante, e percebeu que seu silêncio pesou na balança mental da garota. Ela não acreditava nele.

"Você está me contando mais uma história. Por que está dizendo mentiras?" Agora os lábios sorriam. "Não precisa me contar mentiras. Nem a verdade", ela acrescentou com um gesto, erguendo a mão esquerda da mesa. "Acha que precisa explicar tudo? Pelo menos invente histórias melhores." Elisabetta riu.

Ray olhou para ela, para seus ombros redondos e fortes, mas sem enxergá-la realmente. Ele não conseguia decidir se era algo que devia enfrentar, ou deixar como estava.

"Por que não pega sua mala na estação ferroviária?", ela perguntou. "Sabe o que eu acho? Acho que você fez alguma coisa errada." Ela se inclinou para a frente e sussurrou: "Pode ter roubado alguma coisa. Talvez jóias. Enquanto isso... talvez você tenha uma grande conta num hotel que não pode pagar. Então deixou o hotel e se escondeu. É isso!".

"É isso", Ray repetiu, por falta de algo melhor para dizer.

"Acho que você roubou alguma coisa e está preocupado", disse Elisabetta, e começou a comer a sobremesa.

"Eu pareço um ladrão?"

Ela levantou os olhos. Agora estavam dourados.

"Na verdade acho que você parece culpado de alguma coisa." Ela pareceu sentir um certo medo depois de dizer isso.

Culpa. *Mea culpa*. Ray ficou ressentido e também envergonhado, como se ela tivesse dito que ele tinha alguma característica negativa, como odor corporal, mau hálito ou uma corcunda, algo de que ele não pudesse se livrar.

"Nesse caso, enganou-se", ele disse, mas viu que não causou impressão.

Elisabetta o olhava com um olhar brilhante e malicioso.

"É claro que não precisa me contar o que fez, se não quiser. Não acho que você pareça realmente um criminoso. Não um profissional."

Apenas um amador, Ray pensou. Um fazedor de erros. A música de jazz da barbearia passou por sua cabeça. "Sweet Lorraine" distorcida, quase irreconhecível, um trompete saltitando sobre o piano. Em Maiorca, o jazz constante o havia impedido de ler, pintar, até de pensar. Peggy queria discos tocando o tempo todo, pilhas deles, a manhã inteira, a tarde inteira, e o maldito jazz estridente foi uma das coisas, uma coisa importante, que o havia feito sair de casa naquele dia, antes de ela morrer. Mas na véspera, na barbearia, ele havia gostado do mesmo tipo de música, ou pelo menos a havia tolerado. Ray não conseguia chegar a uma conclusão sobre isso, mas ontem ficara contente por sentir-se tolerante e até apreciar a música. Estaria anestesiado pela febre? Ele não ia contar à garota a coisa mais importante de seu relacionamento com o sogro, Ray pensou — que seu sogro provavelmente achava que ele estava morto. Elisabetta não acreditaria de todo modo, e era um segredo sombrio e precioso para Ray, que não devia desperdiçar, mesmo que ela não acreditasse. Então sua rejeição mental à garota lhe trouxe uma sensação de culpa, um surto na direção oposta, na direção dela.

"Você gosta de dançar?", ele perguntou.

Elisabetta inclinou a cabeça, sorrindo.

"Você é muito estranho. Está sempre mudando de assunto."

Eles foram para uma boate a alguma distância, passando por uma dúzia de ruas, virando esquinas, um labirinto escuro distante do Graspo di Ua. Elisabetta conhecia exatamente o caminho, e deixou Ray maravilhado com seu sentido de direção. Sem um fio, ela o conduziu através de um labirinto até uma porta vermelha aberta, da qual desciam degraus.

Ray pediu champanhe, porque parecia a melhor coisa a fazer. As luzes eram fracas, o lugar pequeno e cheio pela metade. Duas ou três garotas que dançavam obviamente trabalhavam lá. A orquestra tinha quatro homens.

"Eu só estive aqui uma vez antes", Elisabetta confidenciou para Ray enquanto dançavam. "Com um oficial da marinha italiana."

A garota era agradável de conduzir, mas ele não gostava de seu perfume. E sentia-se incrivelmente cansado. Amanhã procuraria Coleman, pensou, faria uma surpresa. Não sabia exatamente como ou onde, mas teria uma idéia. E se Coleman tivesse deixado a cidade, o encontraria.

A orquestra parou por alguns segundos, então começou um samba. Ray não quis mais dançar.

"Você está cansado", disse Elisabetta. "Vamos nos sentar. Acho que ainda está febril."

Era difícil conversar com a música. Elisabetta não quis mais champanhe. Ray se serviu. Ele olhou para a entrada, onde havia os degraus, e imaginou Inez descendo por eles, seguida de Coleman. Inez já devia saber, Ray pensou. Devia ter tentado ligar para ele na Seguso, provavelmente sem contar a Coleman, e a Seguso poderia ter dito que o *signore* Garrett não aparecia havia duas noites. A garota da pensão diria isso num tom de certo alarme, Ray tinha certeza. Inez indagaria a Coleman, e este diria que o havia deixado na Accademia ou no cais Zattere, mas Inez talvez não acreditasse nele. Sim, provavelmente muita coisa estaria acontecendo entre Inez e Coleman agora, mas qual seria a reação de Inez? O que ela faria? O que qualquer pessoa faria? Era uma questão, um problema, e talvez pessoas diferentes se comportassem de maneiras diferentes.

"Com que você está preocupado?", perguntou Elisabetta. Ela sorria, um pouco alegre pela champanhe.

"Não sei. Nada." Ele se sentiu tonto, vazio, morto ou talvez morrendo. Sinos distantes e agudos soaram em seus ouvidos. A garota estava dizendo alguma coisa que ele não conseguia ouvir, olhando para o lado agora, e a despreocupação dela sobre seu estado o fez sentir-se muito solitário. Ray respirou fundo, uma inspiração profunda depois de outra do ar carregado de fumaça. Elisabetta não percebeu. A tontura passou.

Alguns momentos depois eles estavam na rua, caminhando. A garota disse que não era longe de onde moravam, e não havia barcos que pudessem pegar. As calçadas estavam úmidas sob seus sapatos. Elisabetta segurou o braço dele e falou sobre suas últimas férias de verão. Havia visitado parentes no Ticino. Eles tinham vacas e uma casa grande, e a haviam levado para Zurique. Ela achou Zurique muito mais limpa que Veneza. Ray sentia o calor do braço da garota junto ao dele. Não estava tonto agora, mas sentia-se só e perdido, sem objetivo, sem identidade. Não seria estranho, ele pensou, se estivesse realmente morto, se estivesse sonhando tudo isso, ou se por algum estranho processo — que era a suposição em que se baseavam quase todas as histórias de fantasmas — ele fosse um fantasma visível para algumas pessoas, como essa garota, um fantasma que amanhã não estaria no quarto da *signora* Calliuoli, não teria deixado para trás sequer uma cama desfeita, apenas uma estranha memória nas mentes das poucas pessoas que o haviam visto, nas quais outras pessoas talvez não acreditassem quando falassem dele.

Mas os canais escuros eram muito reais, assim como o rato que atravessou o caminho a cinco metros de distância, correndo de um buraco na parede de uma casa para um buraco no parapeito de pedra na borda do canal, onde uma barcaça balançava sonolenta contra as amarras, fazendo um som que parecia de porco. Elisabetta tinha visto o rato, mas interrompeu o que dizia com um breve "Oh!" e continuou. Uma luz presa ao canto de uma casa para iluminar quatro ruas parecia queimar pacientemente, esperando pessoas que ainda não haviam chegado, pessoas que realizariam alguma ação embaixo dela.

"Quanto tempo você realmente vai passar aqui?", perguntou Elisabetta.

Ray viu que tinham entrado na rua deles.

"Três ou quatro dias."

"Obrigada por esta noite", disse Elisabetta na entrada de sua casa. Ela olhou rapidamente para o relógio, mas Ray duvidou que pudesse enxergar a hora. "Acho que ainda não são onze. Somos muito comportados."

Ele havia atingido um estado de não escutar o que ela dizia, no entanto não queria deixá-la.

"Alguma coisa o está preocupando, Filippo. Ou está apenas muito cansado?" Agora ela sussurrava, como se em sua própria rua não quisesse perturbar os vizinhos, porque os conhecia.

"Não muito cansado. Boa noite, Elisabetta." Ele apertou sua mão esquerda durante um instante, sem vontade de beijá-la ou tentar beijá-la, mas sentiu que a amava. "Está com a chave?"

"Ah, claro." Ela abriu a porta suavemente e acenou, dando boa noite antes de fechá-la.

Uma velha vestida de preto que Ray nunca tinha visto abriu a porta para ele. Ray murmurou uma desculpa pela hora tardia, e ela o tranqüilizou alegremente, dizendo que nunca dormia, que não tinha problema. Ray subiu as escadas silenciosamente. Nunca dormia? Então nunca se despia? Seria a mãe da *signora* Calliuoli? Ray debruçou-se sobre o poço da escada em seu andar. A luz lá embaixo se apagara, e ele não ouviu qualquer som.

7

Às dez e quinze da manhã seguinte, Ray entrou na Calle San Moisè, a rua do Hotel Bauer-Gruenwald. Ele achou que era o momento certo do dia, quando provavelmente Coleman e Inez estariam definindo suas atividades matinais — compras, um pouco de turismo ou um simples passeio. Ray caminhava com a cabeça levemente abaixada, como se esperasse um tiro, uma bala em seu corpo a qualquer segundo. Ele parou na porta de uma loja em frente à entrada do hotel, a uns dez metros para o lado. Era domingo, e apenas algumas lojas estavam abertas. Durante vinte minutos nada aconteceu, exceto dez ou quinze pessoas que entraram e saíram do hotel, incluindo carregadores de malas. Ray não sabia exatamente o que desejava ou pretendia fazer, mas esperava ver Coleman, ou Inez, saber como eles reagiriam. Quando não apareceram, Ray os imaginou discutindo num dos quartos lá em cima se ele estaria vivo ou morto, apesar de saber que era irracional. Eles ainda poderiam estar tomando o café-da-manhã ou conversando casualmente enquanto Coleman fazia a barba no banheiro.

Ray caminhou um pouco e encontrou um bar com telefone. Procurou o número do Bauer-Gruenwald e discou.

"*Signore Coleman, per favore*", ele pediu.

"Alô?", disse a voz de Inez. "Alô?"

Ray não respondeu.

"É Ray? Ray? É você?... Edward, venha cá."

Ray desligou.

Sim, Inez estava contrariada. Coleman estaria ainda mais, Ray pensou. Se Coleman soubesse que ele não havia voltado para a Seguso — e tinha quase certeza de que ele sabia disso — pensaria que havia se afogado. Pensaria, portanto, que o telefonema silencioso fora um engano, que a central do hotel tinha cometido um erro ou deixado a ligação cair. Mas Coleman também sofreria uma pequena dúvida. E, não importa o que Coleman tivesse contado a Inez, o telefonema reavivaria o mistério em sua mente. Seria Ray telefonando? Senão, onde ele estava? Coleman poderia contar a Inez? Ray andou lentamente, passando pelo Bauer-Gruenwald, e teve um sobressalto ao ver Inez num casaco de pele preto, saindo pelas portas de vidro. Ray entrou numa rua estreita à sua esquerda.

Inez passou rapidamente por ele, a apenas seis metros. Ray a seguiu a certa distância. Ela virou à direita na Calle Vallaresso, que levava ao Harry's Bar na esquina e ao cais do *vaporetto* no final. Ray viu que Inez ia pegar um barco. Havia várias pessoas esperando no cais. Ray caminhou para a direita e virou as costas para as pessoas, ficando de frente para a água. Inez não pegou o primeiro barco. Então iria para outra direção. Ray queria muito ver seu rosto, mas teve medo de olhar e chamar sua atenção. Ele não conseguiu vê-la claramente quando ela saiu do hotel.

Outro barco chegou e Inez o tomou, como a maioria das pessoas no cais. Ray embarcou entre as últimas e ficou perto da popa. Eles pararam em Santa Maria della Salute, na outra margem do canal. Inez não desceu. Ray podia vê-la através da janela traseira do barco, sentada num dos bancos, de costas para ele. Ela usava o chapéu de pluma amarela. O barco avançou velozmente.

"Giglio!", disse o condutor.

O cais fez um estalido quando o barco encostou.

Inez não se moveu.

"Próxima parada, Accademia", gritou o condutor.

Eles seguiram suavemente em direção à ponte de madeira em arco da Accademia. Inez se levantou e moveu-se para a frente e à esquerda, onde ficava a porta do barco. Ray caminhou pelo convés, mantendo-se dez ou doze passageiros atrás. Inez, na calçada em frente à Accademia di Belle Arti, olhava ao redor como se não soubesse o caminho e parou um homem que passava. Ele apontou para a rua larga que cruzava a ilha.

Ray a seguiu lentamente. Não havia necessidade de se apressar para observar seus movimentos, porque sabia aonde ela ia. Na área ampla como um pátio atrás da Pensione Seguso, Ray andou para a esquerda, no sentido que o levaria ao canal que percorria a lateral da pensão, mas que também era um beco sem saída, porque não havia calçada beirando o canal até lá. Inez também desapareceu na passagem que levava à casa de Ruskin. Ray voltou por onde viera rapidamente, atravessou em diagonal a área aberta, encontrou outra rua que levava ao pequeno canal, mas aqui, ele sabia, havia calçada e também uma ponte. Atravessou a ponte sobre o canal e virou à direita na calçada. Agora a Seguso estava à sua direita, do outro lado do canal. Uma ponte de pedra em arco atravessava o canal no cais Zattere. Ray permaneceu ao pé da ponte, na extremidade oposta à Seguso.

Inez não estava à vista. Estaria conversando dentro da pensão, ou já teria saído? Ele não podia vê-la no cais. Ray pousou os braços no parapeito da ponte e observou por cima do ombro a porta da Seguso. Olhou para as janelas da pensão, a quarta janela de baixo para cima, que tinha sido a sua, dando para o pequeno canal, e então o chapéu claro e o casaco escuro de Inez apareceram na sombra. Ray desviou o olhar, na direção do Canal Giudecca.

Inez tinha pedido para ver o quarto dele. Ainda não haviam empacotado suas coisas, Ray imaginou.

Lamentou que tivesse deixado uma conta lá, mas pelo menos tinham ficado com sua mala. O que Inez estaria lhes dizendo? Certamente não que talvez ele estivesse morto. O que estaria lhes perguntando? Podiam ser diversas coisas: o que ele lhes havia dito, se havia dito alguma coisa, se tinha telefonado — perguntas que eram respondidas rapidamente, deixando o mistério intocado. Ray estava desaparecido. Ele sentiu imediatamente vergonha de seu comportamento, de seu telefonema silencioso menos de uma hora antes, e a vergonha quase instantaneamente se transformou em raiva, raiva de Coleman.

Bem, eu não vou ao hotel dele. Não me importa, Ray podia ouvir Coleman dizendo. *Por que você acha que aconteceu alguma coisa com ele? Provavelmente fugiu, fez uma trouxa e fugiu. Você sabe muito bem que ele tem Peggy na consciência.*

Inez acreditaria nisso? Não. Ela interrogaria Coleman até que ele lhe contasse a verdade? Ray não podia imaginar Coleman revelando a alguém a verdade sobre aquela noite. Coleman estaria esperando diariamente que o corpo fosse encontrado, arremessado pela água em algum lugar? Provavelmente.

Inez estava saindo da pensão.

Ray ficou tenso, esperando que ela não virasse em sua direção, porque se afastava em linha reta do hotel, passando pela esquina da Ruskin, mais lenta e pensativa do que caminhara depois da Accademia. Ela virou à direita no cais Zattere, ficando de costas para Ray. Ele a seguiu, mas a uma distância segura agora, não tinha intenção de vigiá-la. Ele observou a mancha preta que era o casaco de pele. Inez passou pela parada de barcos do Zattere e virou à direita.

Ray a acompanhou de volta à Accademia, onde ela cruzou a ponte. Inez caminhava em passo moderado, embora fizesse frio e a maioria das pessoas na rua se apressasse. Inez parava de vez em quando para olhar uma vitrine — uma papelaria fechada, uma loja de presentes —, destruindo totalmente a fantasia de Ray de que estaria pensando nele, e fazendo-o sentir-se ligeiramente magoado e também absurdo por sentir isso. Afinal, o que era ele para Inez? Apenas alguém que ela conhecera alguns dias antes, o genro de seu amante atual, e a relação jurídica na verdade fora apagada pela morte da filha de seu amante.

Inez parecia estar fazendo hora para um compromisso em algum lugar. Eram onze e quinze. Ray a viu entrar em um bar-restaurante com mesas e cadeiras na calçada, as cadeiras inclinadas e apoiadas nas mesas como se também sentissem frio. Ray percebeu que seus dentes batiam e se censurou por ainda não ter comprado o óbvio, um suéter. Passou diante do restaurante e viu Inez parada junto à caixa registradora. Infelizmente não havia lojas abertas por perto, onde ele pudesse se abrigar. Ray se escondeu numa esquina, batendo os pés, encolhendo o queixo na gola do casaco virada para cima. Olhou para uma rua estreita cuja perspectiva curva era interrompida pelas laterais avermelhadas das casas. Casas velhas. A roupa pendurada através da rua parecia congelada — camisas de homem, panos de prato, cuecas, sutiãs brancos. Ele ia adoecer de novo, depois da melhora de ontem, pensou, mas não queria perder Inez. Ray viu uma tabacaria e entrou. Comprou cigarros, acendeu um e examinou os cartões-postais nos suportes, ao mesmo tempo mantendo um olho na rua, caso Inez passasse. Ray tinha medo de sair e dar de cara com ela.

Mas afinal ele saiu quando um grupo de cinco ou seis rapazes passou pela porta, rumando para a esquerda. Quando Ray passou pelo bar-restaurante, viu que Inez tinha entrado; ela estava tomando um café e escrevendo alguma coisa numa das mesinhas lá dentro. A visão dela no interior obscuro, emoldurada pela vitrine do bar, sugeria um quadro de Cézanne. Ele montou guarda na frente de uma pequena loja cuja vitrine era cheia de fitas, cordões, caixas de lã e roupas para bebê. Cinco minutos se passaram. Quando Inez saiu e virou na sua direção, Ray, tomado de surpresa, entrou numa mercearia e adega onde havia vários clientes, por isso ninguém lhe deu atenção. Depois que Inez passou, Ray saiu novamente para a rua.

Outra pausa, enquanto Inez olhava a vitrine de uma doceria. Ela olhou sobre o ombro uma vez à direita e outra à esquerda. Provavelmente o estava procurando, talvez sem muita esperança, mas naquelas circunstâncias qualquer pessoa o procuraria, Ray pensou. Inez continuou caminhando, chegou a San Marco e percorreu um lado da praça. Parecia estar voltando para seu hotel. Mas na Calle Vallaresso virou à esquerda. Harry's Bar, Ray pensou, o que foi uma decepção, pois ele não poderia entrar no pequeno lugar sem ser visto, e era impossível enxergar seu interior pelo lado de fora. Mas Inez virou à direita e foi para o Hotel Monaco, diretamente em frente ao Harry's. Os Smith-Peters não estavam hospedados ali?

Talvez ela tivesse marcado um encontro com Coleman. Era melhor tomar cuidado com ele, Ray pensou, e olhou para trás na rua estreita. O único lugar para fugir seria entrar no Harry's Bar ou ir para o cais. Seu relógio mostrava 12h35. Ray passou pela entrada do hotel, bem próximo, e não viu Inez no saguão; mas havia uma reentrância à direita, e ela poderia estar naquele canto. Passaram-se cinco minutos nervosos, Ray sentindo que tinha perdido Inez e que Coleman poderia aparecer e vê-lo a qualquer momento. Ray decidiu entrar no hotel. Andou friamente na direção da placa à sua frente onde se lia "BAR", passou pela sala de estar à sua esquerda e tinha quase alcançado o bar quando viu Inez no canto esquerdo da sala de estar, perto da porta, e parecia estar olhando diretamente para ele. No instante seguinte ela foi cortada de sua visão pelo batente da porta da sala de estar. Ele parou e esperou. Estava num corredor curto e largo que se encontrava vazio, e observou a porta da sala de estar à procura da figura de Inez.

Os Smith-Peters apareceram à esquerda, aproximando-se da sala. Ray virou-se e caminhou para o bar. Havia apenas duas pessoas lá, o barman e um cliente. Ray olhou de novo para o corredor, exatamente quando Coleman entrou pela porta da frente, a quinze metros de distância. Ray virou-se lentamente, ficando de lado para Coleman, e quando tornou a olhar ele tinha desaparecido, sem dúvida entrando na sala de estar. Eles poderiam vir para o bar, Ray pensou, e decidiu sair imediatamente. Caminhou em um ritmo nem rápido nem lento, tenso, ao passar pelas portas de vidro da sala onde os quatro estavam sentados, a poucos metros de distância.

Ray saiu do hotel. Mais cedo ou mais tarde, pensou, se continuasse fazendo isso, um deles olharia por acaso e o veria, e o jogo estaria terminado. Mas nesse momento todos estavam numa conversa animada, Inez gesticulando, a senhora Smith-Peters inclinada para a frente, rindo. Se Inez ia lhes contar que estivera na Seguso, estava guardando para mais tarde.

Em uma loja na Calle Vallaresso, Ray comprou um suéter azul-marinho e o vestiu sob o paletó. Enquanto fazia a compra, viu que Coleman e seu grupo não passaram. Talvez estivessem almoçando no Monaco com os Smith-Peters.

Ray caminhou lentamente de volta para o Monaco, agora alerta para Antonio, que poderia se juntar aos outros.

O grupo de quatro tinha saído da sala de estar, mas não estava no restaurante. Talvez no Harry's Bar. Ou eles poderiam ter pego um *vaporetto* enquanto Ray comprava o suéter. Ou poderiam estar no bar do hotel. Não era aconselhável meter seu nariz no bar, mas Ray sentiu um impulso para fazer isso. Avançou mais uma vez até o bar, onde agora havia quatro ou cinco pessoas, nenhuma delas Coleman ou seu grupo. Ray pediu um uísque.

Quinze minutos depois, Inez, Coleman e os Smith-Peters entraram no hotel e foram para a sala de estar. Provavelmente estiveram no Harry's Bar. Ray esperou mais cinco minutos. Depois, sem se permitir dúvidas, pois a situação não lhe era favorável, foi até a sala de estar e olhou. Não estavam lá. Ray andou até o restaurante, que estava cheio pela metade, e foi recebido pelo *maître*. Viu a mesa de Coleman no canto direito e pediu uma mesa para uma pessoa no lado oposto da sala. Ray acompanhou o *maître* até a mesa. Não olhou para a mesa de Coleman durante vários minutos, só depois de ter escolhido a refeição e pedido meia garrafa de vinho.

Fosse qual fosse a conversa deles, estavam muito alegres. Não davam gargalhadas, mas todos tinham um sorriso no rosto. Teria Inez mencionado sua visita à Seguso no Harry's, e eles acabaram discutindo o desaparecimento de Garrett? Ou Inez não mencionaria isso na frente de outras pessoas? Iria falar com Coleman a respeito mais tarde, quando estivessem a sós?

Mas era o fato de Inez *saber* de algo o que fascinava Ray, enquanto ele a observava rir e conversar, abanando graciosamente a mão. Ela podia pensar que ele estivesse morto, assassinado por Coleman, mas isso não alterava suas maneiras no almoço. Ray achou o fato interessante. E a qualquer minuto ela poderia olhar em sua direção — estava a uns quinze metros de distância — e reconhecê-lo, desde que não fosse míope.

Novamente uma raiva curiosa excitou Ray enquanto ele comia lentamente. Coleman parecia tão contente consigo mesmo como se tivesse feito a coisa certa, algo digno de elogio, algo de que ele jamais precisaria se desculpar a ninguém. De certa forma, era como se todo o grupo, incluindo Antonio, caso ele soubesse, aceitasse seu desaparecimento, talvez seu assassinato, como nada mais que justo.

Ray subitamente não conseguiu mais comer. De todo modo trouxeram uma bandeja de queijos, uma cesta de frutas para escolher, e Ray recusou. Terminou o vinho, pagou a conta e saiu discretamente; nenhum grito o acompanhou. Era como se fosse invisível, um fantasma.

Alguns flocos de neve caíam, mas desapareciam perto da calçada ou assim que tocavam o chão. As lojas estavam na maior parte fechadas agora, mas Ray encontrou uma tabacaria aberta. Queria algo para ler. A loja tinha alguns livros de bolso. Ray escolheu um sobre desenhos dos séculos XV e XVI. Trazia ilustrações. Sua caminhada para casa o fez passar pelo café onde Elisabetta trabalhava. Ray olhou para dentro, sem esperar vê-la, mas ela estava lá, com seu sorriso largo, saudável e louro para uma mulher gorda junto ao balcão, talvez uma vizinha ou amiga de Elisabetta. Ray lembrou então que a garota havia dito que hoje ia trabalhar das nove às duas. Elisabetta e a mulher eram reais, Ray pensou; estavam conectadas. Mas ele sentiu que se entrasse no bar talvez não fosse visto por Elisabetta ou qualquer outra pessoa.

Começou a correr contra o frio para chegar em casa logo. Sem dúvida ainda tinha um pouco de febre.

A *signora* Calliuoli abriu a porta sorrindo.

"Que dia frio! Um pouco de neve."

"Sim", disse Ray. A casa tinha um odor agradável de molho de tomate. "Eu estava pensando se poderia tomar um banho quente..."

"*Ah, sì*! Em quinze minutos a água estará quente."

Ray subiu para o quarto. Havia pensado uma hora atrás em escrever para seu amigo Mac em Xanuanx. Agora percebia que não podia escrever para ninguém, já que estava se fingindo de desaparecido. Sentiu-se deprimido e solitário. Sua raiva de Coleman tinha desaparecido misteriosamente. Ele pensou em Peggy enquanto entrava na banheira de água quente. No canto do banheiro, um aquecedor elétrico irradiava um calor laranja. O linóleo tinha um feio desenho verde e vermelho sobre fundo creme, e estava gasto em alguns pontos, mostrando a trama em vermelho escuro. Não era bonito, mas em um Bonnard poderia ter sido. Ray tinha um Bonnard em St. Louis, e ao lembrar disso imediatamente lhe atribuiu um valor atual — cerca de cinqüenta e cinco mil dólares —, já que agora era um comerciante. Ele podia antever um tempo em que a visão repentina, a contemplação de quadros, perderia o encanto. Bem, ele *poderia* perdê-lo, Ray pensou, mas não pretendia deixar que isso acontecesse. *Você já sentiu que o mundo não basta?* Peggy tinha lhe perguntado isso pelo menos duas vezes. Ray quis descobrir como ela achava que o mundo não bastava, e Peggy finalmente explicou que as estrelas e os átomos, os sistemas religiosos que ampliam a imaginação e ainda assim continuam incompletos, a pintura e a música — nada disso bastava, e a mente humana (talvez "alma" para Peggy) desejava mais. Talvez tivesse sido seu grito de morte, Ray pensou, se é que ela deu um. *O mundo não basta, portanto o deixo para encontrar algo maior.* Certamente era como ela se sentia sobre o sexo, porque diversas vezes...

A memória de Ray hesitou e se esquivou. Ele sempre tivera a sensação de que por melhor que fosse o sexo, por mais que Peggy tivesse desfrutado, achava que devia ter perdido alguma coisa, de certa forma perdido a essência, e para Peggy a única solução era "vamos fazer de novo". Ou "vamos sair cedo, voltar para casa e ir para a cama". No início tinha sido delicioso, uma garota sensual, uma esposa de sonhos e tudo isso. Depois a mesmice, e até o cansaço, tinham começado a se instalar, camuflados durante muito tempo, talvez oito meses, pelo prazer físico, pela sensação de que os órgãos sexuais tinham existência própria, não estavam conectados a Peggy ou a ele. Ray lembrou que havia pensado nisso muitas vezes, quando, sem vontade de fazer amor, percebera seu corpo muito disposto. Então lembrou-se de ocasiões, talvez três, em que eles foram para a cama antes de sair para jantar, fizeram amor duas vezes (ou seis vezes para Peggy) e Ray acabou ficando de mau humor, com um comentário ácido pronto para Peggy ou qualquer pessoa, alguns dos quais nunca fez, outros que fez e depois se envergonhou. Ele tinha começado a encontrar afazeres por volta das cinco ou seis da tarde, saía para fazer tarefas ou se ocupava com a pintura. Também fora suficientemente franco para colocar isso em palavras: "Quando vamos para a cama à tarde, fico um pouco cansado à noite". Bem delicado. A expressão de Peggy tinha despencado brevemente quando ele disse isso, Ray lembrou-se. E embora ela não tivesse voltado a propor uma tarde na cama, Ray percebia que algumas vezes o desejava. Mas ninguém que soubesse da situação, nenhum amigo, nem médico, nem Coleman poderia ter dito que ele havia desprezado Peggy no departamento cama, ou exigido demais dela. (Agora Ray desejou ter um amigo com quem conversar. Ajudaria? Mac, por exemplo. Ele havia pensado em conversar com Mac, mas achou que não o conhecia há muito tempo, ou não o suficiente. Pruridos.) E isso era algo que ele ainda não tinha dito claramente a Coleman, o qual ainda pensava que ele fizesse exigências a Peggy, ou a chocasse. Era isso que ele pretendia dizer na noite do Lido. Ray sabia que sofria a tortura maldita de ser incompreendido e de estar sendo deturpado, juntamente com a incapacidade de falar em sua defesa, ou mesmo de encontrar um ouvido: uma circunstância mais ridícula que lamentável para qualquer um que não estivesse nela. De uma grande decepção como essa se poderia passar para pequenas decepções, ele previu, reações amargas a pequenas rejeições, e assim seria criado um paranóico.

E, como mais um exemplo de que nunca haviam brigado e de que Peggy queria algo "melhor", ela nunca chegara ao momento certo para ter um filho. Ray queria muito um filho, concebido e gestado em Xanuanx, nascido talvez em Roma ou Paris. Com Peggy era sempre: "Ainda não, mas logo". Como seria ela a carregar o peso, Ray não tinha insistido ou discutido. Deveria? Parecia brutal e vulgar insistir, e ele sabia que não conseguiria fazer isso. Mas uma criança a caminho talvez tivesse evitado o suicídio. Engraçado que Coleman nunca tivesse mencionado isso. Talvez fosse banal demais para Coleman. Ray lembrou, encolhendo-se, do P.S. de seu pai numa carta, quando eles já estavam casados havia um ano: "Alguma chance de um neto logo? Me dê notícias". Nenhuma notícia.

Ray abriu um fio de água quente da grande torneira de níquel arranhada e passou distraidamente no peito a toalha de mão que usava para se lavar.

Era uma pena que a pintura de Peggy não tivesse "bastado" para ela, que ela não fosse suficientemente fascinada pelo esforço em direção à maestria ou à perfeição, ou fosse o que fosse, que era interminável e grande e absorvente demais para artistas como Michelangelo, Da Vinci, Braque e Klee. Mas era impossível para Ray imaginar Peggy trabalhando realmente duro, como seu pai fazia. Coleman definitivamente trabalhava. Gostando ou não de seus quadros, Ray tinha de admitir que Coleman se atirava neles. Ao passo que Peggy tinha apenas pequenos surtos, três semanas aqui e ali. Ray tinha ouvido falar e visto esses acessos em Roma nos meses antes de se casarem. Mas não houvera muitos em Maiorca. O ano e pouco que passaram ali de repente pareceu para Ray uma lua-de-mel prolongada, do ponto de vista de Peggy. Não se podia construir uma vida naquele ambiente. Ray saiu da banheira, impaciente consigo mesmo por pensar apenas em clichês.

Continuava doente, percebeu, e pensou que era melhor se curar, antes de tentar qualquer outra coisa.

8

Naquele momento, dez para as três da tarde, Coleman estava entrando em sua suíte de dois quartos no Bauer-Gruenwald, depois de deixar Inez e os Smith-Peters na parada de San Marco, onde pegariam um barco para passear. Coleman tinha dito que queria trabalhar em algumas idéias, o que era verdade, mas também queria se afastar de Inez durante a tarde. Ela havia sido fria, estava prestes a questioná-lo sobre Ray, Coleman sabia. Ele não queria que Inez pensasse que estava preocupado, porque não estava. O que menos lhe importava ou preocupava era o que Inez pensava.

A calma e a solidão dos quartos meticulosamente arrumados foram um prazer para Coleman, e depois de tirar paletó e gravata e calçar chinelos macios, parecidos com mocassins, ele esfregou as mãos e andou lentamente, agora como um urso confortável, do quarto dele e de Inez, passando pelo banheiro que separava os quartos e para o quarto que considerava seu. Ali estava habituado a desenhar, escrever alguma carta esporádica (não tinha respondido a todas as referentes à morte de Peggy, mas havia se convencido de que não precisava, pois estava acima, ou talvez até abaixo, desse tipo de convenção burguesa), mas até agora não havia dormido nele, embora Inez o fizesse desarrumar a cama toda noite, por causa da camareira. Coleman pegou um lápis na gaveta da escrivaninha e um bloco grande. Começou a rabiscar uma catedral imaginária vista de cima, com seus braços descendo para formar um espaço fechado em primeiro plano. Ali ele desenhou sete figuras, mostrando apenas o topo das cabeças e parte dos narizes, algumas mãos gesticulando, alguns joelhos e pés.

Essa era sua nova abordagem: a figura humana vista diretamente de cima. Ele achava que essa visão, que pouco mostrava, ainda mostrava muito. O desenho, como ele havia previsto, dava um caráter perturbador, uma duplicidade aos conspiradores ali reunidos. Este seria o título: *A conspiração*. O sapato de um dos homem de pé era um sapato preto de amarrar, o do outro era de bico, como o de um bufão, o do outro, tênis. Um dos homens era calvo, outro usava um chapéu-coco.

Os ombros de um ostentavam os galardões de um oficial de marinha americano. Coleman trabalhou quase uma hora nesse esboço, arrancou a folha do bloco, encostou-o à caixa de tintas sobre a mesa e recuou para o banheiro para olhar melhor.

Pensou em aperfeiçoar a composição, então voltou para o bloco e para uma nova página. Antes de terminar o desenho, Inez entrou pelo outro quarto. Coleman a cumprimentou sem se virar. Agora havia descalçado um dos chinelos e puxado a camisa para fora da calça.

"Então, como foi a tarde?", Coleman perguntou, sem parar de desenhar, quando Inez entrou.

"Não consegui enfrentar o museu. Frio demais. Então tomamos mais um café e os deixei." Ela se virou para pendurar o casaco.

Coleman ouviu-a fechar uma porta, que pensou ser a do banheiro, mas olhou em volta e viu que Inez estava no outro quarto. Ele a ouviu dizer alguma coisa em voz baixa ao telefone. Coleman continuou trabalhando. Provavelmente estaria ligando novamente para a Seguso em busca de Ray, ele pensou, e — quem sabe? — Ray poderia atender.

Alguns minutos depois Inez entrou, batendo formalmente na porta do banheiro, que estava aberta.

"Escute, Edward... se você tiver um momento. Desculpe se o incomodo, mas é algo importante."

Coleman virou-se sobre a cama e endireitou as costas.

"O que é, querida?"

"Fui até a Seguso hoje de manhã... para ver se tinham notícia de Ray. Não tinham, e ele não deixou recado."

"Bem, você sabia disso", Coleman a interrompeu.

"Eu sei, mas eles também estavam um pouco preocupados, porque suas coisas continuam lá. Eles ainda não tinham empacotado as coisas, mas acho que agora já devem ter feito isso. E o passaporte dele estava no quarto." Inez estava parada, descalça, só com as meias de seda, uma figura pequena, ereta, honesta, emoldurada pela porta do banheiro.

"Então? Eu lhe disse, acho que ele fugiu, simplesmente abandonou tudo." Coleman encolheu os ombros. "Como posso saber?"

"Acabo de ligar para o consulado americano", Inez continuou. "Eles não sabem nada sobre Ray, onde está, mas de manhã a pensão ligou para lá por causa do passaporte deixado no quarto. Não só o passaporte, mas a escova de dentes, os cheques de viagem, tudo. Tudo!" Ela agitou os braços para enfatizar.

"Não é da minha conta", Coleman disse, "e não acho que seja da sua."

Inez suspirou.

"Você disse que o deixou no cais Zattere."

"Sim, bem perto do hotel. A porta do hotel não estava a mais de quinze metros." Coleman também gesticulou. "Obviamente, ele decidiu não ir para casa naquela noite, se é que foi aquela a noite em que não voltou. Parece que sim."

"Sim. Ele estava bêbado, estava?"

"Não, bêbado não. Mas eu contei a você que ele estava com um ânimo terrível. Ele se sente culpado. Sente-se péssimo." Coleman ficou olhando fixo à sua frente por um instante, com vontade de voltar ao desenho. "Tenho certeza de que ele tinha algum dinheiro. Sempre tem. Pode ter ido para a estação e pegado o primeiro trem. Ou ficado em outro hotel e fugido no dia seguinte."

"Fugido?"

"Sumido." Outro encolher de ombros. "Mas, como eu digo, isso confirma o que acho, não é? O que acredito, o que sei que é verdade. Ray podia ter evitado a morte de Peggy, mas não se deu ao trabalho."

Inez olhou para o teto e torceu as mãos brevemente.

"Você está obcecado por isso. Como pode saber?"

Coleman sorriu gentil e impacientemente.

"Eu conversei com ele. Conheço um culpado quando o vejo."

"O consulado me disse que vão notificar os pais dele nos Estados Unidos. Em...?"

"St. Louis, Missouri", disse Coleman.

"É isso."

"Muito bem. É o que devem fazer."

Coleman virou-se para o desenho, então sentiu um ímpeto de levantar, dar atenção a Inez, porque era o que ela esperava. Estava preocupada. Havia deixado os Smith-Peters para voltar e conversar com ele. Coleman aproximou-se, colocou suavemente as mãos pequenas e pesadas sobre os ombros de Inez e beijou seu rosto. Ela parecia mais velha por causa da preocupação, mas ergueu o rosto para ele com expectativa, esperando palavras de força, até ordens, e Coleman disse:

"Querida, acho que não é de nossa conta. Ray sabe onde estamos. Se ele quer continuar sozinho, ou mesmo desaparecer, não é assunto dele? Na verdade, você sabe que a polícia não tem o direito de interferir com uma pessoa que deseja desaparecer? Li isso numa reportagem outro dia. Só se um homem abandonar a família ou tiver dívidas eles podem procurá-lo e trazê-lo de volta." Coleman deu tapinhas nos ombros de Inez e riu, contente. "Um indivíduo ainda tem certos direitos nesta sociedade burocrática", disse, virando-se novamente para a mesa e seu desenho.

"Acho que vi Ray hoje", Inez disse.

"É mesmo? Onde?", Coleman perguntou por cima do ombro. Ele piscou para esconder a súbita perturbação.

"Foi... oh, não sei, em algum lugar entre a Accademia e San Marco. Numa daquelas ruas. Mas posso ter me enganado. Pareciam a cabeça e os ombros dele, de costas." Inez olhou para Coleman.

Coleman encolheu os ombros.

"Poderia ser. Por que não?"

Ele sabia que Inez estava pensando, perguntando-se novamente, ou prestes a lhe perguntar: "Vocês brigaram naquela noite no Lido? Vocês brigaram no barco?". Inez sabia — porque Coleman fora inteligente o bastante para lhe contar pessoalmente, antes que ela soubesse por Corrado — que havia voltado sozinho na lancha com Ray naquela noite. E Inez lhe perguntara duas noites antes, depois de ele contar que tinha deixado Ray no cais Zattere, se não tivera uma briga com Ray no barco, e Coleman dissera que não. Uma briga no barco significava apenas uma coisa, que ele podia ter empurrado Ray para a água, inconsciente ou morto. A perturbação de Coleman aumentou enquanto olhava para Inez, e ele desejou que não tivesse jogado a arma fora. Tinha comprado a arma em Roma, ficara com ela apenas doze horas e a jogara fora, embrulhada num jornal, em um cesto de lixo à noite, depois de pensar que não precisaria mais dela, depois de pensar que Ray estivesse morto. Coleman tentou se acalmar e perguntou:

"Deduzo que você não se aproximou para ver se era Ray."

"Ele seguiu por uma rua, o homem. Eu o perdi de vista. Se não eu teria me aproximado para ver se era Ray."

"Minha querida, seu palpite é tão bom quanto o meu." Coleman sentou-se na cama, mas do outro lado, de modo que ficou mais ou menos de frente para Inez. O corpo não tinha aparecido, Coleman lembrou-se. Os corpos sempre são trazidos pela maré. É claro que tinham se passado apenas três dias. Mas com tantas ilhas ao redor de Veneza, o Lido, San Erasmo, San Francesco del Deserto (a ilha do cemitério, cheia de ciprestes), seu corpo já deveria ter dado na praia, se ele tivesse se afogado. Coleman lia os jornais diariamente, de manhã e à tarde. Agora desejava que tivesse verificado se Ray estava morto antes de empurrá-lo do barco. Fora apressado demais. Muito bem, se tivesse de fazê-lo de novo, faria, Coleman pensou com resignação, e olhou para Inez.

"O que você espera que eu faça? Por que está me dizendo tudo isso?"

"Bem", disse Inez, cruzando os braços. Ela colocou um pé sobre o outro, numa posição estranha e atípica. "Eles certamente vão interrogá-lo... a polícia. Não? Talvez a todos nós, mas foi você quem o viu pela última vez."

"A polícia? Não sei, querida. Talvez o porteiro da Seguso tenha sido o último a vê-lo."

"Eu perguntei isso. Ele simplesmente não apareceu na quinta-feira à noite."

"Nesse caso, que me interroguem", disse Coleman. Então ele teve a rápida sensação de que Ray estava realmente morto. Mas sabia que era infundada. Ele não tinha certeza, e era isso que o enlouquecia. Ray poderia dizer à polícia que ele, Coleman, atentara duas vezes contra sua vida. Coleman teve um acesso de riso repentino, e olhou para Inez. Ray não teria coragem para isso, não Ray.

"O que é tão engraçado?"

"A seriedade com que estamos discutindo isso", disse Coleman. "Venha cá ver meu novo desenho. Minha nova idéia."

Inez aproximou-se, com os braços ainda cruzados até chegar junto dele, então pousou uma das mãos no ombro de Coleman e olhou o desenho.

"São pessoas?", perguntou, sorrindo.

"Sim, vistas de cima. Aquele foi o primeiro desenho." Ele apontou, mas o desenho tinha escorregado do apoio na caixa de tintas. Coleman rodeou a cama e o levantou.

"Gosto delas. E você? Essas pessoas vistas de cima."

"É muito engraçado. Os narizes..."

Coleman assentiu, contente.

"Quero experimentar com cores. Talvez de agora em diante eu pinte apenas pessoas vistas de cima. Uma visão de anjo."

"Edward, vamos embora daqui."

"Deixar Veneza? Pensei que você quisesse ficar mais uma semana."

"Você não precisa de Veneza para pintar. Não está pintando Veneza." Ela gesticulou, mostrando os desenhos. "Vamos para minha casa. Sabe, tem aquecimento central novo. Não como o dos Smith-Peters, que provavelmente nunca vão ter o deles." Ela sorriu para Coleman.

Inez falava de sua casa perto de Ste. Maxime, no Sul da França. Coleman percebeu que não queria deixar Veneza enquanto não soubesse de Ray; não o faria.

"Mas estamos aqui há pouco mais de uma semana."

"O tempo está horrível!"

"Na França está igual."

"Mas pelo menos é minha casa, nossa casa."

Coleman riu.

"Eu não a conheço."

"Você pode ter um ateliê lá. Não é como um hotel." Inez o abraçou pelo pescoço. "Por favor, vamos! Amanhã!"

"Não vamos àquela coisa no teatro Fenice depois de amanhã?"

"Isso não importa. Vamos ver se podemos pegar um avião amanhã para Nice."

Coleman retirou delicadamente os braços de Inez de seu pescoço.

"Por que você disse que não estou pintando Veneza? Olhe para esse desenho." Ele apontou para o primeiro. "É uma igreja veneziana."

"Não estou feliz aqui. Não me sinto à vontade."

Coleman não quis lhe perguntar por quê. Ele sabia. Foi até seu paletó e pegou o último charuto do estojo de tartaruga. Precisava lembrar de comprar mais à tarde, ele pensou. O telefone tocou no quarto de Inez e Coleman ficou contente, porque não conseguia pensar em nada para lhe dizer.

Inez foi até o telefone mais depressa do que costumava.

"Alô? Oh, olá, Antonio."

Coleman resmungou para si mesmo, começou a fechar a porta do banheiro, mas então pensou que talvez Inez achasse isso rude. Antonio estava lá embaixo, Coleman percebeu pelo que Inez dizia.

"Oh, por favor não, Antonio. Ainda não. Antonio, eu quero vê-lo. Deixe-me descer. Levarei só um minuto. Vamos tomar um café. Estarei aí em dois minutos."

Coleman a viu calçar os sapatos. Ele estava pegando um copo de água na torneira do banheiro.

"Antonio está lá embaixo", ela disse. "Vou encontrá-lo por alguns minutos."

"Ah. O que ele quer?"

"Nada. Apenas pensei em vê-lo, já que está aqui." Inez vestiu o casaco de pele, mas não o chapéu, e se olhou no espelho. "Não vou passar batom", disse para si mesma.

"Quando você volta?"

"Em quinze minutos, talvez", ela disse com um gesto gracioso da mão. "Até logo, Edward."

O ar de urgência de Inez era incomum, e Coleman adivinhou o que Antonio tinha dito. Ele ia voltar para Nápoles, ou Amalfi, e Inez queria convencê-lo a ficar. Coleman não gostava de Antonio. Não desgostava violentamente — já conhecera parasitas piores —, mas não gostava dele. Achava que Antonio suspeitasse de que ele tinha algo a ver com o desaparecimento de Ray — talvez até que o tivesse matado —, e quisesse se afastar de confusões. Coleman não tinha dúvida de que Inez havia dado um jeito de encontrar Antonio sozinho pelo menos uma vez desde a noite de quinta-feira, e que eles haviam tido uma boa conversa. Coleman suspirou, então deu uma baforada tranqüilizadora no charuto.

Foi até a janela e olhou para fora. Era uma vista linda, sobre os telhados de algumas casas, em direção ao Canal Grande, com as luzes dos navios e do litoral na escuridão que crescia. E o calor abundante do vapor que subia para o rosto de Coleman do radiador logo abaixo da janela lhe dava uma sensação de segurança e luxúria. Por toda Veneza, ele sabia, pessoas se agrupavam ao redor de fogões ou tinham as mãos rachadas pelo frio, fazendo suas tarefas em casa ou do lado de fora, e sem dúvida vários artistas aqueciam suas mãos sobre estufas a lenha — velhas teimosas, daquele tipo de cerâmica vermelha comum na Itália — antes de voltar para suas telas. Mas ele tinha um calor maravilhoso e uma linda mulher com a qual compartilhá-lo. Coleman percebia e admitia para si mesmo, e para qualquer um que pudesse lhe perguntar ou insinuar uma pergunta sobre o assunto, que não tinha o menor escrúpulo em receber dinheiro de mulheres como Inez. Antonio tinha, curiosamente. Antonio achava que aproveitar-se era um jogo justo, algo para se fazer e se safar quando possível, mas tinha uma atitude ligeiramente dissimulada sobre isso. Coleman não.

E sobre a outra coisa, Coleman pensou, balançando o pé aquecido e fumando seu charuto, sobre Ray Garrett, ele não tinha escrúpulos. Ray Garrett era seu jogo justo. Se fosse apanhado por isso, pena, um golpe de má sorte, mas Coleman considerava o jogo válido, porque não se importava de ser preso por assassinato. Pelo menos

Garrett estaria morto. E Garrett merecia morrer. Se não fosse Garrett e seu cérebro pusilânime, seu destino de americano classe alta, Peggy estaria viva agora.

Coleman caminhou em direção a seu paletó, que estava pendurado numa cadeira, em direção à foto de Peggy, mas se conteve. Já a havia olhado uma vez hoje. Ultimamente ele tinha o hábito de olhar a foto pelo menos duas vezes por dia durante vários minutos; no entanto, sabia que conhecia cada tom de luz e sombra na fotografia que formava uma imagem plana e descarnada chamada Peggy, poderia desenhar a foto precisamente de memória, e de fato na sexta-feira o fizera, numa espécie de comemoração do que ele pensava que fosse a morte de Ray. Bem, ele ainda pensava que Ray estivesse morto. Se usasse o senso comum, seria lógico supor que tivesse morrido. O corpo apareceria dentro de alguns dias, era isso, talvez amanhã mesmo.

Então lhe ocorreu que Inez adivinharia que ele queria ficar em Veneza para saber em primeira mão se Ray estava morto ou não. Isso fez Coleman sentir-se ligeiramente desconfortável, como se tivesse deixado Inez saber um pouco demais. Inez sempre havia defendido Ray. Ela costumava falar sobre "ser justo na situação", mas na verdade isso significava uma defesa de Ray. Inez não gostaria mais dele, poderia lhe dizer adeus, se soubesse que tinha matado Ray. Por outro lado, e Coleman já havia pensado nisso antes, é claro, se o corpo de Ray aparecesse em algum lugar, quem poderia saber se tinha sido empurrado ou saltara por vontade própria? Um jovem que comete suicídio algumas semanas depois do suicídio de sua mulher, praticamente sua noiva, não era uma coisa tão rara no mundo.

Mas Coleman lembrou-se de que não lhe importava o que Inez pensasse ou fizesse. Ou o que dissesse à polícia, mas ele não achava que ela diria alguma coisa. O que havia acontecido no barco simplesmente não poderia ser comprovado, porque não havia testemunhas.

Então surgiu na mente de Coleman a briga que ele tivera com seu pai quando tinha dezesseis anos. Coleman havia vencido. Eles tinham trocado dois socos cada, e os de seu pai tinham sido mais fortes, mas Coleman vencera. A briga fora sobre se Coleman iria para uma escola de arquitetura ou uma faculdade especializada em engenharia. O pai de Coleman tinha sido um arquiteto medíocre, que construía chalés para gente da classe média em Vincennes, Indiana — e ele queria que seu filho também fosse arquiteto, melhor que ele, é claro, mas ainda assim arquiteto. Coleman sempre se interessara mais por máquinas e invenções. A coisa havia surgido quando ele tinha dezesseis anos, porque precisava decidir por uma escola ou outra. Coleman tinha assumido uma posição e vencido, e isso marcou uma virada na atitude de sua mãe em relação a ele, Coleman lembrou-se com certo prazer. Sua mãe o respeitara e tratara como um homem a partir de então. Coleman não se orgulhava de ter batido em seu velho pai, mas sim de ter defendido sua posição. Pouco depois dessa briga, ele havia defendido seu direito de se encontrar com uma certa garota chamada Estelle, que seu pai considerava "mixa". Seu pai o proibia de usar o carro toda vez que tinha um encontro com a moça, e afinal proibira que pegasse o carro em definitivo. Certa noite, Coleman simplesmente pegou o carro e o tirou da garagem, não depressa mas com firmeza, na direção de seu pai, que se colocou na entrada para detê-lo, de pé com os braços abertos. Seu pai saiu do caminho e bateu o punho com raiva na capota do carro quando Coleman passou; mas depois disso não houve mais discussões sobre o carro.

Coleman nunca se considerara violento, mas talvez fosse, comparado com a maioria dos homens. Ele se perguntava o que teria acontecido com cinco ou seis sujeitos com quem ele costumava sair na faculdade de engenharia. Talvez eles também fossem um pouco mais violentos que a maioria dos homens. Coleman tinha perdido contato com todos nos últimos quinze anos, desde que se tornara pintor. Mas naquela época, quando tinham seus vinte anos, todos haviam ameaçado um velho vigia da escola. Denis lhe dera um soco nas costelas certa vez, Coleman lembrava, e fora isso que os libertara. O velho vigia montava guarda em uma porta nos fundos do dormitório, e sentava-se do lado de dentro ou de fora, dependendo do clima. Mas o grupo de Coleman, quando queria sair e ir para a cidade à meia-noite, saía. Eles simplesmente exigiam que a porta fosse aberta. O velho a abria sempre. E nunca os denunciou ao reitor, temendo apanhar de novo.

Então houve uma situação de quase violência, Coleman lembrou, e sorriu, depois riu alto para si mesmo. Um certo Quentin Doyle, em Chicago, tinha se engraçado com a mulher de Coleman, Louise, tentando iniciar um caso. Coleman simplesmente comprou um revólver, e certa noite o mostrou casualmente para Doyle. Doyle deixou Louise em paz depois disso.

E fora tão fácil, Coleman pensou, achando graça. Ele não havia disparado o revólver, tinha uma licença para possuí-lo, e o simples fato de mostrá-lo tivera um efeito excelente.

Coleman abriu uma gaveta no guarda-roupa e tirou de baixo de uma pilha de lenços (novos, presente de Inez) a echarpe de Peggy. Ele olhou para a porta e ficou escutando, então abriu a echarpe e a segurou de maneira que a luz realçasse suas cores. Imaginou-a ao redor do pescoço macio e fino de Peggy e sobre sua cabeça quando o vento soprava em Maiorca. Viu sua graça quando caminhava, chegou a ouvir sua voz ao olhar para o desenho art nouveau florentino. O preto dava dramaticidade ao lenço, mas sugeria morte para Coleman. No entanto, era Peggy. Ele o encostou delicadamente ao rosto, o beijou. Mas não tinha perfume. Coleman o lavara uma vez, tarde da noite de quinta-feira, ao voltar do Lido, para retirar dele o toque de Ray. Depois o havia pendurado no fundo do guarda-roupa de seu quarto, em um gancho. Não estava passado, mas pelo menos estava limpo. Coleman dobrou o lenço rapidamente, de costas para a porta, e voltou a guardá-lo.

Ele poderia, é claro, se casar e ter outro filho ou filha, não importava. Coleman admitia que era tão paternal quanto qualquer mãe podia ser maternal. Mas uma filha, por exemplo, jamais seria outra Peggy. E simplesmente não teria mais tempo para vê-la crescer. Não, nunca mais haveria nada como Peggy para ele.

No piso do guarda-roupa, Coleman pegou uma garrafa de uísque. Ele não se permitia beber uísque antes das seis da tarde, mas já eram seis e cinco. Colocou um pouco de bebida num copo do banheiro e bebeu de um gole, apreciando o calor em sua boca. Coleman ficou parado junto à janela. "Meu Deus", ele jurou para si mesmo, "se aquele bastardo estiver vivo passeando por Veneza, vou pegá-lo." Ray Garrett estava pedindo isso, o que era divertido.

Seus olhos pediam isso. Coleman girou sobre os calcanhares e riu, e sentiu-se feliz e reconfortado pelo calor de sua risada.

Então ouviu a porta se fechar atrás dele e parou.

Inez tinha entrado e acendera a luz.

"De que estava rindo?"

"Estava pensando... em outro quadro. Com minha visão aérea. Você não demorou muito com Antonio."

"Ele tinha um compromisso às sete."

"Ah. Com uma garota? Isso é bom."

"Não, dois rapazes que ele conheceu em Veneza."

Mais falação, Coleman supôs. Antonio contaria a seus amigos sobre seu amigo, o pintor americano Edward Coleman, e a mulher que Antonio diria que dividiu com ele, além do curioso desaparecimento de Ray Garrett. Mas eles nada fariam sobre isso, Coleman pensou. Seria algo tão distante deles quanto uma notícia no jornal sobre pessoas que não conheciam.

Inez, que havia tirado a blusa e a saia e vestira o robe, estava lavando o rosto na pia do banheiro.

Coleman não conseguia entender aquela tolerância maternal por sujeitos como Antonio — homens com os quais ela dormia apenas duas ou três vezes, mas de quem demorava tanto para se livrar. Houvera uma discussão sobre isso quando ele a conhecera em Ascona, um ano antes.

"Espero que você não tenha lhe dado mais dinheiro", Coleman disse.

"Edward, eu lhe dei apenas umas mil liras", disse Inez pacientemente, mas em seu tom Coleman notou a irritação, o início da resistência. "Afinal, ele não tem dinheiro e eu o convidei para esta viagem."

"É muito natural, quando uma pessoa não trabalha, que não tenha dinheiro. Estava apenas me perguntando quanto tempo isso vai durar, só isso."

"Antonio disse que vai embora dentro de alguns dias. Enquanto isso, está num hotel muito barato."

Coleman pensou em dizer que se Antonio conhecesse outra mulher rica mudaria do hotel barato para seu *palazzo*, ou o que fosse, e que seria a última vez que Inez o veria, mas decidiu não falar.

Inez estava passando loção no rosto. Coleman gostava do aroma. Lembrava-lhe um buquê de flores à moda antiga. Ele se aproximou por trás e a abraçou, puxando-a contra seu corpo.

"Você está maravilhosa hoje", disse, e pousou os lábios em sua orelha. "Que tal uma taça de champanhe?" Essa era a frase de Coleman para "ir para a cama". Às vezes Inez pedia meia garrafa de champanhe, às vezes não.

Um momento depois Coleman estava apagando o charuto que havia deixado no cinzeiro em seu quarto. Era uma hora deliciosa para ir para cama, seis e meia da tarde, antes do jantar, e o sorriso de Inez quando ela disse "sim, vamos" deixou Coleman muito feliz, alegre, satisfeito. Coleman tirou as roupas em seu quarto.

"Venha cá", ele disse.
Inez foi.

9

Nos dois dias seguintes, Coleman mais de uma vez — na verdade três vezes — sentiu que os olhos de Ray o estavam espreitando. Uma delas foi quando atravessava a Piazza San Marco, embora naquele amplo espaço qualquer pessoa pudesse se sentir observada, se suspeitasse da presença observadora de alguém como Ray Garrett. Não é um lugar para quem tem agorafobia, a Piazza San Marco. Outra vez foi durante o almoço no Graspo di Ua. Coleman tinha olhado por cima dos dois ombros — se Ray estivesse ali, estaria atrás dele, porque não era uma das pessoas na frente de Coleman — e Inez percebeu seu olhar. A partir de então, Coleman tomou cuidado para não dar a impressão de estar à procura de Ray. Se ele estivesse vivo e em Veneza, Coleman se perguntou, o que estaria esperando, ou preparando?

Em outra ocasião, quando passava por uma tabacaria, Coleman sentiu que Ray estava lá dentro e o havia visto passar. Coleman voltou e olhou para dentro da loja, pela porta. Ray não estava no interior. Depois havia o que Inez tinha dito sobre a cabeça e os ombros de um homem na rua que parecia Ray. Coleman não sabia o que fazer com essas sensações, mas sabia que não tinha tendência a imaginar coisas que não existiam. E Ray poderia, é claro, estar espionando o Bauer-Gruenwald. Se Coleman estivesse sozinho teria mudado de hotel, mas não quis propor isso a Inez.

Enquanto isso, esperava algum novo fato, porque o consulado americano avisara os pais de Ray. Era uma família rica. Eles fariam alguma coisa.

Na manhã de quinta-feira, 18 de novembro, o telefone tocou no quarto de Inez. Era a senhora Perry, do Lido. Coleman, de roupão e sentado na cama de Inez, atendeu.

"O senhor já viu o jornal de hoje, senhor Coleman?"

"Não, não vi."

"Seu genro... a foto dele está no *Gazzettino*. Dizem que está desaparecido desde quinta-feira passada. Foi quando jantamos juntos."

"Sim, eu sabia", disse Coleman, esforçando-se com sucesso para ser casual. "Isto é, eu soube nos últimos dias. Desaparecido, não. Acho que viajou para algum lugar." Coleman colocou a mão sobre o bocal e disse: "É a senhora Perry".

Inez escutava com atenção, parada a cerca de dois metros, segurando a escova de cabelo.

"Eu tinha esquecido o nome dele", disse a senhora Perry, "mas reconheci seu rosto. Suponho que vocês já falaram com a polícia."

"Não. Não achei necessário."

Uma batida na porta. Inez deixou entrar a bandeja do café-da-manhã.

"Acho que talvez devessem", disse a senhora Perry, "porque a polícia quer saber quem foram as últimas pessoas que o viram. Vocês voltaram juntos naquela noite, não é?"

"Sim, eu o deixei no cais Zattere, perto da pensão dele."

"Tenho certeza de que a polícia vai querer saber disso. Eu poderia dizer que o vi naquela noite, até pouco depois da meia-noite, mas você o viu depois de mim. Ainda não liguei para Laura e Francis, mas acho que vou ligar. Ele é do tipo que viaja assim, de repente?"

"Ah, creio que sim. É um homem livre. Habituado a viajar."

"Mas deixou o passaporte, segundo o jornal. Não consegui traduzir tudo, mas pedi para o gerente me ajudar. Vi o jornal por acaso na bandeja do café de alguém no corredor. Ele parece vir de uma boa família dos Estados Unidos. Eles foram avisados. Então, você vê, não parece apenas uma viagem."

Coleman queria desligar.

"Vou conseguir um jornal e ver o que posso fazer, senhora Perry."

"E fique em contato, por favor. Estou muito interessada. Achei o rapaz muito simpático."

Coleman prometeu que o faria.

"O que diz o jornal?", Inez perguntou.

"Vamos tomar o café, querida." Coleman indicou a bandeja sobre a escrivaninha.

"Eles descobriram alguma coisa?"

"Não."

"Então o que diz o jornal? Qual é o jornal? Vamos conseguir um."

"O *Gazzettino*, segundo ela." Coleman encolheu os ombros. "Era o que se podia esperar, se o consulado foi avisado..."

"Não há nada sobre onde ele está? No jornal?"

"Não, apenas uma notícia sobre o desaparecimento. Esqueci de pedir suco de laranja. Você quer?"

Inez trouxe o café para Coleman, então pegou o telefone e pediu dois sucos de laranja e perguntou se poderiam conseguir um *Gazzettino*.

Os Smith-Peters ligariam em seguida, Coleman pensou. Eles tinham ido ao teatro com os Smith-Peters na noite anterior, e Francis perguntara como estava Ray. Antes que Inez pudesse responder qualquer coisa, Coleman dissera que não o haviam visto ultimamente.

"Ele ainda está em Veneza?", Laura perguntou.

"Não sei", respondeu Coleman.

Os Smith-Peters iriam para Florença assim que seu aquecimento central e o encanamento ficassem prontos, mas estavam sofrendo um típico atraso italiano, e mantinham-se informados telefonando para o caseiro. Parece que ficariam em Veneza mais uma semana. Coleman desejou que não ficassem.

"Talvez seja melhor você falar com a polícia, Edward", disse Inez.

"Espere até eu ver o jornal. Falarei com eles se for necessário."

O jornal e o suco de laranja chegaram.

A foto de Ray Garrett, provavelmente a do passaporte, ocupava uma coluna na primeira página, e a notícia abaixo dela tinha cerca de cinco centímetros. Dizia que Rayburn Cook Garrett, vinte e sete anos, americano, não voltara para seu quarto na Pensione Seguso desde a noite de quinta-feira, 11 de novembro. Seu passaporte e objetos pessoais continuavam no quarto. Alguém que o tivesse visto naquela noite ou depois deveria se apresentar à polícia na delegacia local. Continuava dizendo que Garrett era filho de Thomas L. Garrett, morador de St. Louis, Missouri, presidente da Companhia de Petróleo Garrett-Salm. A polícia ou o consulado americano deviam ter falado com os pais de Ray por telefone. Coleman, porém, ainda não se sentiu preocupado.

"Se ele estiver em Veneza, acho que conseguirão encontrá-lo com essa foto", disse Inez. "Onde poderia ficar, sem passaporte?"

"Oh... se ele estiver aqui, talvez em alguma casa particular que aceite hóspedes", disse Coleman. "Nem todo lugar exige passaporte."

Inez serviu o suco de laranja de duas pequenas latas.

"Prometa que falará com a polícia hoje, Edward."

"O que posso lhes dizer? Eu o deixei no cais Zattere, e foi a última vez que o vi."

"Ele caminhou na direção da pensão? Você pôde ver?"

"Parece que sim. Não fiquei para olhar."

Ele percebeu que Inez não descansaria enquanto não o levasse a uma delegacia. Passou por sua cabeça recusar, mesmo que isso deixasse Inez irritada, mesmo que precisasse deixá-la e voltar para seu apartamento em Roma. Mas, se ele não falasse com a polícia, a própria Inez, os Smith-Peters ou a senhora Perry falariam, Coleman pensou. Então ele seria citado, por isso o melhor a fazer era falar com a polícia por iniciativa própria. Era terrivelmente perturbador. Coleman teria dado tudo para se livrar disso. Se Ray não tivesse dinheiro, se fosse um simples beatnik americano, seu desaparecimento não provocaria tanta comoção, Coleman pensou. Os pais de Ray provavelmente tinham telegrafado para o consulado em Veneza, pedindo que fizessem o possível.

Então Coleman prometeu ir à polícia naquela manhã.

Ele e Inez saíram do quarto por volta das dez, e Coleman estava se felicitando pelo fato de não ter de enfrentar os Smith-Peters quando o telefone tocou. Eles escutaram já no corredor, e Inez voltou ao quarto. Coleman queria seguir para o elevador, mas estava curioso sobre o que Inez diria, então voltou para o quarto com ela.

"Sim... Oh, é mesmo? Sim, ela nos telefonou... Vamos agora falar com a polícia... A última vez foi quando Edward o deixou no cais Zattere, perto da pensão, na noite de quinta-feira... Não o conheço tão bem... Ah, sim, sim, é claro, Laura. Até logo."

Inez virou-se para Coleman e disse, como se estivesse contente por isso:

"A senhora Perry ligou para os Smith-Peters. Eles não tinham visto o jornal. Vamos, querido."

Na primeira delegacia que tentaram, perto de San Marco, Coleman ficou feliz ao saber que o delegado não tinha ouvido falar de Ray Garrett. Ele deu um telefonema, então disseram a Coleman que outro oficial estava a caminho. Coleman e Inez deviam esperar dez minutos. Os pés de Inez estavam ficando frios, por isso eles saíram para tomar um café e voltaram.

O novo oficial era um homem de aspecto inteligente, de cerca de quarenta anos, grisalho nas têmporas, vestindo um uniforme impecável. Seu nome era Dell'Isola.

Coleman explicou seu relacionamento com Rayburn Garrett — sogro —, então disse que ele e a senhora Schneider e mais três pessoas haviam estado com

Garrett na última quinta-feira até depois de meia-noite no Lido, e que Coleman o havia levado para casa em sua lancha alugada, a *Marianna II*.

"Onde exatamente o senhor o deixou?"

Coleman lhe disse: perto da Pensione Seguso no cais Zattere.

"A que horas foi isso?"

A conversa era em italiano, língua em que Coleman era passável, mas não perfeito.

"Pelo que posso me lembrar, à uma e meia da manhã."

"Ele estava um pouco embriagado?", o oficial perguntou educadamente.

"Oh, não. De modo algum."

"Onde está a mulher dele?", perguntou Dell'Isola, com o lápis pronto, anotando tudo.

"Minha filha, Peggy, morreu há cerca de três semanas", disse Coleman, "em uma cidade em Maiorca chamada Xanuanx." Ele soletrou o nome para o italiano e explicou que ela e Garrett estavam morando lá.

"Meus pêsames, senhor. Então ela era jovem?" A simpatia de Dell'Isola parecia genuína.

Coleman se sentiu tocado, de modo desagradável, pelo tom gentil.

"Tinha apenas vinte e um anos. Ela se suicidou. Eu acho... eu sei que o senhor Garrett ficou muito triste com isso, portanto não posso lhe dizer o que ele poderia ter feito naquela noite. É possível que tenha decidido deixar a cidade."

Três ou quatro policiais estavam agora parados em volta escutando, parecendo manequins de alfaiate, com os olhos fixos em Coleman e em Inez, alternadamente.

"Ele disse alguma coisa naquela noite sobre partir?" Dell'Isola também olhava para Inez. Ela estava de pé a certa distância, embora alguém tivesse lhe oferecido uma cadeira. "O senhor disse que ele estava deprimido."

"Naturalmente. Ele não estava feliz desde a morte de minha filha. Mas não disse nada sobre partir", Coleman respondeu.

Houve mais algumas perguntas. O senhor Garrett sofria de apagões, amnésia? Estava tentando se esconder de alguém? Tinha grandes dívidas? A essas perguntas Coleman respondeu negativamente, "até onde eu sei".

"Quanto tempo vai ficar em Veneza, senhor Coleman?"

"Mais dois ou três dias."

Ele perguntou qual era o hotel de Coleman, seu endereço permanente em Roma, e Coleman deu as indicações e o telefone, depois o policial agradeceu pelas informações e disse que as transmitiria ao consulado americano.

"A senhora estava presente na noite no Lido?", ele perguntou a Inez.

"Sim."

Dell'Isola também anotou o endereço de Inez em Veneza. Ele parecia satisfeito por estar encarregado da investigação, mas disse que aquela região não era de sua jurisdição.

"Havia outras pessoas presentes? Podem me dar seus nomes, por favor?"

Coleman lhe disse: senhor e senhora Smith-Peters, hospedados no Hotel Monaco, e a senhora Perry, no Hotel Excelsior, no Lido.

Estava terminado.

Coleman e Inez saíram novamente para o dia gélido. Ele queria visitar a igreja de Santa Maria Zobenigo, e falou com entusiasmo para Inez que sua fachada não tinha qualquer ornamento de significado religioso. Inez sabia disso e já conhecia a igreja. Ela queria comprar um par de luvas pretas.

Foram primeiro à igreja.

Passava das três quando voltaram ao hotel para descansar. Coleman queria fazer um desenho, e Inez sugeriu que pedissem chá, pois estava congelada até os ossos. Às quatro o telefone tocou e Inez atendeu.

"Oh, alô, Laura", disse Inez. Ela escutou por um momento. Estava recostada nos travesseiros, de robe. "Parece muito simpático. Deixe-me falar com Edward. Eles querem que vamos jantar esta noite no Monaco e antes tomar um drinque no Harry's Bar."

Coleman fez uma careta, mas concordou. Era difícil inventar outros compromissos em Veneza, pois ele conhecia muito poucas pessoas na cidade, apenas três, e infelizmente todas estavam fora. Inez disse:

"Sim, Harry's Bar às sete. Sim, fomos. Não, eles não sabem nada...."

Inez e Coleman chegaram um pouco atrasados. O local estava quase cheio. Coleman olhou em volta primeiro, procurando Ray rapidamente, então viu a cabeça ruiva de Laura Smith-Peters em uma mesa ao fundo. Ela estava sentada de frente para o marido. Coleman seguiu Inez na direção deles. Garçons de paletó branco circulavam graciosamente com bandejas de martínis em pequenos copos retos e pratos de sanduíches e croquetes minúsculos.

"Olá!", disse Laura. "Foram muito gentis por vir nos encontrar em uma noite como esta."

Chovia levemente.

Coleman sentou-se ao lado de Inez.

"O que fizeram o dia todo?", Laura perguntou.

"Fomos a uma igreja", disse Inez. "Santa Maria Zobenigo."

Eles pediram o drinque Americano para Inez e um uísque para Coleman. Os Smith-Peters tomavam martínis.

"Bebida deliciosa, mas terrivelmente forte", disse Laura.

Como se um martíni pudesse ser fraco, a menos que estivesse cheio de gelo, Coleman pensou.

"Como um martíni poderia ser fraco?", Francis disse animadamente, e Coleman detestou que seu pensamento tivesse sido pronunciado por aquele chato.

Coleman chegou à conclusão de que eles ainda não tinham sido interrogados pela polícia.

Coleman preparou-se para uma noite terrível, e decidiu pedir outro uísque assim que conseguisse chamar o garçom. Um rapaz se aproximou com um pires de azeitonas, que colocou na mesa, e um prato de croquetes quentes que ofereceu. Os Smith-Peters aceitaram e o garçom serviu um croquete para cada, num guardanapo de papel dobrado em triângulo.

"Eu deveria fazer dieta, mas só se vive uma vez", disse Laura, antes de dar uma mordida.

Coleman pediu seu uísque. Ele olhou para a porta à sua frente quando um homem e uma mulher entraram.

"Então vocês estiveram na polícia hoje, Ed", disse Francis, inclinando-se para Coleman. Seu cabelo grisalho estava muito bem penteado sobre a cabeça angulosa. O cabelo parecia úmido, como se ele tivesse acabado de passar tônico.

"Eu contei o que sabia", disse Coleman, "o que não é muito."

"Eles têm alguma pista?", Laura perguntou.

"Não. A delegacia ainda não tinha ouvido falar em Ray Garrett. Tiveram de mandar buscar alguém que também não sabia muita coisa, mas ele tomou nota do que eu disse." Isso era tudo o que devia dizer, Coleman pensou.

"Ele falou algo sobre viajar para algum lugar?", Laura perguntou.

"Não."

"Estava deprimido?", seu marido perguntou.

"Não muito. Vocês o viram naquela noite." Coleman pegou uma azeitona.

Francis Smith-Peters limpou a garganta e disse:

"Eu ia à polícia apenas por questão de dever. Você sabe, como um compatriota americano. Mas pensei que como você o viu por último..."

"Sim", disse Coleman. A voz de tenor de Francis era tão desagradável quanto uma serra rotativa para Coleman. E os olhos de Francis estavam de guarda, Coleman viu, abaixo de sua tranquila aparência amistosa. Se Francis tivesse procurado a polícia, talvez se sentisse obrigado a lhes dizer — somente depois de perguntas dirigidas, é claro — que Coleman não gostava de Ray Garrett e tinha lhe dirigido algumas palavras desagradáveis. Coleman percebia tudo isso, e também em Laura.

"Eu pensei a mesma coisa", disse ela. "Você o conhecia muito melhor, e foi o último a vê-lo."

Provavelmente fora Laura, Coleman pensou, quem impedira o marido de procurar a polícia — embora o italiano de Francis fosse tão inexistente que Coleman podia compreender sua hesitação.

"Vamos ficar fora disso, Francis. Você sabe que Ed não gosta dele, e não sabemos o que aconteceu naquela noite." Coleman podia imaginar a conversa do casal no quarto do hotel.

"Não conheço aquele bairro", disse Francis, "perto do cais Zattere. Que tipo de bairro é?"

"Oh, mais tranqüilo que este, com certeza", Coleman respondeu.

"O que você acha que aconteceu, Inez?", Laura perguntou. "Você é tão intuitiva."

"Sobre isso? Não", Inez respondeu. "Ele está..." Ela levantou as mãos, num gesto de desespero. "Simplesmente não sei."

"O que você ia dizer?", Francis perguntou. "Ele está o quê?"

"Se ele está tão deprimido, talvez tenha ido para algum lugar... abandonado tudo... acredito que seja possível."

Coleman sentiu que os Smith-Peters duvidavam disso e achavam que a própria Inez não acreditava.

"Os becos...", disse Coleman, "os becos de Veneza. Se alguém quiser golpeá-lo na cabeça e levar seu dinheiro sempre há um canal por perto. Basta jogar o corpo." A mesa de americanos à direita dele estava barulhenta. Um dos homens tinha uma risada que parecia um latido de cachorro.

"Que idéia horrível!", disse Laura, revirando os olhos azuis e olhando para o marido.

"Você viu alguém por perto quando o deixou?", perguntou Francis.

"Não saí do barco, por isso não pude ver muito", disse Coleman. "Não me lembro. Manobrei o barco e rumei para San Marco."

"Onde estava Corrado naquela noite?", Laura perguntou a Inez.

Inez encolheu os ombros sem olhar para ela.

"Em casa? Não sei."

Inez também tinha perguntado isso a Coleman.

"Eu o procurei, mas já passava da uma", disse Coleman. Ele olhou para a porta e estremeceu, inclinou-se para a frente repentinamente e ficou olhando para a mesa. Ray tinha entrado.

"O que houve?", Inez perguntou.

"Quase... quase engoli um caroço de azeitona", disse Coleman. Ele percebeu, sem realmente olhar ou ver, que Ray tinha saído novamente depois de avistá-lo. "Engoli o caroço!", disse Coleman sorrindo, lembrando que não tinha um caroço na boca para mostrar. Ele ficou feliz por Inez estar tão preocupada que não percebeu Ray, e porque os Smith-Peters estavam quase de costas para a porta. Ray estava usando uma barba fina. Ele havia saltado para trás quase com a mesma rapidez com que Coleman reagira sentado. "Ufa! Levei um susto. Pensei que ia descer pela traquéia", disse Coleman, rindo agora.

Os outros continuaram falando sobre alguma outra coisa. Coleman não escutava uma palavra. Ray continuava vivo e estava por perto. O que pretendia? Certamente não ia tentar levar a polícia até Coleman, ou teria vindo diretamente a ele. Ou a polícia estaria se reunindo lá fora nesse momento? Coleman olhou de novo para a porta, furtivamente. Dois homens altos estavam saindo, rindo e movendo-se lentamente. A porta, assim como as janelas, eram de vidro opaco, e não se podia enxergar através delas. Pelo menos cinco minutos se passaram e nada aconteceu.

Coleman se obrigou a conversar.

Onde Ray estaria se escondendo? Onde quer que estivesse na semana passada, teria de mudar hoje por causa da foto no jornal, Coleman pensou, a menos que tivesse contado a verdade a quem o estivesse hospedando — mas Coleman achou que era improvável. Ray teria amigos íntimos na cidade? Coleman começou a sentir-se irritado e com medo. Ray vivo era um risco terrível para ele, o risco de ser acusado de tentativa de assassinato — duas, na verdade. A segunda, porém, era provável: alguém devia ter visto Ray na água naquela noite, alguém que o salvara, ou se por um milagre ele tivesse nadado até a *piazzale* alguém o teria visto encharcado. Coleman concluiu que era melhor terminar o serviço, eliminar Ray. E, apesar de perceber que esse pensamento foi provocado pela emoção — principalmente o medo —, ele ainda achou que era uma idéia válida e que a lógica em breve lhe daria um método melhor do que os que tinha usado até então.

10

Ray atravessou a San Moisè, a rua do Bauer-Gruenwald, e entrou na Frezzeria. Caminhou rapidamente, como se

Coleman o estivesse perseguindo, embora soubesse que era a última coisa que Coleman sonharia em fazer agora. Coleman novamente entre seus amigos! Continuava com Inez, que devia suspeitar dele, no entanto estariam na mesma cama naquela noite. O mundo realmente não se importava que ele estivesse vivo ou morto, que tivesse sido assassinado ou não. Talvez perceber isso fosse o início da sabedoria. Ele poderia ter sido morto, e somente por Coleman, mas o mundo não parecia se importar.

Esses pensamentos passaram por sua mente de passagem, em questão de um ou dois segundos, então Ray lembrou — e reduziu o passo para poupar energia e também para não chamar a atenção — que precisava planejar o que faria a seguir. Tinha saído da casa da *signora* Calliuoli às onze da manhã. Alguns momentos antes, depois de ver sua foto na primeira página do *Gazzettino* em uma banca de jornais e ler o título, ele correra de volta para o Largo San Sebastiano, onde a porta lhe foi aberta pela senhora idosa que havia dito que nunca dormia. Ray lhe disse que precisava ir embora. Ele já tinha pago até o dia seguinte, explicou, mas não importava. Disse à mulher que tinha acabado de telefonar para Zurique e soube que precisava ir para lá imediatamente. Então Ray subiu as escadas e empacotou suas poucas coisas antes que a *signora* Calliuoli, que tinha saído para fazer compras, ou Elisabetta, no café, pudessem notar a foto e reconhecê-lo. A senhora idosa estava no corredor quando Ray desceu com sua mala, e ele lhe pediu para dizer adeus e agradecer à *signora* Calliuoli. Ela pareceu triste por vê-lo partir.

Sua mala não pareceu muito pesada no início, mas agora sim. Ray entrou em um bar e pediu um *cappuccino* e um uísque puro. Pensou no gondoleiro que o havia pescado da laguna, um transportador de azeite e legumes. Ray não queria esperar até às três da manhã para encontrá-lo na estação ferroviária, mas não pôde pensar em nada melhor para fazer. A questão que o importunava era o passaporte, o fato de que mesmo que forjasse um número de passaporte por algum tempo muita gente poderia vê-lo de perto num hotel. Não estava com humor para abordar outra garota, como Elisabetta, e não conhecia mais nenhuma. E se procurasse um quarto para alugar no *Gazzettino,* as donas de casa poderiam suspeitar de um jovem americano parecido, mesmo com a barba, cuja foto estava na primeira página do jornal que provavelmente compravam.

Ray entrou em um pequeno restaurante e sentou-se a uma mesa perto do aquecedor. Tirou um livro da mala e passou o maior tempo possível almoçando. Depois sentiu-se mais animado e pegou um *vaporetto* da parada Giglio até a Piazzale Roma. Como esperava, lá havia uma hospedaria onde poderia tomar banho, barbear-se e finalmente relaxar. Ali não se exigia passaporte. Ele estava um pouco inquieto com a possibilidade de haver policiais à sua procura perto da estação, mas não olhou para ninguém e nada aconteceu.

Quando Ray saiu, à uma da manhã, estava muito mais frio. Perguntou ao vendedor de bilhetes na parada do *vaporetto* onde eram carregados os legumes e o azeite, e foi dirigido por um gesto vago de braço para a Ponte Scalzi. Ray passou pela estação ferroviária e entrou na escuridão. Havia barcaças e gôndolas no canal, amarradas para passar a noite. Alguns aquecedores a óleo queimavam nos cais. Ele viu um homem.

"Por favor", Ray disse. "A que hora chegam os barcos de legumes e azeite?"

"Por volta das seis da manhã", respondeu o homem, uma figura agachada ao lado de um fogão no convés de uma barcaça.

"Pensei que alguns gondoleiros trouxessem os barcos mais cedo e depois fossem dormir."

"Neste clima?"

Ray hesitou, então disse:

"Obrigado", e saiu andando.

Excrementos de cachorro na calçada, em um quadrado de luz projetado por uma janela, pareciam uma exibição deliberadamente vulgar, e Ray se perguntou por que olhou para aquilo até que percebeu que, por causa da chuva, eles tinham inchado até o tamanho de excrementos humanos. Ele desviou olhar e pensou: "Não sou Ray Garrett esta noite, faz dias que não sou. Portanto devo estar em um estado de liberdade como nunca estive antes". Durante alguns segundos ele recuperou suas sensações da manhã seguinte à noite na laguna, a manhã em que ele acordou no quarto de hotel, olhou para a janela e pensou: "A vista poderia ser de uma dúzia de cidades italianas, e eu poderia ser qualquer pessoa, porque não sou ninguém". Agora ele não sentia a ansiedade daquela manhã. Era novamente ninguém, sem Peggy, sem culpa, sem inferioridade (ou superioridade), sem uma casa ou um endereço, sem passaporte. A sensação era agradável, como se o liberasse a pressão. Ray supôs que muitos criminosos escondidos teriam esse sentimento, em parte comprometido por saberem que se encontravam nesse estado com o objetivo de esconder-se e escapar da lei. O estado dele era mais puro e feliz. Talvez a identidade, assim como o inferno, fossem simplesmente os outros.

Ray virou-se. Não havia qualquer gondoleiro na água, ninguém à vista. Ele se perguntou se deveria voltar ao hotel por algum tempo. Decidiu abordar o homem da barcaça novamente.

"Posso lhe perguntar uma coisa? Você conhece os gondoleiros daqui?"

"Alguns."

"Estou procurando um homem que vem da laguna. Ele tem uma gôndola e transporta azeite e legumes toda manhã da estação rodoviária. É mais ou menos desta altura", Ray indicou com a mão uma estatura de 1,65 metro, ou menos, "tem cabelo grisalho curto. Ele fala em dialeto. Tem barba." Ray ficou animado porque o italiano obviamente estava tentando pensar.

"Uns cinqüenta anos?"

"Acredito que sim."

"Luigi? Ele amaldiçoa os dragões do mar?" O homem riu, então perguntou cautelosamente: "O que você quer com ele?".

"Eu lhe devo quatro mil liras." Ray tinha pensado nisso antecipadamente.

"Parece Luigi Lotto, não sei... É um homem que tem mulher e netos?"

"Não sei", disse Ray.

"Se for Luigi, talvez ele esteja doente, talvez não venha esta noite. Às vezes ele trabalha, às vezes não."

"Onde ele mora?"

"Na Giudecca, atrás da *trattoria* Mi Favorita", respondeu o homem imediatamente.

"Onde fica isso? Em que parada?"

O homem encolheu os ombros.

"Não sei exatamente. Pergunte a alguém." Ele aqueceu as mãos no fogão.

"*Grazie*", disse Ray.

"*Prego*."

Ray pegou o próximo *vaporetto* no Canal Grande. Na Riva degli Schiavoni, passou para um barco que ia para a Giudecca. Agora era uma e meia da manhã. Ele pensou que era uma caçada maluca, a hora não podia ser menos favorável, mas naquele momento Luigi Lotto — que talvez fosse um completo estranho, e que talvez ele não encontrasse — parecia ser seu único amigo em Veneza.

Na Giudecca ele entrou no primeiro bar que viu e perguntou pela *trattoria* Mi Favorita. O homem atrás do balcão não conhecia, mas um cliente sim, e lhe indicou onde ficava.

"Talvez seja tarde demais para comer", disse o homem.

"Não importa", disse Ray, saindo. "*Grazie*."

A Mi Favorita ficava no fundo de um pátio, com plantas parecendo congeladas diante da fachada de vidro. Ray entrou. Perguntou a uma mulher que passava pano no chão se conhecia a família Lotto, que morava ali perto. Ela disse que não, mas havia uma casa logo atrás onde viviam quinze famílias. Ray foi até lá.

A casa tinha um número de cinco algarismos seguido pela letra A, e ele não pôde ver nome de rua em lugar nenhum. Pior, não havia outros nomes além de "Ventura" nas campainhas do andar térreo, embora houvesse duas fileiras verticais de campainhas. Ray estremeceu e olhou para o relógio. Duas horas. Estava tudo errado, pensou. Estava fazendo tudo errado. Na frente da casa não havia qualquer luz.

Ray assustou-se com um som de passos à sua esquerda. Um homem se aproximava — Ray pensou imediatamente em Coleman, mas este, embora não fosse alto e tivesse cintura redonda, era mais jovem. Ele tinha até um charuto na boca, como Coleman. Ray deu um passo para o lado da porta, ficou de costas para o prédio e preparou-se para correr. O homem veio diretamente em sua direção, olhando para ele, então virou na entrada ao lado de Ray.

"Desculpe, senhor", disse Ray. "Conhece uma família Lotto que mora aqui?"

"Lotto...", o homem respondeu casualmente, sem tirar da boca o que Ray agora percebia ser um cigarro. "Quarto andar." O homem abriu a porta com sua chave.

"O senhor sabe se é possível que eles não estejam dormindo a essa hora, porque..."

"Sim, provavelmente. Ele sai com a gôndola. Eles estão acordados o tempo todo, fazendo barulho. Eu moro embaixo. Vai entrar?"

Ray entrou, agradeceu ao homem e subiu a escada atrás dele. Os corredores eram sujos, corroídos pela umidade e o descuido. O interior do prédio parecia uma geladeira, mais frio que lá fora.

"À direita, no fundo", disse o homem, gesticulando para cima, e inclinou-se para destrancar sua porta.

Ray subiu o último lance de escada com a mala pesada.

Havia luz embaixo da porta, e ao vê-la ele suspirou. Parecia um bom presságio. Ray bateu na porta e, pensando que a batida fora fraca demais, bateu de novo.

"Quem é?", indagou uma mulher.

Ray gaguejou e conseguiu dizer:

"*Giovanni. Posso vedere Luigi? Sono un amico.*"

"*Un amico di Luigi*", repetiram em italiano, num reflexo neutro. A porta não se abriu. "*Un momento.*"

Ray ouviu passos se afastando no apartamento e entendeu que ela ia perguntar a Luigi se conhecia um americano chamado Giovanni.

Um momento depois um homem abriu a porta; tinha cabeça quadrada e usava um colete cinza e calças pretas. Era o gondoleiro.

"*Buona sera*", disse Ray. "Sou o americano que o senhor tirou da água. Lembra?"

"*Ah, sì. Sì!* Entre! Costanza!", ele chamou a mulher, e em dialeto rápido explicou quem era Ray.

O rosto da mulher lentamente se descontraiu, e depois brilhou com amizade.

Ray se perguntou se eles teriam visto o *Gazzettino*, e nesse caso se Luigi o teria reconhecido. Ray cumprimentou adequadamente a mulher de Luigi. A quantia que dera ao barqueiro, Ray pensou, era quase cinqüenta dólares, o que sem dúvida eles teriam apreciado.

"Minha mulher achou que eu estava inventando história quando lhe contei", disse Luigi, vestindo um suéter sobre a camiseta. "Eu sempre invento histórias sobre o que encontro na água, você sabe. Sente-se, *signore*. Quer um copo de vinho?"

Um resmungo de Costanza, depois para Ray:

"Ele está doente, mas insiste em ir trabalhar."

Um choro de criança em outro quarto a fez levantar as mãos.

"Enquanto discutimos, ele poderia pelo menos estar dormindo... *Permesso*." Ela saiu por uma porta no fundo da sala quase vazia.

"Luigi, desculpe pela hora, mas..."

"Sua fotografia estava no *Gazzettino* hoje, *non è vero*?", Luigi o interrompeu, falando baixo. "Não tenho certeza, mas... era?"

"Sim, eu..." Ray estava relutante em fazer o pedido, mas era melhor com Luigi sozinho do que na presença de sua mulher. "Vim lhe perguntar se você sabe de um quarto que eu possa alugar em qualquer lugar em Veneza. Sabe, Luigi, preciso falar com uma garota aqui... a garota que amo." Ray esperou que o gondoleiro não estivesse enrubescendo de vergonha. "Eu tenho um rival. O rival me empurrou do barco naquela noite. Entende?"

Luigi entendeu, e rapidamente. Inclinou a cabeça para trás e disse:

"A-ha!"

"Sua mulher sabe sobre a foto no jornal? Prefiro que ela não saiba."

"Oh, ela é boa gente. Não se preocupe. Eu lhe mostrei o jornal hoje. Antes disso ela não acreditava que eu tinha salvado alguém. Achou que eu tinha ganhado o dinheiro no jogo. Ela não quer que eu jogue, mas eu não jogo. Alguns maridos jogam. Pensei que você tivesse caído num canal naquela noite. Estou contente por vê-lo."

Ray assentiu.

"Sabe, não posso ir para um hotel. O rival me encontraria. Eu só quero falar com a garota que amo. Quero uma chance justa."

"Sim, entendo", disse Luigi, olhando para a porta por onde sua mulher tinha saído. "Onde está a garota?"

"Em um hotel em Veneza."

"E o rival?"

"Não sei. Em outro hotel, acho. Ele está me procurando", Ray acrescentou, sentindo-se desesperado, falso como num melodrama, mas as palavras saíram.

"E você precisa se livrar dele." Luigi esfregou as mãos, então as soprou. A casa era fria. "Vamos tomar um copo de vinho? Ou café? O que você prefere?"

"E sobre o quarto, Luigi, você conhece algum?", Ray perguntou, porque a mulher estava voltando.

"Luigi, você não deveria estar acordado a essa hora! Ou vai trabalhar ou vai para a cama", disse a mulher.

Pelo menos foi isso que Ray pensou ter ouvido, e seguiu-se uma rápida conversa entre os dois sobre se Luigi iria trabalhar ou ficaria em casa, mas de qualquer modo devia dormir um pouco, e Luigi protestou que tinha dormido a tarde toda, assim como o bebê, e era por isso que ambos estavam acordados.

"Não, não vou trabalhar esta manhã. Vou mandar um recado pelo Seppi, porque preciso fazer um favor para meu amigo americano", Luigi disse a sua mulher. "Esta noite você dorme aqui", ele disse para Ray. "Depois de tomarmos um vinho. Não dê atenção à confusão esta noite, esta casa é sempre assim. Esse bebê é do meu filho. Ele tem muitos em sua casa agora, e os pais de sua mulher estão visitando, então ficamos com o mais velho."

A mulher de Luigi resmungou um pouco enquanto isso. Seu cabelo preto estava desalinhado e ela era magra demais.

Ray foi conduzido à cozinha, fizeram-no sentar e Luigi serviu três copos de vinho tinto.

"Se minha mulher não quiser o dela, nós beberemos", ele disse.

"Você acha que sabe de um quarto?", Ray perguntou. "É importante para amanhã."

Luigi tinha certeza de que conhecia um quarto, talvez dois ou três.

"Devo manter meu nome em segredo", disse Ray, sem querer citar seu nome, porque Luigi poderia esquecê-lo se ele não o mencionasse. "Preciso ter outro nome como Giovanni... John Wilson, para todo mundo. Caso sua mulher fale com os vizinhos, por exemplo." Ray olhou com firmeza para Luigi, tentando transmitir a seriedade da coisa. "Sua mulher já falou com os vizinhos?"

"Ah, não, eu lhe mostrei o jornal esta noite, quando cheguei, às sete."

"Você falou com mais alguém?"

"Eu abri o jornal aqui. Estava no meu bolso desde o meio-dia. Não, está bem, você é Giovanni Wilson." Luigi plantou um pé numa cadeira, sorveu o vinho e esfregou o queixo cabeludo pensativamente. "Vamos vencer. Acredito que ela seja uma garota bonita. É americana?"

Pelo menos uma hora depois, quando Ray estava deitado semi-adormecido em uma cama cheia de calombos num quarto pequeno e frio, com um aquecedor elétrico que parecia não aquecer num canto, ouviu alguém entrar e uma conversa curta e explosiva entre Luigi e outro homem. Luigi disse algo sobre um segundo filho que morava com ele e trabalhava no bar de um grande hotel, ou talvez no Grande Hotel. Esse era provavelmente o filho chegando do trabalho noturno, e provavelmente Ray estava no quarto dele. Sentiu-se culpado por isso, mas poderia recompensá-lo pagando alguma coisa.

11

Na manhã seguinte — uma manhã clara, ensolarada e fria — Luigi e Ray saíram para ir à casa de um amigo do barqueiro, a quinhentos metros de distância. O amigo se chamava Paolo Ciardi, e Luigi disse a Ray que tinha mandado um menino mais cedo para avisar que eles viriam. Eram dez e meia da manhã. No caminho da casa eles pararam, por sugestão de Luigi, para tomar um copo de vinho.

"Eu lhe digo, a vida é uma confusão, mas é muito interessante, não é?", Luigi filosofou. Sua filha estava prestes a ter o primeiro bebê e não tinha certeza se amava seu marido, mas Luigi tinha certeza de que tudo daria certo. "Ela só está preocupada em dar à luz, mas enquanto isso é um inferno", disse Luigi. Ele insistiu em pagar a conta.

Ray estava preocupado em conseguir mais dinheiro. Mas passou os próximos minutos da caminhada convencendo Luigi de que era melhor que ele também tivesse um apelido para o *signore* Ciardi. Luigi tinha outra opinião, afirmando que era seguro contar a verdade a Paolo e explicar por que ele queria privacidade, mas Ray disse que quanto menos pessoas soubessem, menos poderiam falar, e Luigi afinal cedeu. Para o senhor Ciardi, Ray se chamaria John Wilson.

"Se eu lhe der um cheque de viagem", disse Ray, "sabe onde poderia descontar para mim? Sem passaporte?" Luigi devia conhecer alguém, Ray pensou.

"Sim, eu sei. Ele vai cobrar um pouco. Não muito. Talvez cinco por cento."

Ray já esperava por isso. Colocou o talão de cheques sobre uma coluna de pedra ornamental no meio de uma rua estreita e assinou dois cheques de cem dólares cada.

"Pode conseguir isso? Duzentos? Eu ficaria feliz até com cem."

"Duzentos." Os olhos de Luigi se arregalaram, mas não era um número astronômico, e ele assentiu e disse com um ar de eficiência: "*Sì*. Duzentos dólares, *sì*".

"Acha que consegue ainda hoje?", Ray perguntou enquanto caminhavam.

"Sim. Talvez eu não entregue hoje, mas amanhã."

"Está bem. Eu também lhe darei cinco por cento por isso."

"Ah, não", disse Luigi, contente.

"Você está me fazendo um favor."

"Eu entrego amanhã na casa do Paolo. Se não puder ir, coloco em um envelope para Giustina."

"Quem é Giustina?"

"A cozinheira de Paolo."

Ray comprou um *Gazzettino*, verificou a primeira página antes de colocá-lo embaixo do braço e ficou aliviado ao ver que não havia nada sobre ele, pelo menos não na primeira página. Esperava que seus pais não estivessem preocupados.

"E também", disse Ray quando se aproximaram da casa de pedras vermelhas que Luigi disse ser do senhor Ciardi, "é melhor se o senhor Ciardi pensar que não tenho muito dinheiro comigo." Ele detestou dizer isso, mas pensou que seria mais seguro dessa forma.

"*Sì, sì, d'accordo*", disse Luigi.

"Mas estou disposto a pagar extra por um aquecedor no meu quarto, porque estive doente. Aquele frio todo, você sabe."

"*Sì, capisco.*"

Luigi puxou uma argola na parede, que fez um sino tocar dentro da casa, e logo a porta foi aberta por um homem sorridente e rechonchudo usando suéter e um terno velho.

"Ah, Luigi! *Come va?*" Ele abraçou Luigi calorosamente.

Luigi os apresentou: "*Signore* John Wilson e *signore* Paolo Ciardi", e Ray ficou contente ao escutar Luigi ir imediatamente ao assunto do quarto.

"É por alguns dias, talvez algumas semanas", disse Luigi.

O *signore* Ciardi graciosamente conduziu Ray e Luigi através de um jardim e um pátio mal cuidados até a casa, que era fria mas tinha móveis maciços bastante bons e uma escada de pedra. Ray pôde escolher entre dois quartos e preferiu o menor porque achou que seria mais fácil aquecê-lo. O quarto custaria quinhentas liras por dia, e a lenha para a lareira teria de ser paga por Ray. Havia uma pequena lareira, mais uma estufa de ladrilhos vermelhos. O toalete ficava em uma casinha externa num canto do terraço, e o banheiro no andar de baixo. Havia vasos de flores no teto ao redor do terraço e um jardim atrás da casa, com uma videira que subia pela janela de Ray. Ele ficou bastante satisfeito. Pagou uma semana adiantado, e o senhor Ciardi chamou uma criada magra de cerca de sessenta anos e lhe pediu para acender o fogo no quarto do *signore* Wilson.

"Venha tomar um copo de vinho conosco", disse o *signore* Ciardi para Ray.

Eles desceram para uma grande cozinha azulejada, e Ciardi serviu o vinho de um garrafão num cesto em três copos que tinha colocado sobre a grande mesa de madeira. Luigi havia dito que o senhor Ciardi era um atacadista de equipamentos de pesca e tinha loja no Fondamento Nuovo, mas passava a maior parte do tempo em casa. Luigi, pelo que Ray conseguiu entender, disse a Ciardi que Ray o havia interpelado na manhã anterior perto da ponte de Rialto, onde estava entregando legumes, e lhe perguntou sobre um quarto para alugar na "verdadeira Veneza". O senhor Ciardi pareceu satisfeito e muito contente em ter um hóspede pagante, e nada curioso sobre sua pessoa, pelo que Ray se sentiu grato.

"A casa está vazia desde que minha mulher morreu", disse o *signore* Ciardi. "Sem filhos..." Ele encolheu os ombros num gesto lento e trágico, seguido de um sorriso resignado. "E o senhor, tem filhos?"

"Não sou casado", Ray respondeu. "Talvez um dia..."

"Claro", disse Ciardi, puxando o suéter sobre a barriga. Ele usava dois suéteres.

Ray perguntou sobre a chave da casa, e recebeu imediatamente uma que estava numa prateleira na cozinha. Então Luigi e Ciardi falaram sobre coisas que Ray não conseguiu entender — equipamento de pesca — e o anfitrião referiu-se várias vezes a uma pilha de recibos ou notas presas num espeto vertical em sua mesa lateral, baixando a mão como se fosse espetá-la. Ray finalmente pediu desculpas e disse que gostaria de subir para o quarto.

"O *signore* Wilson esteve doente, com *influenza*", Luigi disse pensativamente. "Precisa descansar bastante."

O *signore* Ciardi entendeu.

Ray prometeu ligar para Luigi ou mandar um recado no dia seguinte, e subiu para o quarto.

O fogo fizera certa diferença. Ray sentiu-se subitamente mais seguro e feliz do que nos últimos dias. Ele leu o resto do *Gazzettino*. Nada a seu respeito. Abriu a mala, mas não viu onde as pudesse pendurar, exceto o casaco, que colocou num gancho atrás da porta. Então cedeu ao cansaço, à felicidade de seu refúgio recém-encontrado, vestiu o pijama e foi para a cama. A última coisa que viu antes de adormecer foi o caule vigoroso e tortuoso da videira, agora sem folhas, grosso como seu braço, atrás da vidraça. Ele dormiu por mais de uma hora. A casa estava silenciosa quando acordou. Ray sentia-se muito melhor, mas ficou algum tempo deitado, com os braços atrás da cabeça no quarto quente, e seus pensamentos foram novamente para Coleman, para o problema que continuava sem solução. Era possível, Ray percebeu, esclarecer a confusão, pelo menos o aspecto assassino da coisa, simplesmente telefonando para Coleman e dizendo que ele, Ray, estava disposto a contar à polícia que tinha caído num canal perto da Seguso, por exemplo, e que sofrera de amnésia durante oito dias. Ray sorriu. Alguém acreditaria nisso? Bem, sofreu de amnésia por dois dias, recuperou a consciência mas percebeu que apreciara tanto o anonimato que o manteve por mais alguns dias; mas agora que a polícia estava preocupada... Ray riu consigo mesmo. Mas poderia, pelo menos, dizer a Coleman que iria à polícia com uma história inócua, e isso aliviaria Coleman de qualquer temor de que ele pudesse dizer a verdade; Coleman devia estar ansioso sobre isso. Por outro lado, Ray pensou, Coleman simplesmente *não estava* ansioso sobre o que ele poderia dizer à polícia, Coleman não ficara ansioso depois de sua primeira tentativa fracassada em Roma. Não, Coleman fora arrogante e cada vez mais hostil quando Ray o encontrara mais tarde em Veneza. Ainda assim, Coleman agora sabia que ele estava se escondendo deliberadamente, e que portanto talvez estivesse tramando alguma coisa hostil. Coleman poderia estar apenas um pouco preocupado agora, e certamente parecia agitado quando o vira na noite passada no Harry's Bar. Ou aquela agitação fora pura surpresa por Ray continuar vivo?

O fato era que Ray podia começar a levar as coisas para uma direção mais pacífica, se dissesse a Coleman que não contaria a ninguém o que realmente acontecera. Poderia escrever uma carta para Coleman, para que não houvesse possibilidade de Inez escutar uma conversa telefônica, ou possivelmente saber que ele tinha telefonado.

Mas assim que pensou isso, Ray começou a perceber que a raiva de Coleman contra ele era muito mais profunda. Era a coisa mais profunda na vida de Coleman agora. Coleman obviamente arriscaria sua vida, ou a prisão perpétua, por isso. As pessoas o faziam por amor com freqüência. Coleman estava fazendo por ódio.

Ray não conseguiu chegar a uma conclusão sobre a próxima coisa que devia fazer, o próximo passo a dar, mas estava cansado da cama e levantou-se. Enquanto se vestia, sentiu mais uma vez e com mais força o impulso de escrever uma carta a Coleman. Não precisaria colocá-la no correio, pelo menos não imediatamente, mas tinha de escrevê-la. Ele havia comprado um bloco de papel de carta e alguns envelopes. Sentou-se junto à mesa de vime, na qual teve de abrir o jornal para conseguir uma superfície bastante lisa para o bloco.

19 de novembro de 19...
Caro Ed, Ray começou indeciso, detestando chamar Coleman pelo apelido, mas parecia a melhor de três possibilidades.

Pensei que poderia aliviá-lo, pelo menos um pouco, se disser que não pretendo contar à polícia ou a qualquer pessoa o que aconteceu na noite de quinta-feira. Esse é um dos motivos pelos quais estou escrevendo esta carta.

O segundo é Peggy. Ainda não consegui fazê-lo compreender, embora tenha tentado várias vezes. Sinto que de certa forma falhei em tudo o que tentei colocar em palavras para você sobre Peggy. Gostaria de dizer em primeiro lugar que Peggy era mais jovem que o comum em sua idade — e a palavra 'imatura' não transmite a idéia toda. Acho que é porque ela foi tão protegida quando criança e na adolescência (sei que já disse isso antes) e, é claro, isso fazia parte de todos os seus relacionamentos — comigo e também com a pintura, por exemplo. Ela não tinha começado a perceber o longo e muitas vezes lento percurso que todo artista tem de fazer antes de se tornar 'maduro' ou alcançar algum tipo de maestria. Sua educação — concluída pouco tempo antes de eu conhecê-la —, por não se concentrar na arte (uma pena que isso não foi previsto, pois ela dizia que sempre quis ser pintora, como você, e que aos dezesseis anos estava decidida a respeito, mas talvez tenha exagerado), a privou de iniciar esse conhecimento, que é um conhecimento de progresso e também de capacidades e limitações. A maioria das pessoas que deseja ser pintora já sabe muito sobre essas coisas quando chega aos dezoito ou vinte anos. Acho que Peggy estava assustada e confusa com o mundo que ela via se abrir à sua frente. Sei que estava assustada com seu prazer pelo sexo (pense você o que quiser, estou em melhor posição que você para saber disso) e também esperava mais dele do que ele podia proporcionar — com qualquer pessoa. Mas, longe de se assustar com o sexo, ela era mais entusiasmada que eu, o que significa muito, pois eu a amava.

Ele queria terminar essa fase com "ao mesmo tempo carinhosa e apaixonadamente", mas não suportou a imagem de Coleman zombando disso, incrédulo e até o rotulando-o de vulgar.

Parece óbvio demais dizer que ainda estamos ambos traumatizados por causa de sua morte, mas isso é eviden-

te por nosso respectivo comportamento. Você não consegue perceber que eu também a amava e teria feito qualquer coisa para evitar isso, teria dado qualquer coisa para voltar no tempo algumas semanas para que isso não acontecesse?

Ray sentiu que estava se tornando vago, e que já havia dito o suficiente. Colocou a carta em um envelope e o endereçou a Edward Coleman no Hotel Bauer-Gruenwald, mas não o colou, porque achou que talvez quisesse acrescentar alguma coisa. Pôs o envelope num bolso na tampa da mala.

Alguns momentos depois, Ray saiu para caminhar pela Giudecca. Era chamada de "a ilha-jardim", ele lembrou, e viu muitas árvores, mas os jardins parece que ficavam atrás das casas e não à vista do público. O dia parecia mais quente que o anterior. Ele adorava a sensação de estar na grande ilha, tão perto do continente, mas separada de Veneza pelo largo Canal Giudecca, que agora parecia protegê-lo. A casa de Ciardi ficava no lado sul do Giudecca, quase sobre a água (apenas uma fileira de casas as separava), e daquela margem abria-se uma visão tênue das ilhas pantanosas, onde Ray nunca havia estado, que se agrupavam perto do território da Itália, e na outra direção uma vista nublada do Lido. Ray caminhou pela ilha até que conseguiu avistar Veneza com sua ponta de terra sobre a qual se erguia a Della Salute e atrás, do outro lado do Canal Grande, o coração da cidade, onde o campanário de San Marco elevava sua torre esguia e dourada. Um belo navio branco, o *San Giorgio*, deslocava-se para a direita em direção ao Adriático, com um leão alado de Veneza, azul e dourado, na chaminé. E uma das balsas para carros, com rampas levadiças, que ligavam o Lido à ilha principal, agitava a água rumando na direção oposta, tão próximo que Ray pôde ler seu nome, *Amminiara*. Ele lembrou do *Marianna II*. Também devia ficar atento para esse barco, pensou, em seus passeios por Veneza. Cinco ou seis pessoas — Coleman, Inez, os Smith-Peters, Antonio (se ainda estivesse lá), a mulher do Lido cujo nome ele tinha esquecido, Elisabetta e agora o *Marianna II*.

Ray almoçou numa *trattoria* no Giudecca (não a Mi Favorita), por uma quantia incrivelmente pequena, uma grande bisteca muito macia. Depois tomou um barco para San Marco e passou o final da tarde visitando o Palácio dos Doges. Os enormes e formais salões do conselho, o vazio ornamentado do palácio o fizeram sentir-se mais calmo e controlado. Foi de certa forma a inutilidade gritante do palácio o que o fez sentir-se assim, ele percebeu.

Quando Ray saiu para a *piazzetta*, o dia parecia mais quente, talvez porque ele tivesse esperado um contraste entre a temperatura frígida do Palácio Ducal e o exterior. Caminhou lentamente, fumando um cigarro, pela arcada no lado sul da *piazza*. Percebeu que dificilmente poderia haver um lugar mais conspícuo para o grupo de Coleman ou a polícia, supondo que estivessem a procurá-lo, mas então Ray estava conformado com o fato de que o encontrariam. Ele também percebeu que havia se sentido dessa maneira antes, em alguns momentos na semana passada, e que a sensação não havia durado muito. Estava passando por uma tabacaria à sua esquerda, quando Coleman saiu rapidamente dela e o viu.

Coleman parou. Eles estavam a uns três metros de distância, apenas.

Ray piscou mas não se moveu, e não teve a surpresa chocada da véspera, embora na noite passada ele tivesse previsto que encontraria Coleman no Harry's Bar. Em uma fração de segundo, Ray pensou: "Esta é uma chance para conversarmos, para que eu lhe diga que não vou contar nada à polícia". E ele fez o gesto, deu um passo na direção de Coleman, mas antes de terminá-lo Coleman dera meia-volta com um safanão dos ombros pesados e saíra caminhando.

Ray olhou à sua frente e viu Inez e Antonio, que acabavam de se virar de uma vitrine de loja a cerca de vinte metros, Inez olhando na direção de Coleman. Eles obviamente estavam esperando enquanto Coleman fora comprar charutos. Por um momento, Ray sentiu-se surpreso demais para se mover, então finalmente virou-se e caminhou na direção de onde viera, rapidamente, como se quisesse fugir. Ray achou que Inez não o havia visto. Ele atravessou a *piazzetta*, cruzou a ponte paralela à Ponte dos Suspiros, desejando apenas ir numa direção em que eles provavelmente não iriam. Ray tinha visto o esgar no lábio de Coleman, o endurecimento de seus olhos, um olhar que dizia: "Aquele filho da mãe de novo!". Foi horrível, de uma forma tão devastadora para Ray que ele não sabia como suportar, como enfrentar o fato.

Ray tinha esperado uma possível palavra, e era evidente que Coleman não dava importância a isso. Coleman poderia tê-lo chamado para trás de uma coluna, e Inez não precisaria vê-lo. Coleman poderia ter dito: "Ora, então você está vivo. O considero um idiota, mas para mim chega. Apenas fique longe de minha vista". Mas Coleman não queria chegar a um acordo. Ray começou a caminhar mais lentamente na Riva degli Schiavoni, mas seu medo, que tinha sido quase pânico quando ele fugiu da praça, continuava com ele. Precisava entrar em um bar para usar o banheiro. Então pediu um café e deliberadamente tentou não pensar na situação, em Coleman, porque não estava fazendo qualquer progresso. Sentou-se ao balcão, bebericando o café, e uma imagem veio à sua mente: ele mesmo caminhando em um beco escuro em Veneza, sobre uma pequena ponte curva que atravessava um canal, sob uma lâmpada de rua que se projetava de um canto de casa — e da sombra da casa, à contraluz, Coleman surgia e o atingia com um golpe fatal na nuca. Era isso que queria? Um golpe com a mão dura, com um cano de ferro? Ou a imagem, como um sonho, o estava preparando para algo que ia acontecer, que provavelmente aconteceria de qualquer modo?

Ray levantou os olhos e viu o adolescente atrás do balcão olhando para ele. Terminou o café.

"Outro, *signore*?", perguntou o menino.

"*No, grazie.*" Ray tinha pago o café, então procurou uma moeda de dez liras no bolso do casaco e a deixou no pires, de gorjeta.

12

Foi na tarde de 19 de novembro, uma sexta-feira, que Coleman viu Ray Garrett na arcada da *piazza*. Ray caminhava pelo lugar mais conspícuo em Veneza, com exceção talvez do Harry's Bar, no qual havia metido o nariz na noite anterior — o fato de Ray supor arrogantemente que Coleman estaria com medo de falar com ele, ou de contar a alguém que tinha visto Ray, deixava Coleman de mau humor, o que ele tentava esconder de Inez. Mas não conseguiu ocultar tudo. Naquela noite ela lhe perguntou o que havia, e como Coleman não pôde dar uma explicação, ela disse que ele parecia estar sofrendo de uma doença nervosa. Isso irritou Coleman ainda mais.

Naquela noite Inez estava muito fria e recusou até o toque dele em seu ombro, sua tentativa de beijá-la no rosto. Coleman, ressentido, dormiu pela primeira vez em sua própria cama.

Na manhã seguinte, sábado, houve um telefonema da polícia enquanto Coleman e Inez tomavam o desjejum. O senhor Coleman poderia fazer a gentileza de ir à delegacia na Piazzale Roma naquela tarde, às quatro horas? Coleman teve de concordar. Seria um trajeto longo e incômodo, pois o dia estava chuvoso. Rajadas de vento atiravam a chuva contra as janelas do Bauer-Gruenwald, fazendo um ruído que parecia tiro de chumbo.

Coleman contou a Inez o que precisava fazer. Então disse:

"Vamos sair deste hotel hoje. Mudar, quero dizer."

"Para onde?", Inez perguntou em tom de indiferença retórica.

"O Gritti Palace, por exemplo. É um bom lugar. Já fiquei lá." Coleman não tinha se hospedado, mas apenas comera lá com amigos, ele lembrou. Mas não importava, era um bom lugar. Perturbava-o o fato de Ray saber onde ele estava hospedado e ele não saber onde Ray estava.

"Como você quiser", disse Inez, como se tranqüilizasse uma criança.

Coleman ficou contente, pelo menos, por ela não ter proposto que deixassem Veneza. Ele não tinha muita certeza se poderia sair de Veneza agora, de qualquer modo, e talvez Inez também percebesse isso.

"Podemos sair ao meio-dia com facilidade, acredito. Provavelmente é o horário de *check-out*."

"É melhor ver primeiro se eles têm quartos lá."

"Nesta época do ano? É claro!" Mas Coleman foi até o telefone. Reservou dois quartos, cada qual com seu banheiro, pois não havia dois quartos disponíveis com um só banheiro. Inez teria um quarto só para ela, mesmo que passassem o tempo todo em um ou em outro.

Alguns minutos depois, um menino trouxe uma carta numa bandeja. Coleman viu que era para ele. Deu ao menino uma moeda de cem liras.

"É de Roma", disse Coleman.

Inez estava do outro lado do quarto e não viu a caligrafia angulosa em tinta preta, que Coleman reconheceu ser a de Ray.

Ele andou lentamente para seu quarto enquanto abria a carta, então disse em tom casual:

"Ora, é de Dick Purcell!" Coleman tinha apresentado Inez a Dick Purcell em Roma. Era um arquiteto americano, vizinho de Coleman.

Ele ficou parado junto ao abajur no lado da cama oposto à porta do banheiro, e colocou-se de lado para perceber quando Inez entrasse. Leu a carta e seu coração bateu um pouco mais rápido a cada parágrafo. ... *Pense você o que quiser...* — Ha! Nem todas as desculpas e explicações do mundo poderiam explicar a culpa de Ray, nem mesmo para o próprio Ray. O parágrafo que começava com *"Parece óbvio demais dizer que ainda estamos ambos traumatizados por causa de sua morte"* fez Coleman resmungar com desprezo. Parecia algo tirado de um livro de etiqueta sobre como escrever uma carta de condolências. Ray melhorava um pouco no último parágrafo:

Mais uma tentativa sua de me matar talvez tivesse sucesso. Embora seja evidente que você queira isso, deve perceber que agora eu poderia contar a alguém ou a várias pessoas que você poderá tentar isso. Nesse caso você sofreria mais tarde, se algo me acontecer. É um jogo absurdo, Ed. Estou disposto a encontrá-lo e tentar conversar novamente, se quiser. Você pode me escrever para a posta-restante, na agência San Marco.
Seu,
Ray Garret"

Coleman riu alto, em parte porque sentiu vontade, em parte para que Inez escutasse, já que Dick Purcell era um sujeito bem-humorado. Ray se rebaixando no primeiro parágrafo, dizendo que não contaria à polícia, depois saindo com uma ameaça no final! Coleman rasgou a carta em pedacinhos. Colocou-os num bolso, pensando em jogá-los fora em algum lugar na rua. Ele também rasgou o envelope.

"Meu vestido vermelho está aí?", Inez perguntou.

Coleman o encontrou atrás da porta. Estava pensando que seria divertido ver Ray diariamente, talvez duas vezes por dia, ir até o correio na extremidade da praça e ficar desapontado. Mas Coleman não pretendia perder tempo a observá-lo. E um novo ressentimento o percorreu, misturado com a dor, ao lembrar-se de Peggy, de sua carne jovem e macia, sua própria carne, os olhos jovens e brilhantes, seu cabelo longo e escuro. Ela não tinha começado a viver antes de morrer. Se não tivesse casado com Garrett ainda estaria viva. Isso era fato, e ninguém no mundo poderia negá-lo. Sua dor o assustou e ele sentiu que estava girando num redemoinho, sendo sugado. Não havia mais a esperança de ver Peggy madura, uma mulher feliz, os sonhos de levá-la com um casal de netos a St. Moritz ou Ascona para umas férias, de brincar com eles no Jardim do Luxemburgo. Filhos de Ray? Bem, nunca, graças a Deus!

Coleman fez um grande esforço para se recompor. Levou cerca de trinta segundos. Ele endireitou o corpo, fechou os olhos com força e tentou pensar na próxima coisa que tinha de fazer. As malas.

Ao meio-dia e meia estavam instalados no Gritti Palace, com uma vista muito mais bonita de suas janelas no quarto andar, dando para o belo terraço do hotel, que terminava em degraus descendo para o Canal Grande. Duas lanchas parecidas com a *Marianna II* balançavam na água diante dos degraus, cobertas por lonas sob a chuva forte. Por causa do mau tempo eles almoçaram no hotel e beberam um bom clarete com a refeição. Coleman estava inquieto, especialmente em relação ao que Inez estaria pensando, e tentou esconder isso sendo jovial. Também lhe ocorreu que Ray podia ter falado com a polícia naquela manhã, depois de enviar a carta, e que a polícia talvez estivesse pronta para prendê-lo ou deportá-lo, ou fosse lá o que fizessem com um americano nessas circunstâncias. Mas Coleman não acreditava nisso realmente. Isso poria fim aos sentimentos de culpa de Ray, e de certa forma Ray sabia que merecia sofrer esses sentimentos e não acabaria com eles tão cedo, Coleman pensou.

"A polícia provavelmente soube de outras coisas pelos pais de Ray", Coleman disse para Inez, "e quer falar comigo a respeito."

"Você os conheceu?"

"Oh, sim. Eles estavam de férias em Roma na primavera em que Ray conheceu Peggy. Boa gente, um pouco esnobes. Ela é menos esnobe que ele."

"Não chegue atrasado à polícia. Isso os deixaria irritados."

Coleman riu e cortou a ponta de um charuto.

"Eles é que me irritam, fazendo-me sair num dia desses."

Coleman saiu às três e meia. O trajeto, ou a viagem, já que estava num barco, demorou apenas quinze ou vinte minutos.

O *capitano* Dell'Isola estava na delegacia da Piazzale Roma. Ele apresentou Coleman a um homem grisalho, baixo e magro, que disse ser o promotor público de Veneza. Era um homem pequeno, vestindo um terno cinza frouxo, mas Coleman sentiu o devido temor pelos poderes desconhecidos que estariam ao seu alcance.

"É dever dele", disse o capitão Dell'Isola, "determinar se há bases para sua detenção."

Então começaram novamente as perguntas sobre a noite do Lido. Se Dell'Isola ou qualquer outra pessoa tivesse interrogado os Smith-Peters ou a senhora Perry, Coleman pensou, estes evidentemente nada tinham dito sobre o fato de Coleman não gostar de Ray Garrett. Ele sabia que não tinham interrogado Inez. Não perguntaram a Coleman sobre seus sentimentos. Apenas fatos frios, ou melhor, mentiras frias, o que Coleman pensou ter feito com sua habitual tranquilidade.

Em uma pausa do interrogatório do promotor, Dell'Isola disse:

"Falamos com Corrado Mancini, dono do *Marianna II*, e também examinamos o barco."

"Ah! E o que descobriram?", perguntou Coleman.

"Ele confirma sua história, de que estava dormindo à uma hora, quando o senhor saiu do Lido." O tom de Dell'Isola pareceu mais cortês na presença do promotor público.

Coleman esperou algum comentário sobre o barco — um amassado, um novo arranhão — mas nada ouviu.

"Talvez seja necessário", disse o promotor público com sua voz lenta e áspera, falando em italiano, "emitir um..."(Coleman deduziu que a expressão significava uma ordem legal para sua detenção) "Mas acho que não será necessário no momento, se soubermos onde encontrá-lo e se o senhor não sair de Veneza. Está no hotel Bauer-Gruenwald?"

"Agora estou no Gritti Palace", Coleman respondeu. "Eu ia lhes informar que mudei esta manhã."

Isso foi anotado por um escrivão.

O promotor murmurou algo para Dell'Isola sobre informar ao consulado americano. Dell'Isola lhe afirmou que isso já tinha sido feito.

"O pai do *signore* Garrett telefonou", Dell'Isola disse a Coleman, "para dizer que o senhor estava em Veneza e poderia ser útil. Eu lhe disse que sabíamos disso e que tínhamos falado com o senhor. Eu disse a ele que o senhor é a última pessoa que conseguimos encontrar que viu seu filho. Contei a história daquela noite no Lido conforme o senhor me contou, e eles me pediram para lhe perguntar novamente sobre qualquer coisa... qualquer coisa que o senhor lembre que o senhor Garrett tenha dito sobre viajar, ir para algum lugar. Qualquer coisa sobre o que ele pode ter feito. Preciso lhes telegrafar uma resposta."

Coleman, sem pressa, sentou muito friamente na cadeira e disse:

"Se eu soubesse alguma coisa, já lhes teria dito. Talvez ele tenha voltado para Maiorca..."

"Não, já indagamos à polícia de Palma e de Xanaunx", disse o capitão, pronunciando errado o último nome. "Ele não está. O pai do senhor Garrett também me pediu para lhe perguntar se o senhor conhece alguém em Maiorca que possa saber quais eram os planos do senhor Garrett. O pai também escreveu para um amigo de seu filho em Maiorca, mas ainda não deu tempo de a resposta chegar. O senhor esteve em Maiorca com o senhor Garrett, não é?"

"Desculpe, não lembro o nome de qualquer amigo de Garrett em Maiorca. Conheci alguns, mas passei apenas alguns dias lá. Fui para o enterro de minha filha, o senhor sabe."

"Sim, compreendo", murmurou o capitão. "O senhor acha que o senhor Garrett se suicidou, senhor Coleman?"

"Acho que é possível", disse Coleman. "Aonde ele poderia ter ido sem passaporte?"

Coleman estava contente por fazer a viagem de *vaporetto* de volta ao Gritti, e ficou no deque externo, apesar da chuva. A polícia também perguntara ao pai de Garrett se ele achava que seu filho poderia ter se suicidado. (Dell'Isola não havia dito qual foi a resposta de Garrett pai.) Ray devia ter escrito vários dias antes que ele, Coleman, também estivesse em Veneza. Evidentemente os Garrett nada suspeitavam dele, o que queria dizer que Ray não havia contado aos pais que seu sogro o detestava. Ray não faria isso. As pessoas que mereciam ser detestadas raramente anunciavam que eram detestadas. Coleman desejou que Ray partisse de Veneza, e pensou que se mantivesse um silêncio frio Ray finalmente partiria, talvez em dois ou três dias. Mas era engraçado ele ter abandonado suas coisas na Seguso. *Neurótico*, Coleman pensou. Realmente não conseguia entender, mas acreditava estar na pista certa ao explicar tudo isso como um desejo de Ray em culpá-lo por sua possível morte e também um desejo de sentir-se morto.

Para decepção de Coleman, Inez não estava quando ele voltou ao hotel, e passou de imediato por sua mente que ela também estaria tendo um encontro com a polícia. Mas havia um bilhete para ele na portaria, numa das caixas onde ficavam penduradas as duas chaves.

"Fui comprar alguma coisa para Charlotte. Volto entre 6h e 7h. I."

Charlotte era a filha de Inez, de dezesseis anos, que agora estudava na França. Um péssimo dia para compras, Coleman pensou, mas Inez provavelmente estava se preparando para o Natal. Ele subiu, verificou que os aquecedores do quarto e do banheiro estavam no grau máximo (embora o quarto estivesse bastante confortável), então se perdeu em outro desenho a lápis de suas figuras vistas do alto. Uma das figuras tinha o rosto virado para cima, a mão estendida — pedindo esmola ou sentindo a chuva, as pessoas poderiam pensar o que quisessem.

Ele tomou um uísque às seis e experimentou sua composição em pastéis, numa folha de papel maior.

Inez bateu e entrou pouco antes das sete. Havia parado de chover, e para além das janelas estava escuro e tristonho.

"Então", ela disse, sorrindo. "Como foi na polícia?"

Coleman respirou fundo.

"Ah, eles haviam falado com o pai de Ray. Apenas queriam saber se eu tinha alguma nova idéia sobre onde ele poderia estar. Eu disse que não." Coleman estava sentado na beirada da cama. Preferia desenhar sobre a cama, em vez da mesa.

"Quer um uísque, querida?"

"Sim, obrigada." Inez tirou os sapatos de salto, que estavam cobertos por galochas transparentes. "Que dia! Acho que o clima era melhor na época em que Veneza viveu sua glória, de outro modo não entendo como a vida aqui poderia ser tão glamorosa."

"Nunca ouvi nada tão verdadeiro. Mas não era melhor", disse Coleman, servindo a bebida para Inez. Ele adicionou exatamente o dobro da quantidade de água da torneira do banheiro. "Achou alguma coisa para Charlotte?"

"Achei um suéter lindo, de um amarelo que parece Cézanne, e para sua escrivaninha uma caixa para papéis e selos. É de couro marroquino verde. Muito bonita. E eu queria dizer a ela que é de Veneza, você sabe."

Coleman lhe deu a bebida e pegou a sua.

"*Salute.*"

Inez bebeu um pouco, sentou-se no outro lado da cama e perguntou:

"O que disseram os pais de Ray?" Ela estava sentada ereta, com o corpo virado como se cavalgasse de lado numa sela.

Coleman viu que estava preocupada.

"Eles querem saber se alguém em Maiorca sabe alguma coisa. Os amigos de Ray lá. Não lembro os nomes, mas a cidade não é grande, se eles quiserem mandar alguém para lá... Ray não está em Maiorca. Já o procuraram, ou indagaram."

"E o que disseram sobre você?"

"Sobre mim?"

"Eles acham que você poderia ter feito algum mal a Ray?"

A pergunta foi feita em um tom calmo e clínico, que não parecia de Inez.

"Não me deram qualquer pista sobre isso."

"O que você fez, Edward? Você me contou a verdade?"

Coleman lembrou que não se importava com o que Inez pensasse, ou que ela soubesse a verdade.

"Fiz o que lhe contei."

Inez apenas olhou para ele.

Coleman disse descuidadamente, tirando um lenço do bolso de trás da calça e assoando o nariz:

"Parece que você não acredita em mim."

"Não sei em que acreditar. Encontrei os Smith-Peters por algum tempo esta..."

"Às vezes acho que eles são oito, e não apenas dois. São os maiores chatos que já conheci, estão no meio do caminho o tempo todo."

"Sabe, Edward", disse Inez com uma voz mais suave, "eles acham que você pode ter matado Ray, jogando-o do barco inconsciente ou coisa parecida."

Que estupidez! Coleman pensou imediatamente no *Marianna II,* seu casco marrom envernizado, e no fato de que não o haviam usado desde aquela noite. O quarto dia do período de aluguel tinha terminado.

"Bem, não posso influenciar o que pensam, posso? O que eles vão fazer a respeito?"

"Oh, acho que não vão fazer nada. Ou melhor, não sei", ela disse rapidamente, encolhendo-se de maneira nervosa.

Inez devia saber, Coleman pensou. Era uma questão importante. Coleman fumou um pouco, depois começou a guardar os pastéis na caixa de madeira.

"Bem, o que eles disseram? Simplesmente que acham que o matei?"

"Oh, não, meu Deus!" O sotaque francês de Inez ficou mais forte, o que Coleman sabia significar que ela estava sob tensão. "Perguntaram se eu achava que você poderia ter feito mal a ele, e então disseram que achavam que sim. Eles viram muito bem que você odeia Ray, você sabe."

"E se for verdade?"

"Que o odeia?"

"Sim."

Inez hesitou.

"Mas você o matou?"

"E se tivesse matado?" Coleman perguntou em tom mais baixo.

"Matou, Edward?"

Coleman atravessou o quarto com o copo vazio, como se tivesse molas nos pés, e virou-se para Inez.

"Sim, matei. Mas quem vai provar isso, e quem vai fazer alguma coisa a respeito?"

Ele sentiu que havia lançado um desafio — no entanto, infelizmente, seus adversários não pareciam importantes ou mesmo interessados o suficiente para tornar a disputa excitante.

"Você fez mesmo isso, Edward? Não está brincando comigo?", ela perguntou, quase num sussurro.

"Não estou brincando. Eu o empurrei da lancha. Depois de lutar com ele. Ray não estava inconsciente, mas provavelmente se afogou. Estávamos bem longe da terra." Coleman disse isso em tom triste, mas desafiador, e sem remorso. Disse com toda a força do desejo de que fosse verdade. E viu que Inez acreditou. Coleman continuou com mais calma: "Provavelmente você vai querer contar à polícia. Vá em frente. Provavelmente agora também vai querer... me deixar". Ele gesticulou com os dois braços. "Vá em frente, conte também para os Smith-Peters. Pegue o telefone agora e conte para eles."

"Oh, Edward, como se eu fosse falar uma coisa dessas pelo telefone", disse Inez, com a voz trêmula. "Como se eu fosse dizer isso!" Agora ela estava à beira das lágrimas. Inez mordeu o lábio e disse: "Então você o matou...".

Coleman lentamente se serviu de mais uma dose, não muito grande.

"O corpo certamente vai aparecer. Vai ser encontrado", disse Inez.

"Sim, é claro", Coleman disse do banheiro.

"Então por que você continua em Veneza? Não é muito seguro."

Coleman se alegrou pela preocupação de Inez, evidente nas palavras e no tom.

"Se eles quiserem me acusar, o farão, quer eu esteja em Veneza, Nova York ou Roma." Ele voltou para o quarto e ficou parado, com os pés afastados, olhando para Inez, que continuava sentada na cama na posição enviesada. "Não estou preocupado", Coleman disse simplesmente, e andou na direção da janela escura. Ele virou-se e disse: "Eu o detestava, sim. Ele causou a morte de minha filha. E o considero... considerava totalmente inútil. Existem pessoas e pessoas. Almas! Almas, como dizem. Algumas almas valem mais que outras. E a de minha filha valia um milhão das de Ray. Eu nem sequer poderia compará-las, nem imaginar que sejam feitas do mesmo material. Entende o que quero dizer? Fiz justiça com minhas próprias mãos, sim, e se tiver de pagar por isso, pagarei. E daí?" Coleman colocou a bebida sem tocá-la sobre a mesa de cabeceira. Pegou um charuto da caixa e o acendeu, com os lábios soltos pois o segurava com os dentes.

Inez continuava olhando para ele.

"Não sei se você entende o que estou falando, mas não importa. É como as coisas são."

"Eu entendo o que você está falando", disse Inez.

"E não espero sua aprovação", acrescentou.

"É como se você estivesse aqui apenas desafiando o corpo a aparecer em algum lugar."

"Talvez", disse Coleman. Ele olhava para o espaço.

Houve um grito e um ruído de água espirrando sob a janela, além do terraço do hotel, mas o som líquido não foi forte, e o grito poderia ser de surpresa, talvez até uma risada. Mas Inez deu um pequeno salto ao ouvi-lo. À distância, um grande navio tocou seu apito profundo, que vibrou como uma nota de órgão no ar úmido. Coleman pensou na água que os cercava, a água profunda em que toda a cidade poderia naufragar um dia.

Quando olhou de novo para Inez, ela mostrava uma expressão diferente, como se seus pensamentos estivessem distantes, apesar de ainda olhar para Coleman. Parecia contente, ele pensou. Coleman franziu a testa, tentando avaliar. Seria alívio? Esperou que ela dissesse as próximas palavras, andou até o cinzeiro e bateu o charuto. Ela iria dizer que estava partindo amanhã? Ou ficaria a seu lado?

Coleman caminhou de novo até a janela, com o charuto entre os dentes, e pousou as mãos no peitoril. Olhou para as luzes enevoadas e amarelas no canal, para o inevitável *vaporetto* passando, com todas as janelas fechadas contra o mau tempo.

"Pensei em pegar um barco amanhã", ele disse, "talvez alugar um e fazer o trajeto até Chioggia, só para dar uma olhada. Talvez você possa se encontrar com os Smith-

Peters e fazer alguma coisa com eles." Coleman não queria levar Inez na viagem porque pensava em pagar a um pescador para levá-lo em seu barco por todo o dia, ou algo assim. "Volto no fim da tarde."

"Está bem, Edward", disse Inez docilmente.

Coleman aproximou-se e apertou os ombros dela, depois se inclinou e beijou seu rosto. Inez não resistiu.

"Termine sua bebida e tome outra. Você deveria tomar um banho quente, depois de passar a tarde toda sob esse tempo. Descanse um pouco, eu baterei à sua porta por volta das oito e escolheremos um bom lugar para jantar. Gostaria de ver as coisas que você comprou para Charlotte, se não estiverem embrulhadas."

"Não estão", disse Inez, levantando-se. Ela não tomou outro drinque, mas foi para seu quarto tomar o banho quente que ele tinha sugerido, Coleman pensou.

13

Coleman passou o domingo em Chioggia, voltou a Veneza às onze da noite e não encontrou Inez no hotel. Ela não havia partido, mas também não deixara recado. Coleman não se importou. Estava cansado, e tinha machucado o joelho ao cair quando entrou num barco de pesca por volta das cinco. O joelho estava inchado. Coleman não sentiu vontade de procurar Inez no Monaco, ou mesmo no restaurante de seu hotel. Tomou um banho e foi para a cama com um drinque e um *London Observer* que tinha comprado na Piazzale Roma.

O telefone tocou pouco antes da meia-noite.

"Alô, Edward?", disse Inez. "Estava acordado?"

"Sim. Cheguei há poucos minutos. Você está em seu quarto?"

"Hum-hum. Vou até aí para vê-lo."

"Ótimo." Coleman desligou o telefone.

Inez entrou sorrindo, ainda vestindo seu casaco de pele curto e chapéu.

"Como foi seu dia?"

"Ótimo", disse Coleman. "Mas não trouxe nenhum peixe. E bati o joelho."

Inez quis olhar o joelho de Coleman. Recomendou uma toalha fria e trouxe uma do banheiro, com outra toalha para colocar embaixo e não molhar a cama. Ela disse a Coleman que havia estado numa comemoração na Della Salute, o aniversário da salvação de Veneza da peste no século XVII, que fora o motivo da construção da igreja de Santa Maria Della Salute. Coleman olhava imperturbável para sua perna feia e cabeluda, o joelho ossudo, não muito maior que o normal, do qual Inez cuidava carinhosamente com suas mãos esguias, de unhas cor-de-rosa. Seu joelho era grotesco, Coleman pensou sem achar graça, sem mesmo se preocupar com o inchaço. Parecia algo desenhado por Hieronymus Bosch.

"Imagino que você esteve com os chatos hoje", disse Coleman.

"Sim, e também vi Antonio. Eu o mandei embora." Inez deu uma ajeitada final na toalha úmida e puxou o lençol sobre ela.

"Para onde?"

"Para Positano. Ele vai amanhã. Fiz uma reserva no avião para Nápoles."

E sem dúvida pagou a passagem, Coleman pensou, mas ficou feliz que Inez tivesse tomado a iniciativa de despachar Antonio. Coleman achava que Inez o protegia.

"Vocês não brigaram?"

"Não, mas ele é tão intrometido, você sabe. O encontramos por volta das cinco. Ele ficou até as sete e queria jantar conosco, mas eu não quis. Estava fazendo muitas perguntas."

"Sobre Ray?"

"Sim. Os Smith-Peters também acharam que ele foi um pouco rude. E tolo, sabe? Acho que estava nervoso. Mas não há nada com que se preocupar sobre Laura e Francis."

"O que quer dizer com isso?" Coleman estava apenas ligeiramente interessado, mas ainda assim interessado.

"Eles não vão dizer nada. Não importa o que pensem. E eles pensam...", Inez balançou a cabeça lentamente, olhando para o travesseiro, "que você empurrou Ray do barco." Ela riu nervosamente. "Acho que eles também estão tímidos para procurar a polícia, já que falam mal o italiano. É realmente *affreux*! Depois de um ano aqui, eles mal conseguem pedir um café!"

Coleman não teve nada a dizer. Pessoas como os Smith-Peters ficariam de boca fechada, é claro, e provavelmente também não falariam a respeito para seus amigos em Florença. Ele pensou na senhora Perry, mas não quis levantar o nome. De todo modo, talvez ela já tivesse deixado Veneza.

"Então Antonio parte amanhã?"

"Sim, no avião do meio-dia."

"De que ele falou esta tarde?

"Ficou fazendo perguntas. Onde estava Ray, o que sabíamos sobre ele, tudo isso. E de certa forma ele conseguiu perguntar se não achávamos que o *signore* Coleman poderia ter... se livrado dele em algum lugar, ele disse. Estava falando em inglês, porque na verdade perguntava mais para Francis e Laura do que para mim. Tentava ser engraçado. Eles não o acharam engraçado, nem eu."

Coleman estava ficando sonolento. Se Antonio fosse para Roma ou Positano e falasse, que importância teria? Mais uma história dramática, provavelmente sem fundamento, de um jovem italiano sem importância. Garrett estava desaparecido, sim, mas que outro americano, seu sogro, o tivesse matado parecia mais uma história dramática inventada pelos italianos.

"Mas Edward...", Inez estendeu a mão e pegou a dele.

Coleman abriu as pálpebras pesadas.

"Não admiti nada para Francis e Laura. Não o faria para ninguém. Eu disse a Antonio que estava louco em pensar uma coisa dessas. Então agora cabe a você, se quiser fazer a coisa certa por si mesmo e por mim, ser perfeitamente natural com os Smith-Peters. Deixe-os pensar o que quiserem; provar a coisa é outro assunto. Eles podem suspeitar, mas não sabem."

"Obrigado, minha querida. Mas espero não vê-los de novo."

Inez balançou a cabeça rapidamente.

"Se você os evitar, vai parecer estranho. Não entende isso, Edward?"

Sim, ele entendia.

"Querida, estou ficando com um sono terrível."

"Sim, eu sei. Deixe-me cuidar do seu joelho mais uma vez. Depois vou embora."

Ela umedeceu novamente a toalha e a aplicou, cobriu Coleman com o lençol e o cobertor, deu-lhe um beijo e apagou a luz.

Coleman dormiu assim que ela fechou a porta.

O tempo estava melhor no dia seguinte. O sol voltara a brilhar e conseqüentemente estava um pouco mais quente, mas os restaurantes com terraços não colocaram as mesas e cadeiras para fora. À tarde, Coleman e Inez foram convidados pelos Smith-Peters para um recital medíocre de um quarteto de cordas medíocre em um *palazzo* gelado no canal, e depois foram tomar café irlandês no Florian's. Francis convidava todos naquela tarde.

Coleman se divertiu com o comportamento do casal. Eles se desdobraram para demonstrar sua amizade, lealdade, solidariedade. Nenhuma palavra foi dita sobre Ray. Mas sua omissão tornava aquela jovialidade ainda mais surpreendente, lembrando Coleman do comportamento de alguns brancos que pretendiam ser liberais com os negros. Coleman permaneceu agradável e tranqüilo. O fato de que os Smith-Peters agora acreditavam que ele tinha matado Ray, porém, os tornava um pouco menos entediantes para Coleman.

"Vocês já decidiram quanto tempo vão ficar?", Francis perguntou a Coleman.

"Mais uma semana, não sei. Não sei se Inez disse alguma coisa para o caseiro em Ste. Maxime."

"Vocês vão para o Sul da França?", Laura perguntou.

Antes ele tinha sido impreciso sobre isso, Coleman lembrou. Então disse a verdade:

"Gosto muito da companhia de Inez, mas estou querendo voltar para meu lugar em Roma."

E Coleman pôde ver no olhar trocado pelos Smith-Peters que estavam pensando como ele era uma alma ousada e impiedosa em continuar numa cidade e anunciar aonde iria a seguir, quando o corpo de um homem que ele havia matado poderia surgir a qualquer dia — mesmo que fosse no litoral da Iugoslávia. Francis parecia estudar as mãos de Coleman, ouvindo o tom de sua voz com atenção respeitosa. Laura olhava para ele como algo único, cuja espécie talvez nunca mais visse em sua vida. Inez não estava tão descontraída como de hábito, Coleman percebeu, e tomava cuidado para não perder uma palavra do que todos diziam. Mas, ele pensou, do ponto de vista de Inez nada poderia ter dado errado naquela tarde.

Os Smith-Peters pretendiam viajar para Florença na sexta. Os trabalhadores em sua casa finalmente tinham conseguido canos do tamanho certo para o banheiro de cima, eles achavam.

Quando voltaram para o hotel, havia um recado para Coleman. Um senhor Zordyi tinha ligado às quatro da tarde e ligaria de novo. Coleman não gostou do aspecto do nome; tinha um som de mau presságio.

"Ele esteve aqui duas vezes", disse o homem da recepção. "Vai passar de novo."

"Ah, ele veio aqui?", Coleman perguntou.

"Sim, senhor. Oh, lá está ele, senhor."

Um homem grande de cabelo castanho-claro caminhava na direção de Coleman, sorrindo ligeiramente. Um civil americano, Coleman pensou.

"Senhor Coleman?", ele disse. "Boa tarde."

"Boa tarde."

"Meu nome é Sam Zordyi. Estou aqui a pedido do senhor Thomas Garrett, de St. Louis. Escritório de Investigações Mulholland." Ele também olhou para Inez com um sorriso.

"Como vai?", disse Coleman. "Esta é madame Schneider."

"Como vai?", disse Inez.

Zordyi fez uma ligeira reverência para ela.

"Posso conversar com o senhor durante alguns minutos, senhor Coleman? Ou agora não é conveniente?"

"Está perfeitamente bem", disse Coleman. "Suba e descanse por alguns minutos, querida", ele disse para Inez. "Está com sua chave?"

Inez estava. Ela se afastou em direção aos elevadores. Zordyi olhou enquanto ela se distanciava.

"Podemos nos sentar em algum lugar no saguão?", Coleman perguntou, indicando um canto tranqüilo onde havia duas poltronas e uma mesinha.

Zordyi olhou para o saguão e evidentemente aprovou o canto.

"Está bem, ali."

Eles se sentaram nas poltronas.

"Quanto tempo o senhor vai ficar em Veneza?", Zordyi perguntou.

"Não sei. Talvez mais uma semana. Depende do tempo. Não esteve bom ultimamente."

"E então para onde irá?"

"Acho que vou voltar para meu apartamento em Roma."

"Imagino que o senhor não tenha uma pista sobre o paradeiro de Ray Garrett desde aquela noite de quinta-feira, 11 de novembro", disse Zordyi.

"Nenhuma."

"Eu falei com a polícia esta tarde. Meu italiano não é perfeito, mas serve", ele acrescentou com um sorriso saudável. "Poderia me contar com suas próprias palavras o que aconteceu naquela noite?"

Coleman começou a contar mais uma vez, com paciência, dizendo também que Ray parecia deprimido, mas não o que Coleman chamaria de desesperadamente deprimido. Ele não estava bebendo. Tinha falado com Coleman com grande arrependimento sobre o suicídio de Peggy, disse que não fazia idéia de seu estado mental e lamentava que não tivesse percebido algum sinal de advertência de que ela estava prestes a fazer uma coisa dessas.

"O que o senhor disse para ele?", perguntou Zordyi.

"Eu disse: 'Está feito. Não há nada que possamos fazer agora'."

"O senhor não ficou nervoso com ele? O senhor gosta dele?"

"Ele é correto. Muito decente. Ou eu não teria deixado minha filha se casar com ele. Na minha opinião, é fraco. Peggy precisava de uma mão mais firme."

"O senhor tentou animá-lo naquela noite?"

Coleman gostaria de dizer que sim, mas previu que o homem iria conversar com os Smith-Peters.

"Eu disse: 'Está feito. Foi um choque para nós dois', ou coisa parecida."

"Havia algum motivo particular para que ele quisesse falar com o senhor naquela noite? A polícia disse que os outros tinham se levantado da mesa. Ficaram apenas o senhor e Garrett."

"Ele disse que queria me explicar alguma coisa. E era, eu presumi, que ele tinha feito o possível com Peggy, que tentou levá-la a um psiquiatra em Palma, o que ela recusou, e queria que eu soubesse que não fora sua culpa." Coleman sentiu que Zordyi não estava tão interessado no motivo pelo qual Peggy tinha se matado. O que ele disse se encaixava bem, Coleman pensou, o tipo de declaração que um jovem faria antes de se matar.

"Durante quanto tempo vocês conversaram?"

"Cerca de quinze minutos."

Zordyi não estava tomando notas.

"Eu examinei as coisas dele hoje na Pensione Seguso. Sua mala... Há alguns buracos de bala na manga de um paletó. Na manga esquerda. Talvez de uma bala que entrou e saiu." Ele acrescentou com um sorriso: "A garota que embalou as coisas não tinha percebido os buracos. Também encontrei uma camisa que ainda tinha manchas de sangue. Ele havia tentado lavar a camisa, talvez alguns dias antes".

Coleman escutava com atenção.

"Ele nada disse ao senhor sobre ter levado um tiro no braço?"

"Não. Nada."

"É um lugar estranho para disparar quando alguém está tentando se matar. Acho que ele foi alvejado."

Coleman pareceu avaliar isso.

"Em Veneza?"

"Talvez em Roma, ou Maiorca. Não sei." Zordyi esperou. "Ele tinha algum inimigo?"

"Não faço idéia."

As únicas coisas que Zordyi anotou foram os nomes dos Smith-Peters e seu hotel e o da senhora Perry no Excelsior, Lido. Coleman pensou que a senhora Perry talvez tivesse partido, e disse isso.

"Que tipo de pessoa é Ray Garrett?", perguntou Zordyi.

Coleman pensou que ele devia ter informações detalhadas sobre Ray por meio de seus pais.

"Oh, razoavelmente inteligente, acredito. Muito calmo, introvertido... um pouco tímido."

"Tímido como?"

"Recatado."

"Melancólico?"

"Não o conheço tão bem. Introvertido, sim. Gosta de ficar sozinho."

"O que o senhor acha de seus planos para a galeria? Estão correndo bem?"

"A última coisa que eu soube é que ele estava tentando conseguir um espaço em Nova York. Ele quer representar pintores europeus que trabalham na Europa. Tem muito gosto e conhece pintura, e tem dinheiro, por isso acredito que possa suportar um fracasso, se der errado."

"O senhor o considera prático? Não é instável?"

Coleman encolheu os ombros com expressão de simpatia.

"Com dinheiro, você não precisa ser prático, precisa? Eu nunca o vi realizar nada antes. Quando o conheci, em Roma, estava fazendo um curso de belas-artes em algum lugar, pintando um pouco."

"O senhor também é pintor, pelo que sei, senhor Coleman. Roma é uma bela cidade para um pintor morar."

"Magnífica. Antes eu era engenheiro civil. Me cansei da vida em Nova York."

"O senhor mora sozinho em Roma?"

"Sim. Num pequeno apartamento em Trastevere. Quinto andar sem elevador, mas é simpático e silencioso. Quando tenho hóspedes, eles dormem no sofá da sala."

"O senhor consegue ganhar o suficiente para viver com a pintura?"

"Na verdade, não. Mas dou um jeito. Faço molduras em Roma. Isso me fornece uma renda fixa. Muitos pintores fazem molduras. Há mais dinheiro nas molduras do que nas telas, para a maioria dos pintores."

Zordyi sorriu, então levantou-se e agradeceu a Coleman.

Coleman subiu e contou a Inez sobre a entrevista.

Coleman sentia-se bastante tranqüilo. Afinal, Ray não estava morto. Se contasse a verdade, poderiam acusá-lo de tentativa de homicídio. Uma semana atrás parecia uma coisa séria. Mas agora não. E Coleman enfrentou o fato de que Ray seria encontrado. Ele não sabia as probabilidades exatas de um homem conseguir se esconder para sempre, mas achou que não eram muito boas para Ray. Mas ele não pensava que Ray quisesse se esconder para sempre. O que importava era se Ray algum dia contaria a verdade ou não.

"Seria interessante", Coleman disse para Inez com um sorriso, "ouvir o que os Smith-Peters dirão quando o detetive falar com eles."

"Oh, Edward, não brinque!"

"Você disse que eles estão do meu lado."

Os Smith-Peters não telefonavam naquela noite, o que Coleman achou estranho, pois teve a sensação de que Zordyi iria diretamente ao Monaco para encontrá-los. Mas talvez eles não quisessem dizer nada, fosse bom ou ruim, pelo telefone.

Laura ligou na manhã seguinte às nove. Coleman estava no quarto de Inez, embora não tivesse passado a noite ali, e atendeu o telefone. Laura perguntou se ele e Inez queriam encontrá-los para um drinque ou café às onze no Harry's.

"Eu gostaria de ver vocês esta manhã", Laura acrescentou, quase suplicando.

"É claro." Coleman marcou o encontro.

No Harry's, Inez e Coleman tomaram café e os Smith-Peters, *bloody mary*.

Parecia que Francis havia falado primeiro a sós com o detetive no saguão do hotel, porque Laura estava tomando banho. Mas ele também quis interrogá-la, então ela se vestiu e desceu. Zordyi estava interessado na opinião deles sobre o estado mental de Ray.

"Eu disse, e Francis também, que Ray não estava muito alegre, naturalmente, mas que não parecia *terrivelmente* deprimido."

Sua ênfase nos rr transformou a palavra num pesadelo gutural, ilustrando como Ray não se sentia, e ela engasgou na última palavra ou talvez com a bebida.

Todos escutavam inclinados para a frente, como uma mesa de conspiradores, Coleman pensou, ou prisioneiros planejando uma fuga. Os lábios secos de Francis estavam enrugados, seus pequenos olhos, vazios, inocentes e neutros, enquanto ele escutava sua mulher. De vez em quando, porém, Francis olhava para a porta, quando esta se abria. Coleman não olhava mais nesta direção.

"Realmente sinto muito fazê-los passar por isso", disse Coleman. E sentia mesmo.

"Olhe, não é sua culpa", disse Laura, de maneira tão franca que passou um momento antes que Coleman percebesse o humor selvagem.

Coleman sorriu nervosamente, um sorriso que só Inez viu. Laura passara a acreditar na história que havia contado às autoridades, Coleman sentiu.

"Ele me perguntou sobre sua atitude em relação a Ray", Laura continuou em tom baixo, para Coleman. "Eu disse que achava que você não o conhecia muito bem. Não é verdade?"

"É verdade", disse Coleman.

"Eu sei que você... não gosta muito dele", disse ela, "mas não falei isso porque só serviria para causar problemas, eu pensei."

Causaria, Coleman pensou. Parecia ser o fim da história de Laura. Ela ficou sentada quieta, olhando para as mãos no colo, como uma menina que desempenhou, de maneira modesta mas adequada, um papel numa peça de escola. Coleman queria perguntar se Zordyi tinha dito ou perguntado alguma outra coisa, mas conteve-se. Zordyi evidentemente não havia mencionado os buracos de bala, mas Coleman supunha que tivesse contado sobre isso à polícia italiana.

"Tenho certeza de que você disse a coisa certa, Laura", disse Inez. "Não vamos nos preocupar."

"E isso não leva a lugar nenhum", Francis concordou com um sorriso.

Coleman olhou para a porta quando ela se abriu. Uma mulher entrou, e Coleman reconheceu a senhora Perry, envolta em uma ampla capa cinza com capuz.

"Parece a senhora Perry", disse Coleman, e acenou.

Ela o viu, sorriu e veio em direção à mesa. Uma cadeira foi puxada.

"Pensei que você fosse partir na sexta", disse Laura. "Teríamos ligado se soubéssemos que continuava aqui."

"Bem, o tempo no Lido ficou tão ruim", a senhora Perry explicou com seus modos lentos e melancólicos, "ou pelo menos parece tão pior lá, que decidi dar uma chance a Veneza e me mudei para o Danieli."

Eles fizeram os pedidos ao garçom. Coleman mudou para Cinzano. A senhora Perry queria um xerez. Então, depois de alguns momentos de conversa sobre compras, a senhora Perry perguntou a Coleman:

"Soube alguma coisa do seu genro?"

"Não. O pai dele mandou um detetive particular para cá. Isso poderá ajudar."

"É mesmo?", disse a senhora Perry com interesse, sem fôlego, batendo as pálpebras finas. "Então não o encontraram?"

"Não", disseram Francis e Coleman juntos.

"Como o jornal não disse nada, pensei que o tivessem encontrado. Você sabe, elucidar um mistério não é tão interessante quanto iniciar um, por isso eles não publicam. Mas continua desaparecido..."

"Ninguém sabe o que pensar", disse Coleman.

A senhora Perry olhou para os Smith-Peters e para Inez, como se tentasse adivinhar o que eles pensavam.

"Alguém o viu depois do senhor, senhor Coleman?"

"Se viu, não apareceu para dizer", Coleman respondeu.

"E o senhor o deixou no cais Zattere, não foi?"

"Sim", disse Coleman. "Fui procurado ontem pelo detetive particular, o senhor Zordyi."

"Imaginei que ele o teria procurado", disse Laura, olhando para Inez. "O que ele disse?"

"Fez perguntas." Coleman pegou um charuto. "Espero que ninguém se incomode."

Todos menos Inez disseram que não.

"Fez as mesmas perguntas que a polícia." No entanto, Coleman lembrou, Zordyi não lhe perguntara se tinha tentado consolar Ray naquela noite. "Não há muito mais que ele possa fazer."

"O senhor não acha que um jovem no estado dele... teria... saído a pé por aí", disse a senhora Perry, hesitante, "sem qualquer objetivo, a não ser afastar-se de si mesmo?"

Sua voz dava a impressão de que ela não acreditava no que dizia, e o silêncio que se seguiu sugeriu que as palavras sequer tinham sido escutadas. Também havia algo de impossível em sair de Veneza a pé. Ray não se encontrava em um "estado", Coleman pensou, e todos eles sabiam disso.

A senhora Perry pareceu envergonhada de sua própria pergunta, ou do silêncio.

"Desculpe. Percebo que o senhor...", ela se dirigia a Coleman, "que é especialmente difícil para o senhor ser interrogado pela polícia e por um detetive particular. Mas posso compreender que eles... É porque o senhor foi a última pessoa que o viu, é claro." Seus dedos finos tremeram quando ela ergueu o xerez.

Houve outro silêncio, durante o qual Coleman sentiu o esforço de todos para pensar em alguma coisa que dizer. A senhora Perry achava que ele tinha matado Ray, Coleman percebeu. Não estaria tão abalada agora se não pensasse assim.

"Bem, certamente ficarei aqui, caso possa ser de alguma ajuda", disse Coleman finalmente. "Mas nessa altura não vejo como poderia lhes contar alguma coisa além do que já disse."

"Bem, Ed, querido, você sabe onde pode nos encontrar até sexta-feira, se precisar de apoio moral", disse Laura, sorrindo com os dentes um tanto proeminentes, seu primeiro sorriso naquela manhã.

"E não tenho muita certeza se poderemos ir na sexta", seu marido lhe disse. "Vou verificar se os canos estão instalados e funcionando antes de sair daqui. Vou ligar de novo para eles na quinta à tarde. Até então, não me mexo."

Coleman se recompôs e disse à senhora Perry:

"É realmente simpático, Ethel, você se interessar tanto." Foi a primeira vez que Coleman a chamou pelo primeiro nome, mas sentiu que agora ela gostaria dele. "É perturbador, porque não sabemos se ele está vivo ou morto", Coleman falou de modo solene.

"Oh, mas qualquer um se interessaria. Qualquer um", disse a senhora Perry.

"Você está terrivelmente silenciosa, Inez", disse Francis.

"Não sei o que dizer", Inez respondeu, abrindo as mãos rapidamente.

Sua voz tremeu um pouco, mas Coleman achou que só ele percebeu. Então Francis estendeu a mão, sorrindo, segurou o pulso de Inez, balançou-o delicadamente e disse:

"Não se preocupe. Vamos ficar todos unidos."

Houve outra rodada de drinques, então os Smith-Peters propuseram almoçar em algum lugar. O almoço foi bom, e a atmosfera até alegre. Coleman sentia-se seguro entre eles. Quando o café chegou, começava a sentir uma espécie de invulnerabilidade. Foi então que decidiu tentar de novo com Ray, dessa vez algo ainda mais casual do que empurrá-lo de um barco. Um ataque numa rua, por exemplo. Ele se imaginou seguindo Ray por ruas estreitas e escuras em Veneza, pegando uma pedra adequada e simplesmente esmagando a cabeça de Ray com ela. Se tivesse tempo, poderia jogar o corpo num canal, mas se não... que importância tinha? Se ninguém o visse, o que se poderia provar?

Coleman pensou que andaria mais por Veneza, seguiria Ray cuidadosamente, se voltasse a vê-lo, e descobriria onde estava passando as noites. Isso lhe daria um bairro. E quando soubesse o bairro, seria questão de escolher o momento certo da noite. Ou talvez pudesse fazê-lo de dia, se as ruas próximas fossem suficientemente calmas. É claro, precisaria saber se aquele detetive particular não o estava seguindo.

14

Ray descobriu que o *signore* Ciardi dava festas de vinho quase todas as noites — não exatamente festas, mas cinco ou seis de seus amigos podiam parecer cinqüenta na cozinha azulejada, e ficavam das nove até a meia-noite. Ray juntou-se a eles na primeira noite, a convite do *signore* Ciardi, mas somente por meia hora. Não queria que muitas pessoas vissem seu rosto. Nas outras noites ele educadamente recusou o convite, dizendo que tinha trabalho a fazer: havia dito ao *signore* Ciardi que se interessava por arquitetura. O curioso foi que depois de alguns momentos na primeira noite — aquela em que passou meia hora na cozinha — Ray não se importou com as frases estrondosas que ecoavam até seu quarto no segundo andar, embora normalmente esse ruído o irritasse.

Era verdade que se interessava por arquitetura, e havia comprado um livro (muito parecido com um que já tinha, mas que não trouxera) sobre a arquitetura de Veneza no século XV. Ray passeara com ele pela cidade em duas ocasiões, comparando os originais com as fotografias do livro, tentado fazer esboços de algumas igrejas que admirou, mas desenhar na rua teria atraído atenção, enquanto com um livro de arte e o pescoço inclinado ele parecia um turista, e na verdade o livro de arte era uma certa proteção contra olhares curiosos. Ray tinha começado a vida com a intenção de ser pintor, mas aos vinte e quatro anos havia abandonado a pintura como profissão, por pensar que nunca seria bom o suficiente.

Ray ficou afastado do bairro de San Marco, exceto por duas idas rápidas na segunda-feira à tarde e nessa manhã de terça, para ver se havia alguma carta de Coleman no correio. "Garrett", Ray disse, acreditando que o atendente não saberia que um homem chamado Garrett estava desaparecido, e o homem procurou calmamente alguma carta em seu nome, mas não encontrou. Ray deixou o lugar imediatamente nas duas vezes, pela Calle Frezzeria. Tinha fortes suspeitas de que seus pais teriam enviado um detetive ou dois à sua procura, e estariam munidos de fotografias. Ray pensou que no dia seguinte iria checar pela última vez se Coleman tinha escrito, mas duvidava muito que o tivesse feito, a menos que se sentisse inspirado a mandar algum insulto. Se Coleman não tivesse escrito até amanhã, quarta-feira, ele desistiria de tudo, Ray jurou para si mesmo, como se fosse algo que não tinha certeza de poder cumprir. Mas ele entendeu o sentido de desistir e a lógica de Inez ao lhe aconselhar isso. Também havia a possibilidade de Coleman deixar Veneza, ou mesmo já ter deixado, se a polícia permitisse, e portanto não havia propósito em todo esse drama. A polícia provavelmente não estaria pressionando Coleman, portanto ele nada admitiria. Ray duvidava que ele admitisse qualquer coisa sob pressão. Havia pressões e pressões, é claro, mas Ray podia imaginar que, se Coleman decidisse, morreria torturado antes de admitir qualquer coisa que não quisesse, e certamente não seria torturado pela polícia italiana ou mesmo pela americana. Ray tinha descoberto duas coisas: que as pessoas — mesmo pessoas aparentemente sensíveis como Inez — não se importavam muito se um homem tivesse cometido assassinato ou não; e, em segundo lugar, que era inútil tentar aplacar o ódio de Coleman. Ray se imaginou indo à polícia na tarde seguinte, contando-lhes uma história que em nada o ajudaria, de que quis desaparecer por algum tempo, mesmo deixando sua família preocupada, de que estava arrependido e envergonhado disso, mas estivera em más condições psicológicas. Diria que tinha visto a notícia sobre ele no jornal dias atrás, e depois mais nada, e esperava que seu desaparecimento não tivesse causado problemas indevidos. Ray não queria contar à polícia sobre a tentativa de Coleman no barco. *Deixe isso para lá*, pensou.

No final da tarde, quando Ray estava caminhando pelo bairro de San Trovaso, não longe da Pensione Seguso, mas para o lado e para trás dela, viu-se frente a frente com Antonio em uma rua estreita. Ambos pararam imediatamente e se olharam, Antonio boquiaberto. Então Antonio deu um grande sorriso.

"Ah, *signore* Garrett! É você mesmo?"

"Sim." Ray sentiu-se gelar. Antonio estava apertando sua mão.

"*Dio mio*, todo mundo pensa que você está morto."

"Shh...", disse Ray, notando a gravata fúcsia de Antonio e o perfume de seu tônico capilar. "Também estou contente por vê-lo."

"Onde você estava? O que lhe aconteceu?"

"Nada", disse Ray. O italiano, que tinha a mesma altura de Ray, continuava segurando sua mão. Ray retirou-a. "Estou bem, Antonio."

"Você devia contar à polícia", disse Antonio, ainda olhando para Ray como se não pudesse acreditar. Ele disse em tom mais baixo: "Sabe, todo mundo pensa que Edward o matou". Ele balançou para trás sobre os calcanhares e riu, talvez de alívio, quase perdendo o equilíbrio. "Vamos tomar um café."

Ray hesitou. Aquele rapaz poderia estragar tudo. Por outro lado, enquanto tomassem um café ele talvez pudesse convencê-lo a não contar para ninguém que o havia encontrado.

"Está bem, vamos."

Escolheram uma pequena cafeteria numa esquina, um lugar com apenas uma mesa a dois passos do balcão. Antonio comprou dois cafés e os levou para a mesa. O proprietário, depois de fazer o café, voltou a ler o jornal.

"Então?", disse Antonio. "Você estava apenas... em outro lugar?"

"Apenas em um quarto. Perto daqui", disse Ray. "Você não deve me fazer muitas perguntas, Antonio. Eu quis me afastar de todos, e até esquecer quem eu era por algum tempo. Pode entender isso?"

"Claro que sim", Antonio respondeu francamente, com seu olhar vivo fixo em Ray. "Mas naquela noite... naquela noite no Lido, o que aconteceu?"

"Nada. Ele me deixou em San Marco e... eu apenas caminhei. Fui para outro hotel naquela noite."

Antonio franziu a testa.

"San Marco? Edward falou no Zattere."

"Ou talvez fosse o Zattere, não sei. Sim, acho que foi." A dúvida era claramente legível no rosto de Antonio. "No Zattere. Estou devendo uma conta na Pensione Seguso, mas pagarei."

Antonio fez um aceno no ar, como que dizendo "ora, contas!". Ele franziu ainda mais a testa e beliscou o lábio inferior.

"Sabe, Inez pensa que Edward o matou. Ela está muito preocupada. Não disse isso, mas eu sei. Ela me pediu para deixar Veneza." Ele sorriu. "Mas deixar Veneza tão cedo? Não. Sei que ela ficaria contrariada se soubesse que ainda estou aqui, então me mudei ontem para um pequeno lugar aqui perto." Ele fez um gesto vago. "Veneza é linda demais para se ir embora. Além disso, eu estava interessado no que aconteceu com você. Mas, entenda...", ele inclinou-se para a frente, olhando para o proprietário, embora estivessem conversando em inglês, "ela me pediu para ir embora porque acha que eu posso dizer alguma coisa contra Edward."

"Oh? Dizer o que contra ele?"

"Não sei. Não sei de nada... exceto que ele o odeia." Antonio sorriu delicadamente, um pouco malintencionado. "Mas Inez está preocupada. Talvez Edward tenha lhe dito que o matou. Ou talvez ela apenas suspeite. Entende?" Antonio estava quase sussurrando. "Talvez você não entenda, mas eu entendo. Hoje... eu vi todos eles passando por uma rua, os Smith-Peters, Edward, Inez, todos os amigos juntos. Todos eles pensam que Edward o matou. Ou suspeitam. Mas não querem nenhum italiano. Entende o que estou dizendo? É muito comum os italianos ficarem juntos, mas estranho para os americanos, não? Mas talvez todos sejam iguais debaixo da terra!" Ele bateu com as duas mãos nas coxas, rindo tão baixo quanto havia falado.

Ray sorriu.

"Imagino que seja estranho."

"Eles todos sabem que Edward odeia você", Antonio disse num murmúrio, "mas não acho que vão dizer isso à polícia, ou não sairiam com Edward para almoçar, não?" Antonio fez uma pausa para deixar essa idéia ganhar peso. "Acho que talvez Edward tenha dito a Inez que matou você. Se não, por que ela estaria tão preocupada? É bem de Edward dizer uma coisa dessas para ela. Ele não se importa, você sabe."

Ray sabia. Ele deixou Antonio falar. O inglês de Antonio estava naquele estágio de fluência que lhe dava prazer tagarelar.

"Ele disse à polícia que deixou você no Zattere, e talvez, para Inez, que o matou. Ou talvez ele tenha dito a Inez que o deixou no Zattere e ela não acredite, não sei." Antonio mexia sem parar numa caixa de fósforos sobre a mesa. "O que vai fazer agora?"

A pergunta perturbou Ray, mas ele sentiu que tinha de responder, pelo menos por cortesia, ou possivelmente para manter a crença de Antonio em sua sanidade.

"Vou procurar a polícia daqui a um ou dois dias e lhes contar que estou bem. Mas enquanto isso, Antonio, eu gostaria que você não contasse a ninguém que me viu. Nem mesmo para pessoas que não me conhecem. Promete isso?"

Antonio pareceu surpreso e um pouco decepcionado.

"Por quê?"

"Porque quero ficar sozinho, *incognito*, talvez mais alguns dias. Talvez só até amanhã. Mas deixe-me cuidar disso." Ray percebeu a impossibilidade de fazer Antonio compreender. Poderia fazê-lo compreender dizendo: "Estou me escondendo para culpar Coleman por minha morte, mas você vê que não está funcionando, porque ninguém se importa, e de qualquer modo não estou morto", mas seu motivo não era tão simples — e, principalmente, ele não se importava em explicar seus motivos para Antonio. "Tudo vai se esclarecer", disse Ray. "Eu...", ele começou a dizer que passara por um sofrimento, mas não quis mencionar Peggy. "Vamos embora?"

Antonio levantou-se.

"Posso caminhar com você um pouco? Estou livre até as sete."

"Está bem", disse Ray, sem realmente se importar.

Eles caminharam ao longo do Canal de San Trovaso em direção ao cais Zattere. Nenhum dos dois conduzia o outro; foram simplesmente conforme as curvas os levavam, as calçadas cada vez mais estreitas e tortuosas nesse bairro, que parecia mais velho, mais simples e pobre que a maior parte de Veneza.

"Você tem um quarto perto daqui agora?", perguntou Antonio.

"Sim", respondeu Ray. A Giudecca estava à vista quando ele falou, a enorme ilha do outro lado da extensão de água, seu refúgio que ele não ia revelar.

"Edward o deixou aqui?", perguntou Antonio quando eles entraram no Zattere, gesticulando vagamente à esquerda em direção à Seguso.

"Sim, em algum lugar por aqui."

Eles viraram à direita. A calçada era ampla, com casas de fachadas retas e simples. Estava escurecendo, e as lâmpadas de rua se acenderam.

"Por ali vamos dar na Stazione Marittima e não poderemos passar", disse Antonio, indicando em frente com a cabeça. "Vamos por aqui."

Entraram numa rua estreita à direita e depois de um momento atravessaram uma ponte sobre um canal. Ray percebeu que teria de voltar pelo mesmo caminho para pegar um barco para Giudecca. Desejava livrar-se de Antonio, mas não queria que o outro percebesse isso. Caminharia mais cinco minutos e o deixaria, Ray pensou, e quando se separassem verificaria se Antonio não o seguia.

"Talvez a polícia faça Edward ficar em Veneza", disse Antonio. "Sei que Inez quer ir para a França."

"Não sei", Ray respondeu de modo igualmente vago. Ele levantou a gola do casaco.

"Por que está deixando a barba crescer? Para se esconder?"

"Só para mudar. Não acho que me esconde muito, você acha?"

"Sabe, eu também pensava que Edward o havia matado", disse Antonio, como se fosse uma grande confidência. "Eu pensei: que homem estranho, andando por aí... um americano... e ninguém faz nada."

Nem você, Ray pensou, mas sem julgá-lo por isso.

"As pessoas não querem fazer uma acusação como essa, tenho certeza."

"Mas até Inez, ela continua com ele no..."

Ray se assustou de repente e parou de andar. Na obscuridade à frente, surgindo de uma sombra triangular junto a uma pequena igreja que parecia uma pirâmide, ele viu Coleman, olhando sobre os ombros, evidentemente procurando alguma coisa ou alguém.

"O que foi?", Antonio perguntou.

"Nada. Pensei ter visto alguém", Ray respondeu.

Antonio olhou rapidamente em volta.

"Quem?"

Coleman ainda estava à vista. Então, em um segundo, não estava mais. Havia desaparecido pela entrada de um beco à esquerda da praça da igreja.

"Pensei ter visto Inez", disse Ray. "Não importa. Agora preciso deixá-lo. Fiquei feliz por vê-lo, Antonio. Mas lembre-se do que eu disse. Não conte a ninguém que me viu. Deixe isso o por minha conta, está bem?"

"Mas... não vou encontrar nenhum deles. É verdade", disse Antonio. "Ray, estou muito feliz por você estar vivo!" Ele estendeu a mão.

Ray a apertou.

"Arrivederci, Antonio."

"Arrivederci, Ray."

Ray saiu para a direita, na direção oposta de Coleman, sem se importar aonde iria dar. Depois de alguns momentos olhou para trás e não viu Antonio. Então a rua se curvou e ele não pôde mais enxergar qualquer distância para trás. Em outra esquina ele parou, olhou para trás e esperou.

Não havia sinal de Antonio. Ray respirou um pouco mais aliviado e continuou em direção ao cais Zattere — pelo menos ele pensava caminhar na direção certa, e olhou ao redor, procurando uma das flechas indicativas às vezes pintadas nas fachadas para mostrar o caminho para o ponto mais próximo de *vaporetto* ou *traghetta*. Não encontrou nenhuma. No cais Zattere, ele deu um suspiro convulsivo. Seus ombros doíam. Ray olhou para trás

— agora procurando Coleman, e não Antonio —, e como não o viu continuou andando mais devagar. Ele supôs que poderia confiar em Antonio sobre não dizer nada, e era uma certa vantagem o fato de que Antonio aparentemente não se encontraria mais com Inez. E era verdade que dentro de dois dias ele mesmo procuraria a polícia. Enquanto isso, precisava juntar os pedaços de sua vida. Podia fazer uma lista de quatro ou cinco coisas a fazer: escrever para Bruce Main em Nova York; telegrafar para seus pais (talvez amanhã); ir para Paris e cuidar dos negócios lá; escrever e ver como Mac estava cuidando da venda do barco e de alguns móveis em Maiorca; e, em Paris, provavelmente teria correspondência de Bruce a sua espera no Hotel Pont Royal, possivelmente também o contrato do espaço para a galeria na avenida Lexington. A questão em Nova York era se o prédio ia ou não ser demolido. Certamente Bruce teria descoberto isso.

No Zattere, ele comprou um *Corriere della Sera* na banca. Não tinha encontrado nada sobre si mesmo no *Gazzettino* de manhã. Enfiou o jornal embaixo do braço sem olhar. Começava a chover quando pegou o barco para a Giudecca.

Ray se encostou à cabine, apenas meio abrigado, observando a ilha se aproximar. Coleman realmente o estaria caçando de novo? Ou estaria tentando evitar o detetive particular que talvez estivesse em sua pista? Mas por que o detetive seguiria Coleman em um lugar como Veneza, quando sabia em que hotel Coleman estava? Ray sabia, e teve certeza desde que viu Coleman nessa noite, que ele o estava procurando. E talvez também tivesse a arma consigo agora. Coleman obviamente não ia parar, e nada o satisfaria a não ser matar Ray. Ray começou a considerar a vantagem de se apresentar à polícia no dia seguinte e também de deixar Veneza.

Quando chegou à casa, no lado sul da Giudecca, o *signore* Ciardi não estava, pelo menos Ray não o viu, nem qualquer outra pessoa, quando atravessou o pátio e subiu a escada para seu quarto. Bem, o quarto continuava lá, exatamente igual, mas fora arrumado por Giustina. Ray olhou em volta para seus poucos livros, a mala nova e para o caule de videira junto à janela. Eram seis e dez em seu relógio. Na manhã seguinte iria à polícia (mesmo que houvesse uma carta de Coleman no correio de San Marco) e seria outra pessoa, chamada Ray Garrett.

O nome parecia um rótulo, conhecido, inócuo, como um rótulo de embalagem: esta caixa contém doze latas de trezentos mililitros — não onze ou treze, mas exatamente doze. Em vez de incomodar Giustina para aquecer a água para o banho, Ray tirou a camisa e lavou-se com água fria numa pia de pedra que descobriu em uma alcova escura, um andar abaixo do seu. Esfregou-se vigorosamente com a toalha grossa, tremendo de frio. Depois subiu correndo os degraus de pedra e voltou para o quarto. Ainda dava tempo de comprar coisas em Veneza, e ele queria comprar um presente para Elisabetta.

Antes das sete, Ray estava de volta à ilha principal de Veneza, caminhando rapidamente pela passagem do cais Zattere para a Accademia; passou pela ponte em arco, desceu para o Campo Morosino, passou pela igreja de San Maurizio em direção a San Marco. Comprou uma bolsa para Elisabetta em uma loja confiável, mas bastante cara, perto de San Marco. A bolsa era preta, quadrada, sólida, com um belo forro de pelica bege. Ele andou até o Largo San Sebastiano e apertou a campainha da garota. Eram sete e meia, e Ray esperava que não estivessem jantando.

Ele escutou passos rápidos descendo a escada, talvez da própria Elisabetta. Então ouviu sua voz:

"Quem é, por favor?"

"Sou eu. Filippo", Ray respondeu.

A porta se abriu. Elisabetta olhou para ele com seus grandes olhos arregalados, os lábios ligeiramente abertos. Então sorriu.

"Você!"

"Sim. Trouxe-lhe um presente." Ele estendeu para a garota a sacola de papel listrado. "Porque vou embora. Queria me despedir."

"Você esteve em Veneza esse tempo todo?", ela perguntou num sussurro, olhando para trás, mas não vinha ninguém.

"Sim. Aceite isto, Elisabetta, por favor. Você pode sair por alguns minutos? Para tomar um café?"

"Talvez eu tenha vinte minutos antes do jantar. Espere." Ela fechou a porta novamente.

Ray esperou na rua, deliciado pelo fato de ela ter alguns minutos e também por confiar o suficiente para sair com ele.

Elisabetta saiu, já de casaco. Ray ainda carregava a sacola.

"Aonde você gostaria de ir?", perguntou.

"Não precisamos ir a lugar nenhum." A garota o olhou com os olhos redondos. "Onde você estava? Vi sua foto no jornal."

"Shh. Estava em Veneza. Devíamos tomar um café ou uma bebida em algum lugar. Sair desse frio."

Por sugestão de Elisabetta, eles foram para um bar numa ruela a duas esquinas de distância. Elisabetta quis chocolate quente. Ray pediu um uísque com água.

"Mostrei sua foto para a *signora* Calliuoli", disse Elisabetta, sussurrando de novo, muito nervosa com o rapaz atrás do balcão, cuja atenção eles tinham atraído. Ela fez uma concha com a mão ao lado do rosto. "Eu disse: 'Este é o americano que passou alguns dias aqui. A senhora deveria contar à polícia'. Ela continuou dizendo que não tinha certeza, mas sei que tinha certeza, é que não queria que a polícia soubesse que recebia inquilinos." Elisabetta riu de repente, mas se conteve. "O imposto de renda..."

Ray sorriu.

"Melhor assim. Não queria que me encontrassem." Nessa noite, o aroma da garota parecia muito melhor do que na noite em que ele a levara para jantar, embora fosse o mesmo perfume. Elisabetta parecia totalmente encantadora, sua pele cor de pêssego muito fresca, o cabelo leve e claro.

"Onde você está se escondendo?" Ela inclinou-se sobre a mesinha, ansiosa por sua resposta. "Por que não me conta a verdade agora?"

Ray colocou a sacola de papel sobre a mesa e também se inclinou.

"A verdade", ele disse baixo, "é o que já lhe contei. Meu sogro estava tentando me matar. Precisei me esconder, entende?" Não era a história completa, mas se sustentava, ele pensou. Ray estivera escondido para se proteger, para que a *signora* Calliuoli ou a própria Elisabetta não revelassem à polícia, e portanto a seu sogro, onde ele estava. "E também", Ray continuou, "estava triste e cheio de culpa. É verdade que minha mulher se suicidou." Seu italiano era simples, mesmo nessas palavras talvez não totalmente precisas, mas ele pôde ver que Elisabetta entendeu e acreditou nele.

"Por que fez isso?"

"Não sei. Realmente não sei."

Ela o olhou com firmeza.

"E agora...?"

"Vou à polícia amanhã", Ray sussurrou. Ele ficou contente porque o rapaz, talvez por educação, tinha parado de olhar, já que evidentemente queriam conversar em particular. "Vou lhes dizer que estou bem, mas..."

"Mas?"

"Não vou contar que meu sogro tentou me matar."

"Por que não?"

"Não há necessidade. Não acho que ele vá tentar de novo. Ele também é um homem... louco de dor, entende?"

Ela ficou em silêncio, mas Ray supôs que entendeu.

"É tão bom ver você", ele disse.

Elisabetta sorriu um pouco, com incerteza. Nessa noite usava um batom curioso, rosa-amarronzado.

"Onde esteve nos últimos dias?"

"Na Giudecca."

"Você fica bem de barba."

"Obrigado. É melhor você pegar isso. Não quero esquecer."

Ela pegou a sacola, sorrindo como uma criança.

"O que é?", Elisabetta puxou a bolsa de dentro da sacola e sua boca abriu-se em surpresa. "É linda!..."

Ray ficou feliz.

"Me alegra que você goste. Isso é para lhe agradecer por tudo o que fez por mim."

"Mas não fiz nada!"

"Sim, fez. Fez muito. Eu não tinha amigos na cidade além de você." Ele olhou para o relógio. "Sempre tenho de prestar atenção na hora por sua causa."

Ray pagou e saíram. Na rua ficaram de mãos dadas, depois entrelaçaram os braços, segurando-se as mãos.

"Pena que a caminhada seja tão curta", disse Ray.

Ela riu, feliz.

"Me dá um beijo?"

Elisabetta olhou ao redor uma vez, sem hesitar, apenas procurando um pouco de privacidade em algum lugar. Pararam num pórtico. Ela passou um braço ao redor de seu pescoço e lhe deu um longo beijo. Ray manteve o corpo colado ao dela, sentindo o início de um grande desejo, como se a conhecesse há muito tempo. E alguns versos de poesia lhe vieram à mente. Eles se beijaram pela segunda vez, quase tão longa quanto a primeira.

Elisabetta o afastou e disse:

"Realmente preciso ir para casa."

Eles recomeçaram a andar.

"Você conhece os versos...", ele começou. "Bem, são em inglês, não conheço a tradução italiana. É assim: 'O túmulo é um lugar bom e calmo/ Mas lá ninguém se beija, imagino'. São de Andrew Marvell."

Elisabetta não conhecia. Ray traduziu os versos para ela, sentindo pena por estragá-los com seu italiano.

"Eu enganei o túmulo", ele disse. "Poucas pessoas conseguem fazer isso."

Ela entendeu e riu.

"Eu o verei de novo?", Elisabetta perguntou junto à porta.

"Não sei. Talvez eu parta amanhã de manhã, depois de falar com a polícia." Ray estava sussurrando de novo, preocupado com a família no interior da casa. "Mas se ficar tentarei encontrá-la." Ele se sentiu repentinamente vago sobre isso, e também como se não tivesse importância. Seu encontro havia sido perfeito como fora, e agora isso parecia ser tudo.

"Espero que sim. Boa noite, Filippo... ou seja qual for seu nome. E muito obrigada pela bolsa." Ela entrou.

Então Ray caminhou durante uma hora numa agradável névoa mental — uma névoa que nublava seus problemas, porque simplesmente não pensava neles, mas que não nublava Veneza, porque Ray sentia que estava vendo a cidade com mais precisão que nunca. A noite era fria e clara, e todas as luzes se destacavam, brilhantes como estrelas. E todas as vistas o deliciavam como se fossem novas, como as coisas ficam quando nos apaixonamos, Ray pensou, mas sabia que não estava apaixonado por Elisabetta. A visão de crianças pequenas, que já deveriam estar na cama, brincando junto a uma igreja que existia desde os tempos de Marco Polo, lhe agradou, assim como um trio de gatos magros sentados num beco — que depois de cem metros terminou, sem saída. Ele jantou em um restaurante onde nunca estivera e leu um dos livros que havia trazido no bolso.

Quando saía do restaurante, às dez e meia, Ray percebeu que não sabia em que bairro estava, mas pensou que não era longe de Rialto. Caminharia até ver algo reconhecível, ele pensou, ou até que uma flecha o dirigisse para um *vaporetto*. Foi quando decidiu abandonar uma rua de aspecto nada promissor e dar meia-volta, que viu Coleman a cerca de dez metros de distância. Coleman olhava para ele, e Ray teve certeza de que o estivera seguindo. Por um instante Ray pensou em se aproximar e dizer o que pretendia fazer, procurar a polícia no dia seguinte. Mas, como antes, nesse instante de hesitação Coleman deu meia-volta.

Irritado, Ray voltou a caminhar na direção em que ia pela rua não convidativa e continuou em frente. Todas as ruas levam a algum lugar — eventualmente à água —, e as periferias de Veneza tinham calçadas largas, por onde poderia andar até uma parada de *vaporetto*. Depois de um minuto, Ray olhou para trás.

Coleman o seguia.

Ray sentiu-se subitamente amedrontado. À direita e à esquerda saíam ruas, becos escuros que o ajudariam a escapar de Coleman. Ele entrou rapidamente num deles à direita. Como havia bastante gente na rua, esperou que Coleman não visse que tinha virado, mas Ray dobrou novamente à esquerda, passou sob um arco e se viu numa calçada estreita à beira de um canal. Fez uma pausa, relutante em prosseguir porque a calçada parecia não levar muito adiante e o local era escuro. Ray voltou cautelosamente pelo caminho por onde viera, mas parou quando viu que Coleman vinha em sua direção. Ray voltou para o canal e virou à esquerda em sua margem, correndo um pouco. Entrou na próxima rua à esquerda. Uma lâmpada na esquina em frente mostrava uma curva à direita a cerca de trinta metros.

Coleman vinha atrás dele, Ray podia ouvir seus passos rápidos. Precisava voltar à rua maior, pensou. Ele virou à direita, percebendo que teria de seguir à esquerda para alcançar a tal rua. Ray viu que tinha entrado num beco sem saída e começou a voltar, agora correndo depressa.

Coleman entrou no beco antes que Ray chegasse à esquina. Ray fechou os punhos, pensando em pelo menos empurrar Coleman para fora do caminho, se ele oferecesse resistência. Ray tentou passar rapidamente, mas o braço direito de Coleman girou em um arco veloz e algo terrível atingiu Ray no lado esquerdo da cabeça; ele ouviu um estalido, então sentou-se pesadamente no chão de pedra. Coleman estava tentando levantá-lo por baixo dos braços e Ray, lutando para não desmaiar, sentiu que também lutava para não morrer. Coleman o arrastou por um longo trecho. Eles se aproximavam da borda do canal. Ray viu a mão de Coleman levantar-se com uma pedra para lhe acertar outro golpe, então mergulhou na direção dos tornozelos de Coleman, atingindo-os com seus ombros. O golpe de Coleman foi desviado. Ray abraçou as pernas de Coleman e as puxou. Coleman caiu. Ray viu seu chapéu em pleno ar, e então escutou as costas de Coleman atingirem o chão e sua cabeça estalar no cimento. Ray agarrou a pedra ao lado de Coleman, levantou-se cambaleante e atirou a pedra contra ele. Atingiu-o no pescoço, ou no ouvido.

Ray ficou de pé, oscilante, suando, ainda atordoado. Sua respiração era a coisa mais forte que ouvia, e finalmente fechou a boca. Percebeu que um fio de sangue quente escorria de seu ouvido esquerdo. Então suas pernas começaram a se mover sozinhas e o levaram cambaleante até a passagem em arco. Tudo estava tão silencioso, Ray pensou. Ele virou à esquerda, ouviu um ruído de água em algum lugar à direita e distinguiu sob a luz da rua uma pequena fonte com um tanque, encostada à parede de uma casa. Ray aproximou-se, molhou seu lenço e o aplicou desajeitadamente à fronte. Sua cabeça doía e ao mesmo tempo estava amortecida. Seu lábio também sangrava. Enquanto estava inclinado sobre a fonte, um homem entrou na rua caminhando rapidamente, mas se dirigiu para uma porta nivelada com as paredes da casa, na mesma rua. Ele apenas olhou para Ray. Ray torceu o lenço, absorveu tanto sangue quanto pôde e repetiu isso algumas vezes, limpando também o rosto.

Então saiu andando, trêmulo. Não tinha caminhado cinco minutos quando viu uma flecha indicando uma estação de *vaporetto*. Ali Ray pegou um barco para a Riva degli Schiavoni, de onde tomaria outro para a Giudecca. Havia gondoleiros livres na Schiavoni, e Ray pensou em pegar uma gôndola até sua casa, seguindo um dos canais que atravessavam a Giudecca, mas teve medo de atrair mais atenção e não o fez, embora percebesse que talvez não estivesse pensando com clareza sobre a situação. Várias pessoas no barco olharam para ele, e dois homens, preocupados, lhe perguntaram se estava bem, se não queria um médico. Ray respondeu que tinha apenas sofrido uma queda, *"una caduta"*.

Finalmente na Giudecca, ele atravessou a ilha a pé em direção à casa de Ciardi e entrou com sua chave.

É claro que estava acontecendo uma rodada de vinho. E também um jogo de cartas, Ray viu pela janela ao se aproximar da cozinha. Ele bateu já sem forças.

O *signore* Ciardi abriu a porta e o ruído diminuiu subitamente enquanto os homens olhavam para ele. Ray caiu sobre uma cadeira e tentou responder às perguntas que lhe faziam. Levaram uma taça de vinho até sua boca, e depois uma de conhaque.

"*Una caduta*", Ray repetia.

Um médico chegou.

Depois de raspar um pouco de seu cabelo, enfiou uma agulha em sua fronte e deu alguns pontos. Então, levaram Ray para a cama.

"Vou mandar chamar Luigi", disse o *signore* Ciardi. "Ele virá aqui amanhã."

O médico também lhe deu uma grande pílula para dormir. Ray agradeceu, pois agora sua cabeça começava a doer, apesar da anestesia.

15

A mulher de Luigi chegou na manhã seguinte às nove horas com uma panela de caldo de carne. O *signore* Ciardi subiu com ela ao quarto de Ray. Ele estava acordado, com dor, desde as seis da manhã, mas como em geral na casa dormia-se até depois das oito, não quis tentar conseguir uma aspirina com Ciardi.

"Você deve tomar isto enquanto está quente", disse a ativa *signora* Lotto, destampando a panela de esmalte azul sobre uma bandeja e servindo o caldo numa grande tigela. "Mesmo de manhã, isto lhe cairá melhor que o leite. Acabo de aquecê-lo no fogão de Giustina."

"*Grazie, signora* Lotto", disse Ray. "E obrigado, *signore* Ciardi, por ter sido tão bom ontem à noite. O senhor precisa me dizer quanto foi a conta do médico. E eu também gostaria muito de tomar uma aspirina."

"Ah, sim. Contra a dor. *Subito.*" Ele saiu.

"O que aconteceu, *signore* Wilson?", perguntou a senhora Lotto, sentando-se numa cadeira e pousando as mãos ossudas nos joelhos. "O meu Luigi queria vir aqui, mas saiu esta manhã às duas, meu Deus!, e ainda não sabe. Recebemos um mensageiro de Paolo somente às oito da manhã. Sua cabeça! Não quebrou um osso?"

"Oh, não. Sofri uma queda de... uma escada de pedra." Ray ficou contente porque a *signora* Lotto ainda o chamava de John Wilson.

Ela parecia preocupada.

"Não foi uma briga? Nem ladrões? Isso é bom. Você não está machucado em nenhum outro lugar?"

"Acho que não." A cabeça de Ray pulsava: ele imaginou um demônio com um martelo batendo no mesmo local ensangüentando. "Que caldo delicioso! Mil vezes obrigado."

O *signore* Ciardi voltou com a aspirina e Ray tomou duas.

"Estou lhe causando muitos problemas", disse Ray, levantando-se para ver se tinha sangrado no travesseiro. Felizmente, não. A bandagem envolvia totalmente sua cabeça.

"Problemas, não! Má sorte, caro amigo. Um amigo de Luigi é meu amigo, e ele diz que é seu amigo. Não é verdade, Costanza?"

"*Sì, sì*", ela assentiu, e se balançou na cadeira. "Termine a sopa! Tem mais aqui."

Ela ficou por vinte minutos, depois saiu com o *signore* Ciardi. Ray tinha dito que tentaria se levantar e se vestir. O bondoso Ciardi até se ofereceu para ajudá-lo. Como Ciardi não tinha telefone, Ray pensou que precisaria ir ao bar mais próximo onde houvesse um. Não se sentia disposto a ir até a delegacia. Estava fraco, no entanto achou que, movendo-se lentamente, conseguiria. Mas mudou de idéia quando desceu a escada e o ambiente começou a girar. Ele se sentou em uma cadeira na sala e depois de um tempo o *signore* Ciardi o viu e aproximou-se.

"Está vendo, *signore* Wilson, Costanza tinha razão. O senhor deve ficar na cama hoje."

"Preciso dar um telefonema importante", disse Ray. "Será que o senhor tem tempo para me acompanhar até o telefone mais próximo?"

"Ah, sim, nos meus amigos Zanaro, aqui à esquerda."

"Obrigado, mas prefiro fazer a ligação de um telefone público. É um telefonema particular, entende?" De qualquer modo já eram onze horas. "Gostaria de fazer isso agora, se o senhor fizer a gentileza."

Ciardi pegou seu casaco. Eles caminharam lentamente em direção a uma cafeteria. Ray consultou o catálogo, então parou na frente do telefone, que era preso à parede e não tinha proteção. O *signore* Ciardi saiu pela porta, discretamente. As poucas pessoas que estavam no bar, depois de olhar um pouco para a atadura de Ray, não lhe deram mais atenção. E na verdade ele supôs que não importava que todos escutassem.

"Posso falar com alguém sobre o caso de Rayburn Garrett?", ele começou, usando a palavra *"situazione"*, apesar de seu italiano estar fraco naquela manhã.

"Sim. Quem está falando, por favor? Quem está falando?", a voz repetiu em italiano pacientemente: *"Chi parla, per favore?"*.

Ray desligou lentamente o telefone, que parecia pesar dez quilos. Ele se segurou na pequena prateleira sobre a qual ficava o aparelho.

Então o *signore* Ciardi se aproximou rapidamente, passou um braço a seu redor e o conduziu até uma cadeira. Sinos poderosos estavam tocando na cabeça de Ray, e ele não conseguia escutar o que Ciardi dizia.

"Acqua! Um copo d'água, por favor!", o *signore* Ciardi gritou em direção ao balcão.

Seria melhor desmaiar por um momento ou resistir a isso?, Ray se perguntou. Respirou fundo. Os sinos diminuíram. "Desculpe. Acho que perdi sangue ontem à noite."

"Você precisa tomar um café! Talvez com conhaque. Não se preocupe com nada!" Assim como a *signora* Lotto, o *signore* Ciardi era todo preocupação e inclinava-se sobre a mesa, apertando o braço de Ray.

Ray estava muito grato, e começou a sentir-se melhor com o *capuccino*. Recusou a oferta do conhaque, mas colocou bastante açúcar no café.

O *signore* Ciardi sorriu e esfregou o queixo com o dedo indicador. Ele podia se vestir quase como um mendigo, ficar dois ou três dias sem se barbear e ainda assim parecer um homem digno, e até importante, porque acreditava nisso.

Com as forças de Ray retornando, ele sentiu um crescente prazer pelo fato de ter enfrentado Coleman na noite passada. Pela primeira vez havia revidado. Estava farto, e agora Coleman sabia disso. Ele também devia estar sentindo algumas dores nessa manhã. E Ray subitamente lembrou que na verdade Coleman poderia estar muito mal, se aquela pedra o tivesse acertado na fronte, quando estava caído. O que acontecera depois? Ray lembrava-se de ter atirado a pedra, a mesma com a qual Coleman o havia atingido, enquanto ele estava caído no chão. Depois o havia chutado? Dera-lhe socos? Não parecia provável que Ray atacasse um homem caído — mas Coleman estava no chão quando ele atirou a pedra. Ray percebeu que talvez tivesse apagado isso da mente. Estava aterrorizado e furioso. Não, ele não podia atribuir seus atos à mera coragem, mas pelo menos havia enfrentado Coleman. Isso o fez sentir-se muito diferente, uma pessoa diferente daquela que ele se sentira na véspera, a essa hora.

"Acho que vou tomar mais um *capuccino*", disse Ray, e fez um gesto para o rapaz atrás do balcão. "E o que vai tomar, *signore* Ciardi, um café? Uma taça de vinho?"

"Uma taça de vinho, *sì*", disse Ciardi, contente pela força renovada de seu paciente.

Ray fez o pedido.

O *signore* Ciardi ficou sério de repente.

"Você caiu exatamente onde?"

"Numa pequena escada de pedra, não longe da Ponte de Rialto. A rua estava escura, ou isso não teria acontecido." Ray subitamente se perguntou se Coleman estaria morto. Seu corpo teria sido encontrado, talvez ainda na noite anterior. Ray não conseguia chegar a uma conclusão do que seria lógico pensar, se Coleman estava morto ou não, e inclinou-se mais a acreditar que eram seus próprios sentimentos de culpa, por ter atingido Coleman com a pedra, que o faziam temer essa possibilidade.

"E não havia ninguém por perto para ajudá-lo?", perguntou Ciardi.

"Não. Depois encontrei uma pequena fonte e me lavei. Não é grave, está vendo, é só sangue." Ray começou a sentir-se fraco outra vez. Ele bebeu o café tão rapidamente quanto o *signore* Ciardi virou o vinho.

"Vamos voltar para casa", disse Ciardi com firmeza.

"Sim." Ray pegou uma moeda de quinhentas liras do bolso e insistiu em pagar, contra os protestos do *signore* Ciardi. Estava se lembrando, com certa satisfação, de que na noite passada havia combatido a inconsciência por mera força de vontade, parecia-lhe. Certamente um golpe como o que havia recebido teria derrubado a maioria das pessoas. Ele andou de volta até a casa de Ciardi com a cabeça mais erguida que de hábito, caminhando tão ereto quanto podia, apesar de a mão de Ciardi segurando seu braço ser um apoio importante e talvez necessário.

Em seu quarto, Ray dormiu durante várias horas. Então foi despertado às quatro da tarde, como o *signore* Ciardi lhe havia avisado, por Giustina, que trouxe uma bandeja com chá, torradas e ovos cozidos.

Ele desfrutou um estado de graça que sabia ser temporário. E não era exatamente graça, mas fosse o que fosse, Ray pensou, era somente uma melhora considerável de seu estado desde pouco antes do suicídio de Peggy, ou algumas semanas antes. Fora uma coisa curiosa e horrível de perceber, quando Peggy ainda vivia, que seu casamento não estava dando certo, não conseguia fazer nenhum deles feliz, apesar de todos os ingredientes que supostamente deveriam fazer um casamento funcionar: tempo, dinheiro, um belo lugar para viver, objetivos. Seu objetivo havia sido a galeria de arte em Nova York, na qual Peggy também estava interessada. Ela conhecia alguns pintores em Maiorca com os quais entrou em contato, e três deles já estavam na lista da galeria. A idéia deles havia sido reunir jovens pintores europeus que ainda viviam na Europa, já que hoje Nova York abrigava um grande número deles. Nas estréias, o pintor não estaria presente, a menos que quisesse comparecer, mas haveria fotos e biografias dele em destaque na galeria. Nova York estava cheia de pintores exibicionistas que apareciam nos *vernissages* usando ternos de veludo roxo, fraldas, ou qualquer coisa para chamar a atenção, e depois disso o sucesso era uma questão de quem o pintor conhecia. A idéia de Ray era uma galeria sem a atmosfera de circo, até mesmo sem música de fundo, apenas um bom carpete grosso, muitos cinzeiros, iluminação adequada. A galeria não precisava prender Ray e Peggy em Nova York, se eles não quisessem. Poderiam deixá-la nas mãos de Bruce. Ou poderia se transformar num motivo de interesse em Nova York, se assim decidissem. Para Ray, parecia que eles tinham tudo, menos dificuldades.

E então a morte de Peggy e o ataque de Coleman — como um mar cheio de troncos flutuantes que tivesse passado por cima de Ray. Ele não apenas havia se inclinado a ele, como fora derrubado por ele. Finalmente se levantara e o enfrentara. Ray gostava de imaginar que era a primeira vez que alguém havia enfrentado Coleman. Lembrou as histórias de Coleman em Roma, pouco depois de se conhecerem (Coleman não perdia tempo para se gabar.) Coleman, o *self-made man*, que abrira caminho à força na sociedade endinheirada dos Estados Unidos, levando como um dos prêmios uma mulher, chegara ao topo na firma de engenharia, criara sua própria companhia pouco depois, e então simplesmente abandonou o negócio. Rumo a novas glórias, mais com as mulheres do que com a pintura, ao que parecia. "Gosto de coisas grandes. Quanto maior o desafio, maior a vitória", Coleman tinha dito em Roma menos de dois anos atrás. Estaria falando de mulheres, homens, pintura, empregos? Tanto fazia. Era a atitude de Coleman que importava. E ele devia estar furioso agora, Ray pensou.

Ray chamou Giustina com a ajuda de um sino de cabo longo que ficava do lado de fora de sua porta, devolveu a bandeja agradecendo e perguntou se ela poderia lhe preparar um banho. O médico viria às seis. Ray tomou banho e recebeu o doutor e o *signore* Ciardi. O médico não constatou febre e não olhou o ferimento. Os pontos deveriam cair em quatro dias. Ele prescreveu repouso. Ray tinha pensado em sair naquela tarde para ligar para a polícia, mas percebeu que o *signore* Ciardi estava mantendo guarda sobre ele. Ray supôs que o assunto poderia esperar mais um dia.

"Luigi está vindo", o *signore* Ciardi disse, e repetiu isso a intervalos de dois minutos, até que finalmente ouviram a campainha.

Giustina desceu correndo para abrir a porta, e então Luigi subiu, com a barba nascente como de costume, boina na mão, a camisa listrada de gondoleiro aparecendo no decote em V da camisa preta.

"Olá, Luigi", disse Ray. "Está tudo bem, não se preocupe. Sente-se."

"Caro *signore* Wilson... Giovanni. Costanza me disse..." Suas palavras se perderam novamente para Ray, pois foram em dialeto.

"Sua gentil esposa me trouxe caldo", Ray lhe contou, sabendo que era desnecessário.

A conversa não foi exatamente suave, mas o tom de afeto estava lá. Luigi tinha salvo sua vida uma vez. E agora estava ajudando a preservá-la. Ray conseguiu transmitir isso, para a delícia do *signore* Ciardi e de Giustina, que apreciavam um sentimento poético, mas talvez não tivessem compreendido a primeira parte, sobre Luigi ter salvo sua vida, e pensassem que era sobre Luigi ter encontrado um lugar para ele ficar.

O *signore* Ciardi mandou Giustina buscar vinho. Todos, exceto Giustina, fumaram cigarros americanos de Ray. A atmosfera no quarto era alegre. Luigi tirou duas belas laranjas da camisa e as colocou na mesa de cabeceira. Ele indagou sobre a rua onde Ray tinha caído e lamentou a falta de iluminação em alguns lugares. A reunião poderia ter continuado, mas o doutor havia dito que o *signore* Wilson devia repousar, por isso todos saíram.

Giustina trouxe para Ray um jantar de *fettucini* e salada e um pouco do vinho fortificante do *signore* Ciardi. Ray guardou energias para o dia seguinte.

Ele tinha pedido a Giustina para comprar um *Gazzettino*, que veio na bandeja de seu café-da-manhã. Como havia se preparado, Ray não ficou surpreso demais — mas ainda assim se surpreendeu com o sólido impacto de ver sua previsão confirmada, ao encontrar a fotografia do passaporte de Coleman na primeira página. "Edward Venner Coleman, cinqüenta e dois anos, pintor americano residente em Roma, foi declarado desaparecido desde a tarde de 23 de novembro. Sua amiga, madame Schneider, quarenta e oito anos, de Paris, que está hospedada no Gritti Palace Hotel, havia notificado a polícia ao meio-dia de 24 de novembro, pois Coleman não retornou ao hotel na noite anterior." O jornal acrescentava que Coleman era sogro de Rayburn Cook Garrett, vinte e sete anos, que estava desaparecido desde 11 de novembro. Se alguém tivesse visto Coleman na noite do dia 23, depois das nove e meia, deveria por favor informar à polícia.

Ray teve uma breve sensação de alarme: talvez Coleman estivesse morto. Mas ele não acreditava nisso ou que tivesse perdido a consciência e empurrado Coleman para um canal. Provavelmente estava escondido, pregando-lhe uma peça. Ray percebeu que seria responsabilizado quando falasse à polícia. Teria de lhes dizer algo sobre a luta.

Ray saiu da cama e se barbeou com água quente que Giustina lhe trouxe em um jarro na bandeja. Vestiu uma camisa limpa. Eram apenas quinze para as nove. Sentia-se muito mais forte do que na véspera, mas desceu a escada lentamente, em vez de correr, como desejava. Encontrou-se com Giustina.

"Vou sair por meia hora, mais ou menos", disse Ray. "Obrigado pelo ótimo café, Giustina."

"Meia hora", ela repetiu.

"Sim. Ou talvez uma hora. Até logo."

Ray reduziu o passo prudentemente na calçada e foi até a mesma cafeteria de onde havia ligado para a polícia na véspera. Mais uma vez procurou o número de seis algarismos, que tinha esquecido. A mesma voz atendeu.

"Posso falar com alguém sobre a história de Rayburn Garrett?", ele começou.

"*Sì, signore*. Quem fala, por favor?"

"Quem fala é Rayburn Garrett", ele disse.

"Ah, espere um momento. Estamos muito contentes em ouvi-lo, senhor."

Ray esperou.

Outra voz lhe perguntou se ele poderia ir à delegacia da Piazzale Roma, assim que possível. Ray disse que iria.

16

Ray preparou-se durante o trajeto de barco até a Piazzale Roma para contar sua história não muito heróica. Seu único consolo, talvez irrelevante, era que muitos outros homens antes dele tiveram de contar uma história pior — uma confissão de assassinato ou furto, por exemplo — e que ele não revelaria as duas tentativas de Coleman contra sua vida, colocando-se assim numa categoria que poderia ser chamada de "nobre", com certo esforço de imaginação. De qualquer modo, não queria oferecer sua cabeça. Pensou que uma palavra melhor que "nobre" talvez fosse simplesmente "caridoso" ou "generoso".

Com a bandagem limpa e sem sangue, de cabeça erguida, Ray passou pela porta da delegacia na Piazzale Roma, que encontrou depois de fazer apenas uma pergunta. Deu seu nome a um atendente e foi conduzido para o interior do prédio e apresentado ao capitão Dell'Isola.

"*Signore* Garrett! O que lhe aconteceu?" Dell'Isola, um homem baixo, de aspecto inteligente, arregalou os olhos.

Ray percebeu que ele se referia à atadura.

"Tive uma briga. Duas noites atrás. Uma briga com o senhor Coleman."

"Precisamos registrar isso." O capitão fez um gesto para um funcionário.

Trouxeram caneta e papel. O escrivão sentou-se ao lado da mesa de Dell'Isola.

"Precisamos telegrafar imediatamente para seus pais. O senhor não se opõe, acredito, *signore* Garrett."

"Não", disse Ray.

"E também devemos informar ao investigador particular, o *signor*... Zordyi. Não conseguimos encontrá-lo depois que o senhor telefonou, mas deixamos um recado em seu hotel dizendo que o senhor está aqui, espero que ele venha imediatamente. O senhor deveria ficar para falar com ele. *Allora*..." O capitão ficou de pé atrás de sua mesa, com as mãos nas costas, sorrindo para Ray. "Onde o senhor esteve nos últimos...", ele verificou um papel sobre a mesa, "catorze dias?"

"Estive em Veneza. Fiquei em quartos alugados. Desculpe pelo problema que causei, mas... estava muito triste e quis desaparecer por algum tempo."

"O senhor certamente fez isso. Agora me fale... sobre a briga duas noites atrás, 23 de novembro. Primeiro, onde ela ocorreu?"

"Em uma rua perto da Ponte de Rialto. Eu percebi que o senhor Coleman estava me seguindo. Tentei fugir dele. Eram cerca de dez e meia da noite. De repente me vi numa rua sem saída. O senhor Coleman tinha uma pedra na mão. Ele me atingiu no lado da cabeça. Mas eu também o atingi. Acho que ele devia estar inconsciente quando o deixei."

"E o senhor sabe exatamente onde fica essa rua?", perguntou Dell'Isola, olhando para ver se o escrivão anotava tudo.

"Não, não sei. Ficava junto de um canal. Talvez possa encontrá-la novamente. O *vaporetto* da Ponte de Rialto estava a cerca de cento e cinqüenta metros de distância."

"Com quê o senhor disse que atingiu o senhor Coleman?"

"Atirei a pedra contra ele. A mesma pedra. Eu o havia derrubado, acredito. Eu estava... quase inconsciente também."

"Sabe que o *signore* Coleman está desaparecido?"

"Sim, li no jornal hoje de manhã."

"Em que condições ele estava quando o senhor o deixou?"

Ray olhou para o escrivão, que olhava para ele.

"Estava deitado no chão. De costas."

"Ninguém os viu?", perguntou o capitão.

"Não. Aconteceu muito depressa. Eu estava ao lado de um pequeno canal, numa...", de repente não conseguia lembrar a palavra em italiano para "calçada". Ray passou rapidamente a mão pela testa e encontrou a bandagem. "Acho que ninguém nos viu."

Ouviu-se uma batida na porta.

"Entre", disse o capitão.

Era um americano alto, vestindo um casaco marrom. Ele sorriu de uma maneira incrível para Ray.

"Bom dia. Bom dia", ele repetiu para Dell'Isola. "Senhor Garrett?"

"Sim", disse Ray.

"Meu nome é Sam Zordyi. Seus pais me enviaram para encontrá-lo. Onde o senhor esteve? Em um hospital?"

"Não. Isso aconteceu duas noites atrás. Eu estava contando para o capitão." Ray recomeçou, incomodado por ter de repetir a história. "Tenho dormido em um quarto alugado. Queria ficar só por algum tempo, e na terça-feira à noite encontrei Coleman e tive uma briga com ele." Ray percebeu que o capitão escutava atentamente, e talvez compreendesse inglês.

Dell'Isola falou com Zordyi em italiano, oferecendo-lhe uma cadeira. Zordyi sentou-se e olhou para Ray intrigado e especulativo. Tinha grandes olhos azuis. Parecia poderoso e enérgico.

"É melhor telegrafar para seus pais imediatamente", disse Zordyi. "Ou já fizeram isso?"

"Não, não", respondeu Ray.

"E o senhor?", ele perguntou a Dell'Isola. E depois, em italiano: "O senhor contou aos pais que ele já apareceu?".

"Não, senhor." Dell'Isola respirou fundo e disse:

"Eu estava pensando... o senhor Garrett disse que estava quase inconsciente devido ao golpe que o senhor Coleman lhe deu na cabeça. Ele lembra que o senhor Coleman estava deitado no chão, talvez inconsciente também. Estou imaginando se o senhor Garrett, em sua raiva, que compreendo, já que o senhor Coleman o atacou primeiro, poderia ter-lhe causado um dano maior do que ele imagina". Dell'Isola olhou para Ray.

"Eu o atingi uma vez com a pedra. No pescoço, eu acho." Ray encolheu os ombros com nervosismo e sentiu que parecia culpado. "Antes disso, ele simplesmente caiu ao chão porque puxei suas pernas. A menos que tenha quebrado a cabeça quando caiu."

"O que aconteceu exatamente?", Zordyi perguntou a Ray.

Ray lhe contou em inglês que Coleman o havia perseguido, que carregava uma pedra — ele fez uma forma oval com os dedos para mostrar o tamanho, como um grande abacate — e que ele foi atingido primeiro, mas reagiu e deixou Coleman no chão.

"Onde foi isso?", perguntou Zordyi.

Ray explicou novamente o melhor que pôde.

Zordyi tinha o cenho franzido.

"Essa foi a primeira vez que o senhor viu Coleman? Nas últimas duas semanas?" E disse para Dell'Isola em italiano duro, mas correto: "Espero que o senhor possa acompanhar o que estamos falando, capitão".

"Sim, sim", disse Dell'Isola.

Ray previu um poço que se aprofundaria à sua frente. Disse com cautela:

"Eu o vi uma vez num restaurante. Acho que ele não me viu."

"Você o estava evitando? Bem, isso é evidente. Por quê?"

"Eu estava evitando todo mundo, acredito."

"Mas quando o senhor chegou a Veneza esteve com Coleman", Zordyi continuou. "Madame Schneider, com quem acabo de falar, disse que o senhor encontrou Coleman algumas vezes. O que aconteceu então?"

Ray hesitou, estava prestes a dizer que tinham discutido sobre Peggy, quando Zordyi disse:

"O que aconteceu na noite em que Coleman o trouxe de volta do Lido na lancha?"

"Nada, nós... conversamos um pouco. Ele me deixou no cais Zattere. Eu estava deprimido naquela noite, então fiquei caminhando por aí. Dormi em um pequeno hotel e no dia seguinte procurei um quarto para alugar por alguns dias. Não tinha levado meu passaporte."

"Onde ficava esse quarto?", Dell'Isola perguntou em italiano.

"É importante?", Ray perguntou. "Não quero causar problemas para pessoas inocentes. O imposto de renda..."

Dell'Isola sorriu.

"Está bem. Voltaremos a isso mais tarde."

"O senhor discutiu com Coleman naquela noite no Lido?", Zordyi perguntou.

"Não." Ray percebia que não estava fazendo sentido. "Eu apenas tentei fazê-lo entender porque... porque a filha dele se matou. Talvez porque eu mesmo não entenda."

"Coleman o acusava por isso?", perguntou Zordyi.

Ray duvidava que Inez tivesse dito isso ao detetive,

mas talvez ele desconfiasse, ou tivesse sabido de algo pelos Smith-Peters.

"Não sei se ele me culpava, mas queria descobrir se eu era culpado. Não sei se tinha chegado a uma conclusão."

"Ele estava nervoso?... Quando ele ficou nervoso?", Zordyi perguntou.

"Ele não conseguia entender a morte de Peggy", disse Ray com tristeza. Sentia-se cansado, com o cansaço da inutilidade.

"Falei com Coleman e algumas outras pessoas sobre sua esposa. Todos dizem que ela era uma garota maravilhosa, do outro mundo. Tenho certeza de que você se sente péssimo sobre o suicídio. Deve ter sofrido..."

Isso importava? Ray podia sentir Zordyi andando em círculos, tentando localizar o ponto fraco no centro, que ele atingiria com uma única pergunta.

"Acho que me senti um idiota por não ter previsto o suicídio."

"Coleman fez alguma ameaça contra o senhor?", Zordyi perguntou de modo incisivo.

"Não."

"Não disse nada como 'vou me vingar'?"

"Não."

Zordyi remexeu o corpo atlético na cadeira.

"O senhor veio para Veneza especialmente para ver seu sogro, não foi?"

Ray agora estava em guarda contra Zordyi. O trabalho de Zordyi para seus pais estava terminado. Por que tantas perguntas?

"Eu também tinha alguns negócios aqui em Veneza, ligados à galeria de arte. Mas queria vê-lo novamente, sim."

"Por que exatamente?"

"Porque ele não parecia satisfeito com minhas explicações sobre o suicídio de sua filha."

"Ele estava com raiva de você. Ou não o teria atacado na rua com uma pedra." Zordyi sorriu de repente, mostrando dentes saudáveis.

"Ele teve momentos de raiva. Adorava sua filha."

"Mas não na noite do Lido? Tudo correu bem então?"

"Tudo correu bem", disse Ray, com uma calma que lhe parecia inatural.

"Senhor Garrett, onde arranjou os buracos de bala em seu paletó? O paletó que está na Pensione Seguso."

Ray percebeu que o capitão não demonstrou surpresa diante da pergunta.

"Se o senhor não se importa, isso não tem nada a ver com o assunto de que estamos falando. Eu..."

"Isso é o senhor quem sabe, admito", Zordyi interrompeu, sorrindo novamente. "Talvez possa nos dizer como os conseguiu. Aqui em Veneza?"

"Não. Eles... isso aconteceu semanas atrás."

"Alguém atirou no senhor", disse Zordyi. "Poderia ser Coleman?"

"Não, não foi."

"Eles não têm nada a ver com Coleman?", disse Zordyi.

"Não."

"Bem... o senhor tem algum inimigo, senhor Garrett?", Zordyi perguntou com um ligeiro sorriso, como se a hesitação de Ray o divertisse. "Estou interessado em protegê-lo, e não em acusá-lo ou levantar suspeitas."

"Não tenho inimigos", Ray murmurou, balançando a cabeça.

Silêncio durante alguns segundos.

O capitão Dell'Isola perguntou:

"*Signore* Garrett, o que o senhor acha que pode ter acontecido ao *signore* Coleman?"

Ray hesitou.

"Não sei. Suponho que... ele pode ter sofrido perda de memória... por algum tempo. Ou pode ter sido assaltado por alguém, que empurrou seu corpo... quero dizer, que o matou e empurrou seu corpo para o canal." Ray se esquivou de dizer o óbvio, o mais provável, que Coleman talvez quisesse se esconder para lançar uma suspeita de assassinato contra ele. Se não eram capazes de pensar nisso, por que deveria lhes dizer? Por um instante Ray se sentiu emocionalmente desobrigado com Coleman. Mas percebeu que o sentimento talvez fosse ilusório, ou passageiro, como outros que ele tivera antes sobre Coleman.

"Você o atingiu com a pedra, foi isso?", Dell'Isola continuou.

"Eu a atirei contra ele. Acho que o atingi no pescoço ou no ouvido."

O escrivão continuava anotando.

"Então ele estava no chão. Inconsciente?"

"Não sei. Apenas tinha caído." Ray teve de forçar as palavras para fora.

Zordyi levantou-se.

"Me dê licença, senhor capitão, eu gostaria de mandar um telegrama. Ou posso telefonar a cobrar."

"Por favor, sim, há um telefone na sala ao lado", disse Dell'Isola.

Ray também se levantou, cansado da cadeira dura.

"Quer falar com seus pais, senhor Garrett? Devem ser quatro da manhã lá", disse Zordyi com um sorriso.

"Agora não, obrigado", disse Ray. "Por favor, diga-lhes que estou bem."

"E o ferimento na cabeça?"

"É apenas um corte."

Quando Zordyi saiu, Dell'Isola disse:

"Para o nosso relatório, senhor Garrett, precisamos saber em que lugares esteve hospedado. Prometo que as pessoas envolvidas não sofrerão punição."

Com relutância, Ray deu o nome da *signora* Calliuoli. Não lembrava o número da casa, mas disse que ficava no Largo San Sebastiano. Dell'Isola quis saber as datas em que ele esteve lá, e Ray disse: de 12 a 17 de novembro.

"E atualmente, onde está?"

"Garanto-lhe que vou ficar em contato, senhor capitão."

"Mas é necessário", disse o capitão enfaticamente, com sua paciência começando a desabar sob o peso dos procedimentos, e contra esse peso Ray sabia que não havia esperança. Caso se recusasse a dizer, o seguiriam até a casa.

"É o *signore* Ciardi", disse Ray. "Calle Montesino, na Giudecca. Não tenho certeza do número."

"Obrigado", disse Dell'Isola, observando o escrivão anotar. "*Signore* Garrett, conhece a *signora* Perry, uma americana?"

Ray a procurou na memória. O Lido. A anfitriã na noite do dia 11.

"Eu a encontrei uma vez."

"Eu falei com ela. O americano também." Ele indicou a sala onde Zordyi havia entrado. "Ontem à tarde.

A *signora* Perry... bem, pelo menos soubemos por ela que o *signore* Coleman tinha um ressentimento contra o senhor. Foi o *signore* Zordyi quem descobriu isso, confesso. Ela não nos contou. O senhor sabe, todos nós desconfiávamos que o *signore* Coleman o tivesse matado."

"Sim, eu sei."

"O senhor sabe? Talvez quisesse que pensássemos isso?"

Ray enrugou a testa.

"Não. Eu queria ficar sozinho. Esquecer as últimas semanas, me afastando de minhas posses... de meu passaporte."

Dell'Isola parecia intrigado ou em dúvida.

"Posso imaginar que, se o *signore* Coleman tinha um ressentimento contra o senhor, o senhor também não gostava dele?"

"Eu não gosto nem desgosto dele", disse Ray.

Zordyi voltou para a sala.

"Desculpem-me. O telefone é tão demorado, mandei um telegrama. Tentarei ligar mais tarde", ele disse para Ray.

"Estávamos conversando", disse o capitão, "sobre o que a *signora* Perry disse ontem sobre o ressentimento do *signore* Coleman contra o *signore* Garrett."

"Ah, sim." Zordyi olhou para Ray. "Não foi exatamente a primeira coisa que ela disse. E madame Schneider também teve de admitir que Coleman não gostava muito de você. Ela ficará feliz ao saber que está bem, senhor Garrett." Ele virou-se para Dell'Isola e disse: "Bem, seu próximo trabalho é encontrar o senhor Coleman".

O capitão assentiu. Ele perguntou para Ray:

"O *signore* Ciardi tem telefone?"

"Não, não tem."

"Eu gostaria que, assim que chegasse em casa, o senhor me telefonasse e me dissesse o número da casa. É claro que deve estar em nossos registros aqui", ele fez um gesto indicando os arquivos, "mas enterrado sob montanhas de..."

"Posso lhe telefonar dentro de uma hora", disse Ray.

"Senhor Garrett, tenho um papel que gostaria que o senhor assinasse", disse Zordyi, tirando alguns papéis de um bolso do casaco. "É uma espécie de atestado de que o senhor é realmente o senhor."

Era um documento da firma de Zordyi relativo a pessoas desaparecidas, e a assinatura de Ray estava reproduzida embaixo da página em um quadro marcado "AMOSTRA". Ray tinha de assinar em outro quadro abaixo desse, e o fez. Zordyi colocou a data no papel e também o assinou.

"O senhor vai deixar Veneza logo, senhor Zordyi?", perguntou o capitão.

"Não, pelo menos não hoje", disse Zordyi. "E se eu souber de alguma coisa sobre Coleman lhe direi imediatamente."

Eles saíram juntos, Zordyi e Ray. Na rua, Zordyi disse:

"Por que não almoçamos juntos, senhor Garrett? Tem tempo?"

Ray não queria almoçar com Zordyi, mas percebeu que seria rude recusar.

"Prometi a meu anfitrião, o *signore* Ciardi, almoçar com ele hoje. Sinto muito."

"Eu também." Zordyi era cerca de cinco centímetros mais alto que Ray. "Escute, o senhor não tem alguma idéia de onde Coleman possa estar? Honestamente?"

"Realmente não", disse Ray.

Zordyi olhou para trás, para a delegacia a cerca de trinta metros.

"Não acha que pode tê-lo liquidado naquela briga?", ele perguntou em voz baixa. "Estou perguntando pelo seu próprio bem. Estou tentando protegê-lo. Pode falar comigo livremente."

"Não acho... realmente não acho que o tenha liquidado", disse Ray, mas as palavras ficaram presas em sua garganta como se fossem uma mentira.

Zordyi o estudou por um momento, então sorriu.

"Já que se saiu melhor que ele na briga, talvez ele esteja deprimido, não? É um sujeito arrogante, compreendo. Acostumado a ser o valentão?"

Ray também sorriu ligeiramente.

"É verdade."

"Estarei no Hotel Luna pelo menos até amanhã, talvez mais. E o senhor, onde está?"

"Calle Montesino, na Giudecca. Na casa de um *signore* Ciardi. Como eu disse ao capitão, não sei o número da casa e lá não há telefone."

Zordyi assentiu e Ray pôde perceber que estava decorando o nome e a rua.

"Gostaria que o senhor me telefonasse no Luna e me dissesse o número da casa. Se eu não estiver, poderia deixar um recado?"

Ray disse que sim.

"Direi ao consulado americano que o senhor está

aqui", Zordyi disse distraidamente, olhando para o espaço. "Caso os italianos não lembrem disso. E quais são seus planos agora?"

"Vou para Paris."

"Quando?"

Zordyi estaria pensando que ele desapareceria de novo?, Ray se perguntou. Supôs que sim.

"Dentro de um ou dois dias."

"Vai entrar em contato com seus pais hoje?"

Ray disse que passaria um telegrama ou telefonaria. Então eles se despediram. Zordyi caminhou, passando pela estação ferroviária, e Ray pegou um *vaporetto* para a Giudecca. Mas desceu em San Marco e foi para a agência de correios e telégrafos para a qual Coleman nunca tinha enviado uma carta. Ele telegrafou para seus pais em St. Louis:

"ESTOU BEM. SEGUE CARTA. AMO VOCÊS. RAY"

Então ele continuou, atravessou o Canal da Giudecca. Pelo menos podia dizer ao *signore* Ciardi a verdade antes que ele a lesse nos jornais. Ray viu que sua mente estava novamente vagando pela possibilidade de Coleman estar morto. Sentiu-se enjoado e fraco por um momento, como se sua força estivesse se esvaindo, então a sensação passou, a confiança começou a voltar e com ela uma certa alegria. Se tivesse matado Coleman, o fizera em legítima defesa. Afinal, fizera isso depois de Coleman disparar uma arma contra ele e tentar afogá-lo na laguna. Se houvesse um confronto, Ray pensou, se o corpo de Coleman fosse encontrado com o crânio fraturado em um canal, ele tinha duas histórias para apresentar em sua defesa, e não haveria mais necessidade de cavalheirismo em ocultá-las. Seu casaco podia estar remendado nos buracos de balas, mas ainda se via o ferimento em seu braço. O paletó com os buracos não consertados estava na pensão. Luigi era sua testemunha sobre a noite na laguna. Ray sentia-se bastante confiante quando desembarcou na Giudecca.

17

Edward Coleman, que disse casualmente ao pescador de Chioggia que seu nome era Ralph — ele o chamou de "Ralfo" — passou o dia 25 de novembro, quinta-feira, na casa de Mario e Filomena. Mario era o homem com quem Coleman saíra para pescar cerca de dez dias antes, num domingo. No dia 25 fazia um vento úmido e forte, e Coleman ficou em casa bebendo o vinho tinto feito por Filomena e escrevendo algumas cartas. Escreveu para Dick Purcell em Roma, pedindo-lhe para verificar com o senhorio se seu apartamento estava em ordem e não havia sido arrombado, e disse que voltaria a Roma muito em breve. Mas ainda não enviara a carta, nem qualquer uma das outras.

Ele tinha um hematoma embaixo do ouvido direito e também um olho roxo que estava ficando amarelo. Coleman dissera a Mario que tinha sido atacado em uma rua escura por um homem que tentara roubá-lo, mas que ele havia lutado e conservado sua carteira. Infelizmente, agora Coleman só tinha consigo vinte mil liras, cerca de trinta dólares. Tinha dado cinco mil para

Mario como uma espécie de agradecimento por hospedá-lo. Coleman havia chegado à casa de Mario na manhã do dia 24, depois de fazer o trajeto de Veneza a Mestre no final da noite de terça, noite que passara acordado em vários bares de Mestre. Como explicação, disse que queria evitar por alguns dias o marido de sua namorada, e que o marido tinha acabado de chegar a Veneza. Mario sem dúvida pensou que o marido o havia agredido, mas Coleman não podia negar isso e engoliu seu orgulho.

O que Coleman queria muito era contratar Mario ou um de seus amigos para ir à polícia e dizer que tinha visto um homem sendo jogado no canal por volta da uma da manhã do dia 23. Isso faria a bola começar a rolar, Coleman pensou, mas ele ainda não ousara pedir a Mario. Cem mil liras a mais em sua carteira sem dúvida lhe teriam dado um pouco de inspiração, mas ele não as tinha.

Um cachorro latiu no quintal de uma casa vizinha. Estava amarrado, Coleman sabia porque o havia visto da janela.

Filomena entrou por volta das cinco, sem bater, e perguntou se Coleman gostaria de uma tigela de sopa que ela acabara de fazer. Um caldo de enguias.

"Não, obrigado, cara Filomena. O almoço que você me deu ainda está agindo." Coleman respondeu, brincando. "Mas tomarei um copo de vinho com Mario quando ele chegar. Ele volta às seis, você disse?"

"*Sì, signore*." Filomena era magra, morena e não tinha um dente na frente. Parecia ter cerca de trinta anos. Tivera quatro filhos, mas um deles morrera. "O senhor está aquecido?"

"Magnífico. Obrigado." Coleman sentia frio, mas Filomena tivera muito trabalho com o fogo em sua estufa de azulejos, e ele não quis reclamar.

Filomena saiu e Coleman foi até a janela e olhar para fora. Ele mordeu os lábios e pensou em Inez. Arrependia-se de estar lhe causando preocupações e tinha certeza de que estava. Ela não quisera que ele saísse na quinta à noite depois do jantar para caminhar — a caminhada em que ele havia avistado Ray —, mas Coleman sentia necessidade de sair. De modo algum poderia ter voltado silenciosamente com Inez para o hotel naquela noite. Mais cedo, naquele dia, perseguido por Zordyi, Coleman o havia despistado na Merceria. Bem, se você não pudesse escapar de alguém em Veneza, onde poderia?, Coleman pensou. Mas Zordyi era um profissional, e Coleman sentiu-se feliz por tê-lo enganado. E se não conseguisse se livrar de Ray em Veneza, onde mais poderia? A sorte estivera definitivamente do seu lado ao descobrir Ray, e até no detalhe de encontrar exatamente a pedra certa na rua. Coleman tinha imaginado uma rua lateral exatamente como aquela em que Ray entrara, um canal exatamente como aquele — mas não tinha imaginado Ray, ou qualquer pessoa de pé, depois da pancada que lhe dera com a rocha. Coleman franziu a testa e maldisse sua sorte pela vigésima vez desde que a briga acontecera. Ray certamente não devia estar se sentindo muito bem agora, mas o fato de que provavelmente estava vivo irritava Coleman e o fazia vinte vezes por dia agarrar uma coisa em vez de pegá-la, fazia-o rilhar os dentes, fazia seu coração bater mais rápido. Coleman terminou o último dedo de vinho e decidiu sondar Mario sobre falar com a polícia. Ele teria de pensar em um motivo ter ido a Veneza aquela noite. Ou seria melhor mandar Mario escrever uma carta anônima? Ele deveria explicar que achava que o marido de sua namorada merecia uma certa inconveniência por seu ataque assassino. Poderia oferecer a Mario trinta mil liras pelo favor, pagáveis mais tarde, quando ele conseguisse dinheiro.

Coleman tinha pedido a Filomena para buscar um *Gazzettino* naquela manhã, depois que Mario saiu, imaginando corretamente que ela não olharia o jornal. Depois de ver sua foto e ler a notícia sobre seu desaparecimento, Coleman tinha queimado o jornal na estufa. Ele esperava que Mario não tivesse visto o jornal naquele dia. Havia pedido a Mario para trazer um jornal vespertino à noite, e esperava que ele lembrasse.

Finalmente Coleman ouviu o grito de Mario e o grito de resposta de Filomena, o que significava que Mario tinha chegado. Coleman desceu a escada.

Os três filhos estavam agarrados às pernas do pai. Mario tinha um peixe num cesto sobre a cabeça.

"Eu não o pesquei, comprei", disse Mario alegremente. "Mas peguei muitos outros peixes hoje."

"Um dia de sorte?", Coleman perguntou. Ele viu o jornal no bolso de Mario.

"Um vento forte, mas um dia bom para peixes", disse Mario.

Estavam todos na cozinha, que também servia de sala de estar. O que parecia mais uma sala de estar era o quarto ao lado, mas era menor e tinha uma cama de casal onde dormiam as três crianças.

"Quer um vinho agora, ou um prato de sopa?", Filomena perguntou ao marido.

"Minha querida mulher, quando você vai aprender que não quero a sopa antes do meu vinho? Uma hora antes do jantar? Quando todos sentarmos à mesa, sim." Mario lhe deu um beijo no rosto e um tapa no traseiro.

Coleman riu.

"Posso ver o jornal, Mario?"

O pescador o tirou do bolso e entregou a Coleman. Então pegou copos e serviu vinho para si e para Coleman.

Parecia um jornal popular, do qual Coleman nunca tinha ouvido falar. Nada havia na primeira página. Ele a virou e assustou-se ao ver a foto de Ray no canto superior. Leu o mais depressa que pôde, com atenção. Ray havia se apresentado à polícia. Dissera que teve uma briga com seu sogro, Edward Coleman, na noite de 23 de novembro em uma ruela em Veneza. "O jovem americano, que estava desaparecido há quinze dias, disse apenas que quis ficar sozinho um pouco, depois do recente suicídio de sua mulher, Peggy, em Maiorca. Desde seu encontro na noite de 23 de novembro, Edward Coleman não foi visto e a polícia está investigando."

"O que está lendo? Alguma coisa sobre o senhor?", Mario perguntou.

Coleman endireitou-se subitamente—estivera inclinado sobre a mesa onde tinha pousado o jornal—, mas Mario viu a foto.

"Conhece esse americano? Diga, é o marido de sua namorada?", Mario perguntou com súbita diversão e inspiração.

"Não, é claro que não", Coleman disse com um gesto casual, então pegou o vinho que Mario lhe havia servido e desejou que em vez disso tivesse pegado o jornal, porque Mario se levantou para ler melhor.

"Humm. Uma briga... Estranho", Mario murmurou enquanto lia.

"*Che cosa?*", perguntou sua mulher.

Maldita curiosidade, Coleman pensou.

"Não é esse o homem... com quem você brigou, Ralfo?"

Mario não sabia o nome de Coleman. Se é que ele lhe havia dito, provavelmente Mario tinha esquecido, Coleman pensou.

"Não, eu já lhe disse que não!", Coleman respondeu. Ele imaginou que seu rosto estivesse branco.

Filomena virou-se do fogão ao ouvir o tom.

"Foi a noite em que teve a briga, não foi? Por isso perguntei", Mario continuou, sorrindo maliciosamente agora.

"Mas não com ele", disse Coleman.

"Qual é seu verdadeiro nome?", Mario perguntou.

Filomena parecia preocupada.

"Nada de discussões, Mario. Você deve deixar o *signore* Ralfo guardar seus segredos."

Coleman lentamente tirou seu porta-charutos do bolso e tentou pensar em algo casual para dizer. Mario olhava para ele. E Coleman não estava conseguindo se controlar muito bem. Na verdade, agora tremia.

"Está bem, está bem", disse Mario, encolhendo os ombros e olhando para a mulher. As sobrancelhas de Mario se curvaram. Ele tinha uma cicatriz deixada por um anzol na sobrancelha esquerda, onde os pêlos não cresciam. "Estou vendo que o senhor tem alguns problemas, *signore* Ralfo. Sua filha se matou?"

"Mario!", Filomena disse com voz chocada.

"Não é verdade!", respondeu Coleman. "Nenhuma palavra disso é verdade! Ela...", ele havia batido o copo na mesa, espirrando vinho.

"Ei, olhe o que você fez!", disse Mario.

Aconteceu em uma fração de segundo, como uma explosão. Coleman teve consciência de estender a mão para a camisa de Mario, também teve consciência do que lhe pareceu uma traição, por Mario, de tudo no que ele confiara — amizade, lealdade, ajuda quando precisou, uma boa camaradagem quando foram pescar, seu próprio teto, cuja hospitalidade Mario agora destruíra. A mesa ou uma cadeira caiu e ambos estavam no chão, Coleman achando impossível conter os braços peludos e ágeis do italiano. As crianças e Filomena gritavam. Então de repente uma onda de fogo percorreu os quadris e as coxas de Coleman. A dor era paralisante, fazendo tudo parar, exceto a agonia lancinante da queimadura. Mario levantou-se. Então Coleman viu o que havia acontecido: Filomena — só podia ter sido ela — havia atirado o caldeirão de sopa quente sobre ele.

Agora Filomena estava em prantos, encostada a uma parede. Mario xingava, não com raiva, mas desespero. As crianças ainda gritavam em coro e os vizinhos estavam parados à porta.

Coleman levantou-se e sacudiu a calça, tentando manter o material fervente longe de sua pele. O sangue pingou como flores vermelhas no chão da cozinha. Saía de sua boca.

"Filomena, pelo amor de Deus!", Mario disse, ou coisa parecida. "Que bela coisa de fazer! Ajude o homem! Traga carbonato!"

Trouxeram carbonato e também uma gordura amarela, provavelmente de peixe, em um grande jarro. Coleman se recuperou antes que essas coisas fossem aplicadas e pediu que Mario e Filomena afastassem da sala os vizinhos e também as crianças.

"Preciso tirar isso", ele disse, referindo-se à calça.

A sala se esvaziou, exceto por Mario, que ficou ali por um momento, com as mãos nos quadris.

Coleman não se importava com ele. Baixou as calças e esfregou bicarbonato na pele, sob a cueca. Mario olhava para ele e Coleman o detestou, embora percebesse que tinha o direito de estar nervoso. E Coleman viu que seria sábio, possivelmente vantajoso, despejar um pouco de óleo sobre as águas agitadas.

"Sinto muito... muito!", ele disse a Mario. "Uma panela de boa sopa desperdiçada..." Ele conseguiu rir. "Estou muito nervoso, Mario. E quando você disse aquilo sobre... sobre minha..." Coleman não conseguiu pronunciar a palavra "filha". Havia se enfurecido ao ver as palavras "suicídio de sua mulher, Peggy" no jornal, para todo mundo ver. "Perdi a cabeça!" Coleman levantou as mãos, brancas de bicarbonato, e fez um gesto como se fosse arrancar a própria cabeça. "Vou recompensar Filomena, espero, pelo menos comprando algumas enguias. Também posso limpar essa bagunça."

"Ah, não importa", Mario respondeu, ainda olhando para ele.

"Preciso pegar água e me lavar", disse Coleman, passando à ação e mergulhando uma caneca numa panela de água quente que estava sobre o fogão. "Vou levar isso para meu quarto."

As crianças estavam no quarto que parecia uma sala, por isso Coleman não precisou ver sua expressão. Ele subiu para seu quarto, levando a calça úmida, lavou-se e mergulhou a cueca no que restou de água na grande bacia de banho. Depois de esfregar a calça o melhor que pôde, ele a vestiu novamente, pois não tinha outra, nem mesmo de pijama. Então desceu tranqüilamente, com a intenção de fazer as pazes com Filomena.

Encontrou Mario na cozinha, com um copo de vinho. Coleman sentiu que Mario temia a polícia.

"*Signore* Mario, peço-lhe desculpas novamente", disse Coleman. "O senhor tem um pano?"

"Oh, Filomena tem um pano... Filomena! Ela está colocando as crianças na cama, eu acho."

"A esta hora?"

"Quando ela está preocupada põe as crianças na cama", disse Mario, encolhendo os ombros, e abriu a porta do quarto. "Filomena, não precisa colocá-las na cama. Foi só um pouco de sopa no chão, minha querida. Está tudo bem."

Houve uma resposta áspera de Filomena, que parecia mais ansiosa que irritada. Mario fechou a porta e voltou.

Coleman tinha encontrado um pano e começou a trabalhar, usando a água fria da pia. Se havia uma coisa que ele sabia fazer era limpar chão. Havia praticado muito isso em Roma e em Taos, em Toulouse, em Arezzo, em todos os lugares onde vivera nos últimos quinze anos. Mario abasteceu o fogão com mais lenha.

"Por favor, diga a Filomena que está um pouco melhor", disse Coleman.

"Obrigado. Tome um copo de vinho, *signore* Ralfo", disse Mario, servindo-lhe.

"Sei que o perturbei, Mario. Posso ir embora esta noite, se você quiser, se souber de algum outro lugar. Não trouxe meu passaporte, você sabe, por isso é difícil ir para um hotel."

Filomena entrou e ouviu a última frase. O italiano de Coleman era muito simples. Pelo menos ela não estava mais chorando.

"O *signore* pediu desculpas, Filomena. Está vendo? Ele limpou a cozinha", disse Mario.

"Mil desculpas, *signora*", disse Coleman, "pela perda de sua sopa. Eu fiz o melhor que pude aqui. Estava dizendo para seu marido que estou grato por sua hospitalidade, mas devo ir, já que..."

Mario fez um gesto rude, olhou para o teto e disse:

"Acho que posso encontrar um lugar para o senhor. No Donato. Se não se importar com o frio. Ele tem apenas um..."

Coleman não conhecia a palavra, mas supôs que Mario quis dizer um alpendre. Poderia experimentar essa noite e depois procurar algo melhor, pensou. Não gostou da idéia, mas o orgulho o impediu de pedir a Mario para ficar. E Coleman percebeu que agora Filomena estava contra ele, porque tinha começado a briga. Coleman puxou sua carteira — também úmida — do bolso da calça e tirou uma nota de cinco mil liras. — "Para vocês, Filomena, Mario, com meu agradecimento."

"Ah, não, *signore*, isso já é demais!", Mario protestou.

Mas ele era realmente pobre, e Coleman insistiu.

Coleman tornou-se mais magnânimo e recusou a oferta da casa de Donato. Já tinha causado muitos problemas a Mario, ele disse. Então Mario tentou um discurso, ao qual Coleman escutou com educação. Na essência, era sobre o perigo nos tempos em que eles viviam a sair pelo mundo sem uma carteira de identidade. Tudo muito previsível, para Coleman. Coleman sabia que Mario estava desconfiado da notícia no jornal e que portanto devia manter uma distância considerável de Chioggia. Coleman bebeu o vinho e Mario imediatamente lhe serviu mais.

Filomena estava novamente ocupada no fogão.

"Fique e jante conosco", disse Mario. "O senhor não deve deixar nossa casa de estômago vazio. Se eu me preocupo com a polícia é uma coisa. Todos nos preocupamos com a polícia. Em que mundo vivemos, hein, Filomena?"

"*Sì*, Mario." Ela colocou banha na frigideira quente. O peixe que Mario havia trazido estava ao lado do fogão, aberto e limpo.

"É verdade que corro o perigo de ser atacado", disse Coleman. "Você vê, já aconteceu uma vez. É isso que me deixa tão nervoso. Tenho uma filha que fez um casamento ruim. Ela disse que vai se matar." Filomena deu um soluço diante desse pensamento. "Mas até agora não se matou."

"Graças a Deus! Coitadinha!", disse Filomena.

"A notícia no jornal me lembrou disso. Mas minha filha está na Califórnia, infeliz mas ainda viva. Eu penso muito nela. Minha mulher, a mãe dela, morreu num acidente de carro quando a menina tinha quatro anos. Criei minha filha sozinho."

Isso provocou um surto de admiração e elogios de Filomena, e um gesto simpático de Mario.

"Agora ela está casada com um homem que não é fiel. Mas é a opção dela. Mas eu... não me importo de casar de novo. Só que às vezes me meto em problemas com mulheres, como agora." Ele sorriu para Mario. "Precisamos levar a vida, não é, Mario? Agora devo ir."

Ele se despediu de Filomena e inclinou-se sobre a mão dela. Mario o acompanhou pela rua até um pequeno restaurante, porque Coleman queria comer algo. O restaurante talvez tivesse um quarto que ele pudesse alugar, Coleman pensou, ou alguém lá poderia saber de um quarto. Chioggia era igual a Veneza, sem a beleza. Eles atravessaram pequenos canais, viraram em ruas estreitas, mas não era Veneza, e Ray não estava em nenhum lugar próximo. Isso retirava todo o interesse do lugar do ponto de vista de Coleman. Antes de chegarem à porta do restaurante ele se despediu de Mario e lhe agradeceu novamente.

"Quando eu voltar aqui, iremos pescar de novo."

"Sim, claro!", Mario respondeu, e Coleman achou que poderia estar sendo sincero.

Então Coleman jantou e meditou. Continuaria escondido mais uma semana, pensou. Isso não devia ser impossível. Ray o havia feito. Ele pensou que não deveria se arriscar a escrever uma carta à polícia. Antes de uma semana poderia se aventurar novamente até Veneza e tentar encontrar Ray. Enquanto isso, estava morto, sem rosto para ninguém, porque não tinha nome. E porque não tinha amigos, quase. Inez, assim como alguns outros, estariam em um luto suspenso, sem saber se deviam lamentar profundamente ou esperar um pouco mais. Ela provavelmente esperaria um pouco mais, Coleman pensou, divertido. E o que era o luto? Um rosto triste por uma hora, um dia — não muito mais no caso de Inez. Dick Purcell sentiria sua falta por mais algum tempo. Assim como um velho amigo em Nova York, Lance Duquesne, um pintor que Coleman conhecia desde o tempo em que era engenheiro. Mas, fora eles? Coleman não tinha a ilusão de que muitas lágrimas seriam derramadas por ele. O luto era para poucos amigos de verdade, ou para familiares unidos, que só o cumpriam para mostrar ao restante da família.

Depois da refeição, Coleman conversou com o jovem garçom sobre um quarto para passar a noite.

"Estou em Veneza, mas ficou um pouco tarde para eu voltar. Você conhece um lugar onde eu possa dormir esta noite? Eu vou pagar, é claro, mas não trouxe meu passaporte." Ele explicou por que não ia para um hotel.

O garçom conhecia um lugar, tinha um quarto em sua própria casa. E deu o preço: quinhentas liras.

"É bem quente. A cozinha fica ao lado do quarto."

Coleman aceitou.

Não era longe. O rapaz encontrou cinco minutos para mostrar a Coleman a casa e apresentá-lo a sua família. Não fizeram perguntas, como por que um americano não ia para um hotel. Coleman conversou com os pais na sala, tomando um café. O nome da família era Di Rienzo.

"Gosto de Chioggia", falou Coleman, que disse chamar-se Taylor e ser escritor. "Talvez vocês conheçam um lugar onde eu possa alugar um quarto por uma semana. Gostaria de buscar minha máquina de escrever em Veneza."

O homem olhou para sua mulher, então disse:

"É possível que eu encontre um quarto para o senhor. Poderia ficar conosco, se minha mulher concordar. Vamos ver como nos damos."

Coleman sorriu. Ele estava sentado — havia se posicionado deliberadamente para que seu olho roxo não ficasse exposto à luz da sala. Coleman praticou todo o seu charme, elogiou uma arca de madeira no canto, que na verdade era um belo trabalho de entalhe, e lhe contaram que fora um presente de casamento, feito pelo pai da *signora* Di Rienzo.

"No momento estou escrevendo um livro sobre a história do papel de parede", disse Coleman.

"Do quê?", perguntou o *signore* Di Rienzo.

"Do papel para forrar paredes."

18

Quando voltou para casa, Giustina disse a Ray que o *signore* Ciardi tinha saído, e não sabia quando ele voltaria. Agora eram quinze para a uma. Ray voltou a sair, pensando em telefonar para Inez Schneider, e lembrou que a polícia e Zordyi queriam saber o número de sua casa. Ele olhou para os quatro algarismos quase ilegíveis pintados no batente de pedra da porta, então foi até a cafeteria que tinha telefone. Ligou primeiro para a polícia, depois para Zordyi, que não estava, mas Ray deixou seu nome e endereço. Depois discou o número do Gritti Palace Hotel, onde segundo o jornal madame Schneider estava hospedada. Ele sentiu vontade de se comunicar com ela, de tranqüilizá-la sobre sua situação, e talvez um pouco sobre a de Coleman. Ray imaginou que lhe diriam que madame Schneider tinha saído, e até que deixara o hotel, mas a ligação foi transferida para o quarto imediatamente, e Inez atendeu:

"Ray! Como vai você? Onde está?"

"Agora estou na Giudecca. Eu queria dizer... só queria dizer que tive uma briga com Ed na terça-feira à noite e o deixei mais ou menos apagado, acho, mas não acredito que esteja morto."

"Inconsciente? Onde?"

"Em uma pequena rua perto de Rialto. Já falei à polícia sobre isso. Na noite de terça-feira, por volta das onze."

"E... onde você esteve?"

"Estive sozinho. Na Giudecca."

"Preciso vê-lo. O que está fazendo agora?"

Ray não queria encontrar Inez naquele momento, mas sentiu que tinha obrigação moral de fazê-lo.

"Sim, posso encontrá-la."

"Preciso encontrar os Smith-Peters à uma, mas... vou cancelar. Você pode vir até o Gritti? Se não, posso encontrá-lo em qualquer lugar."

Ray disse que estaria no hotel em quarenta e cinco minutos. Então atravessou novamente para o continente e foi até a parada do Giglio, uma depois da Della Salute.

Era o trecho mais belo de Veneza, o cais Schiavoni, a parada Della Salute, onde a grande igreja parecia se expandir ainda mais sobre o *vaporetto* subitamente pequeno — um transporte mundano tendo como fundo o Palácio Ducal e o Campanário de San Marco tão perto, do outro lado da água. Depois o hotel Gritti. Coleman estava vivo, Ray pensou, e ele era novamente ele mesmo, Ray ou Rayburn Garrett, com seu complexo de inferioridade, razoavelmente atraente, bastante rico, mas sem grande talento. Ele estava novamente em contato com seus pais e amigos, embora felizmente seus amigos não tivessem tido tempo de sentir sua falta, exceto talvez Bruce, que teria escrito uma semana atrás para o Pont Royal, em Paris, e estaria esperando uma resposta. Para seus pais ele explicaria cuidadosamente, e eles compreenderiam — talvez não de imediato, mas depois de um dia ou dois. Sua mãe talvez entendesse logo, seu pai sempre consideraria seu comportamento um pouco fraco ou neurótico. Mas não era algo que não pudesse suportar, Ray pensou, então nada estava realmente errado.

Para tristeza de Ray, ele viu os Smith-Peters de pé com Inez quando entrou no saguão do Gritti. Mas por que não enfrentar todos eles de uma vez?, Ray pensou. Era preciso apenas um pouco mais de coragem, ou o que fosse que ele iria prercisar.

"Ray! *Buon giorno! Bonjour, bonjour!*", disse Inez, e Ray pensou que ela fosse estender a mão, mas não o fez.

"Olá, Inez. Olá", ele disse para os Smith-Peters com um sorriso educado.

"Olá, senhor Garrett", disse o senhor Smith-Peters, com firmeza e um gesto de cabeça, como se quisesse paralisar Ray. Ele parecia indeciso sobre se devia sorrir e ser amistoso ou não.

"Está ferido?", perguntou a senhora Smith-Peters, com interesse e preocupação mais evidentes.

"Nada sério. Apenas um corte."

"Isso foi terça-feira à noite?", Inez perguntou.

"Sim, terça-feira à noite", disse Ray.

"Eu contei a Laura e Francis que você viu Edward", Inez explicou com nervosismo. "Todos queríamos vê-lo, por isso..." Ela fez um gesto de desculpas. Parecia mais magra e mais velha, e tinha olheiras.

"Que tal irmos para o bar do hotel?", disse o senhor Smith-Peters. "Acho que não estamos prontos para almoçar, não é?"

"Oh, certamente não", disse Inez, olhando para a porta atrás de Ray. "Fico pensando que Edward vai entrar a qualquer momento."

"Espero que entre", disse Ray.

Todos, exceto Inez, pediram vodca com suco de tomate.

"Bem, onde você esteve?", Laura perguntou a Ray, com um esboço de sorriso.

"Estive a maior parte do tempo na Giudecca", Ray respondeu. "Quis ficar sozinho por algum tempo."

Os Smith-Peters olharam para ele por um momento, surpresos.

"Certamente nos deixou a todos preocupados", disse a senhora Smith-Peters.

"Sinto muito por isso." Um lampejo de dor no lado esquerdo da cabeça naquele instante colocou um tom agudo na voz de Ray.

"E na terça à noite?", disse Inez. "Que aconteceu?"

"Eu estava em uma parte de Veneza que não conhecia", Ray começou, "por volta das dez e meia ou onze, e vi Ed atrás de mim. Não parecia estar num ânimo muito amigável, por isso tentei fugir dele." Ray sentiu uma dúvida nos Smith-Peters, que evidentemente não acreditavam que o desagrado de Coleman por ele pudesse chegar a essas proporções. Os Smith-Peters não eram uma platéia inspiradora. "Encontrei-me num beco sem saída e, quando tentei escapar, Coleman me atingiu com uma pedra que carregava."

"É mesmo?", perguntou a senhora Smith-Peters, colocando a mão no pescoço.

"Ele quase me apagou, mas o atingi de volta. Na verdade peguei a pedra e a atirei contra ele. Coleman estava caído quando o deixei, e não tenho certeza se estava consciente ou não. Já contei tudo isso à polícia."

"Então onde está ele?", perguntou a senhora Smith-Peters.

"Eu o vi pela última vez na calçada junto a um canal", disse Ray.

"Junto a um canal", disse o senhor Smith-Peters, inclinando-se sobre a mesa como Ray já o vira fazer. "Você acha que ele poderia ter caído... e se afogado?"

"Francis! Que idéia *hor-rí-vel*", sua mulher sussurrou.

"Acredito que há uma probabilidade mínima", disse Ray, "mas acho que ele estava se movendo quando me afastei, tentando se levantar." Ray umedeceu os lábios. "Talvez eu não devesse dizer isso, mas não tenho certeza."

A senhora Smith-Peters estava com o cenho franzido.

"Ele levava muito dinheiro, Inez?"

"Não sei, mas acho que não. O que é muito? Depende de quem está roubando. Mas sei o que vocês estão pensando."

"Você simplesmente o deixou", disse a senhora Smith-Peters para Ray, com um toque de acusação na voz.

"Sim. Eu mesmo estava quase desmaiando, e não...", Ray desistiu. Ela esperava que fosse um samaritano para Coleman?

"E não havia ninguém por perto?", o marido dela perguntou, incrédulo.

"Não vi ninguém", disse Ray.

"É tão estranho, ninguém...", Inez começou, mas parou e não retomou.

Eles falaram sobre o que a polícia estava fazendo agora. Ray sentiu que o ambiente ficava mais tenso, sufocante, contra ele. Achou que os outros pensavam que talvez ele tivesse ficado inconsciente e feito algo pior para Coleman do que realmente tinha feito, ou que tivesse feito algo pior e não quisesse admitir.

"Naquela noite em que estivemos no Lido...", começou a senhora Smith-Peters.

Ray ouviu as velhas perguntas e deu as velhas respostas, de que Coleman o havia deixado no cais Zattere, que ele tinha caminhado e afinal fora para um pequeno hotel.

"Eu tenho certeza", disse Inez, "de que Edward foi horrível com você naquela noite. Gostaria que me contasse a verdade, Ray."

Na frente desses bons amigos, Ray pensou. Ele sentiu que enrubesceu como um menino apanhado em flagrante. Mas era Inez que o estava decepcionando um pouco. Como Antonio tinha sugerido, Coleman poderia ter dito a Inez que havia matado Ray naquela noite. Nesse caso, isso não a havia perturbado seriamente. Ela não havia falado com a polícia. Agora queria a verdade, provavelmente porque era mais "interessante" ou simplesmente porque estava curiosa, ou porque tinha terminado com Coleman. Ray disse:

"Ele foi rude, mas não fez nada."

Inez se encolheu na cadeira e disse:

"Laura e Francis, não consigo pensar em almoço hoje... se vocês não se importam."

Os Smith-Peters foram compreensivos e concordaram que Inez devia ficar e conversar com Ray, se desejasse. Francis estava procurando o garçom e insistiu em pagar.

"Nós não vamos embora amanhã", Laura disse para Inez com sua voz aguda e nasalada, num choramingo de simpatia. "Estamos tão preocupados com Ed quanto você. Queremos que saiba disso, Inez."

Inez assentiu.

"Obrigada, Laura."

A senhora Smith-Peters deu um leve sorriso para Ray. Ele sentiu que ela não sabia o que dizer, que estava ao mesmo tempo curiosa e temerosa.

"Vai continuar aqui por algum tempo, senhor Garrett?", o marido dela indagou em um tom de certeza, talvez porque acreditasse que a polícia o deteria.

"Oh, um dia ou dois, acho", Ray respondeu.

"Ligaremos para você esta tarde", disse Laura, tocando o ombro de Inez quando se levantou. "Você estará aqui por volta das quatro?"

Inez assentiu. Eles se despediram de Ray e saíram.

Ray sentou-se.

"Outro Cinzano?", ele perguntou a Inez.

"Não, obrigada." Ela acendeu um cigarro. "Você sabe o que quero lhe pedir, Ray. Que me conte a verdade absoluta. Quando o conheci, achei você muito franco. Agora não me parece tanto."

Ray sentiu-se mais uma vez embaraçado.

"Sobre a noite de terça-feira, estou lhe contando toda a verdade. Talvez não devesse tê-lo deixado no chão, mas afinal... um homem que havia me perseguido para quebrar minha cabeça com uma pedra e me atingiu com força..."

"De que tamanho era a pedra?"

Ray lhe mostrou.

"Se você o matou", ela disse num sussurro, "e outra pessoa o encontrou naquela noite... talvez tenha tido medo de informar à polícia. Não acha? Algumas pessoas são assim. Preferem se afastar... ou jogar o corpo num canal." Sua testa estremeceu.

Todo mundo preferiria se afastar, Ray pensou. Ele desviou o olhar da perturbação de Inez, causada por seus sentimentos por Coleman, Ray percebeu.

"É possível. Também é possível que ele esteja escondido para me colocar numa enrascada. Imagino que você pensou nisso."

Inez não tinha pensado, para surpresa de Ray. Pareceu-lhe ser um indício de falta de imaginação.

"Onde você acha que ele poderia ir, se estivesse se escondendo?", Ray perguntou.

Mas ele não chegaria a lugar nenhum desse jeito. Inez disse que Coleman tinha deixado o passaporte no quarto e que achava que ele não tinha muito dinheiro nem cheques de viagem, porque nunca tivera.

"Ele fica tão violento quando está nervoso", Inez continuou. "Pode-se ver a raiva fervendo." Ela crispou os dedos de uma das mãos. "E ele pode se meter em grandes confusões. Vi isso em Roma."

"O que aconteceu em Roma?"

"Uma discussão com um policial sobre uma multa de estacionamento. Era o meu carro, que agora está numa garagem em Veneza, porque mandei trazê-lo. Edward estava tentando me defender, é claro. A polícia italiana está habituada a discussões, mas Edward quase atingiu o guarda. Precisei segurar seu braço. Recebemos uma grande multa, e depois perguntei a Edward: 'O que você conseguiu com isso? Eu poderia ter me livrado da multa'." Inez sorriu com tristeza. "Você não está com medo de me contar que acha que o matou?"

A emoção dela perturbou Ray. Estaria com medo de lhe contar? Talvez ela não o delatasse, assim como não havia delatado Coleman, quando havia fortes motivos de suspeita. Portanto, ele decidiu que não teria medo de lhe contar. *Os assassinos não têm nada a temer da sociedade*, atravessou seu pensamento com rapidez.

"Já lhe disse. Acho que não o matei."

Inez suspirou.

Ray bebeu o resto do drinque e a observou. Estaria realmente tão perturbada por causa de um homem como Coleman? Talvez estivesse contrariada agora, mas não haveria outro homem parecido em sua vida dentro de alguns meses? Ou semanas? Imediatamente, seu mistério, sua atração — que inevitavelmente se misturavam a uma certa dignidade, como uma ordem para que ela fosse respeitada, e altamente respeitada — tudo isso emanou dela, e Ray a viu como outro ser humano igual a ele, igualmente egoísta e talvez ainda mais, pois o que estava fazendo com sua vida além de tentar se satisfazer em todos os momentos? Ao mesmo tempo, uma certa galantaria e generosidade brotaram em Ray. Ele se endireitou.

"Você acha que ele poderia ter voltado para Roma?"

"Sim, poderia. Mas acho que não fez isso. Você sabe que Edward me contou que o jogou na água naquela noite do Lido." Inez não olhou para Ray quando falou. "Estou muito feliz que não tenha feito isso."

E o que ela havia feito a respeito? Continuara dormindo na mesma cama com Coleman, provavelmente, como Antonio havia dito.

"Você contou aos Smith-Peters?"

"Não. Eu não tinha certeza se devia acreditar em Edward... mas acreditei. Você estava desaparecido. Então... No dia em que Edward não apareceu no hotel, olhei em seu guarda-roupa para ver se tinha uma arma escondida. Encontrei sua echarpe embaixo dos lenços dele. Você sabe, a echarpe que me mostrou." Agora ela olhou para Ray.

"Sim."

"Então pensei... que talvez Edward o tivesse matado e pegado a echarpe em seu casaco. Por isso naquela noite... foi na última segunda-feira... eu disse para ele: 'Edward, eu vi a echarpe que você guardou embaixo dos lenços. Onde a conseguiu?'. Ele disse: 'É de Peggy. Eu a peguei de Ray. Ray não tinha o direito de guardá-la', ou algo parecido. Percebi que ele ficou subitamente louco. Então lhe disse, na verdade para acalmá-lo: 'Ray me falou sobre essa echarpe. Ele a comprou aqui em Veneza porque parecia com Peggy, e não porque... a echarpe nunca foi de Peggy', eu disse. Então Edward ficou mais irritado e disse que você tinha mentido para mim, e que eu sabia disso e queria irritá-lo. E ele colocou a echarpe no bolso, como se de alguma forma eu a tivesse insultado, entende?"

"Sim", disse Ray. Ele podia imaginar isso. "Ele a viu na noite do Lido. Eu tirei a echarpe do bolso por acaso e ele a pediu." Ray ficou contente por contar isso a Inez. Deu-lhe o alívio de uma confissão, o que foi estranho, já que de certa forma a echarpe era um adereço de cena falso. De repente as emoções de Ray sobre Peggy também se tornaram irreais, sua culpa, aquela vasta forma cinza e ciclônica que ele tinha sido incapaz de enfrentar, pareciam subitamente uma coisa unidimensional, enganando o olhar, enganando o coração. Peggy não era falsa como a echarpe, mas as emoções que ambos causavam agora pareciam igualmente injustificáveis. Ray tremeu, baixou a cabeça, e então deliberadamente endireitou o corpo.

"O que foi?", Inez perguntou.

"O problema que a echarpe causou... Que problema!", Ray suspirou. "E eu a comprei por simples impulso, numa manhã."

"Agora ele a carrega no bolso o tempo todo. Ele a guarda." Inez falou com seriedade.

Ray poderia ter sorrido, mas não sorriu.

"As pessoas carregam crucifixos. Mas não são o crucifixo de verdade."

"Hum. Entendo sua tese."

"Antonio", Ray começou em um tom mais alegre, "eu o vi na rua um dia desses. Ele disse que vocês todos achavam que Coleman tinha me matado. Falou como se tivessem discutido o assunto."

"Oh, nós não discutimos", disse Inez. "Mas tenho certeza de que eles suspeitaram, sim."

"Mas vocês não falaram para a polícia", disse ele.

"Não. Não tínhamos certeza suficiente."

"Mesmo quando Coleman lhe contou?", Ray perguntou.

"Não."

Ray supôs que Inez, como a maioria das pessoas, tinha um cérebro compartimentado. Ela amava Coleman, ou gostava dele, por isso o protegia. Os Smith-Peters eram "forasteiros", possíveis perigos, por isso ela se esforçaria para afastar suas suspeitas de Coleman. Ray sentiu isso, sem questionar mais Inez, e teria sido difícil colocar em palavras e talvez indelicado perguntar isso a uma mulher. As mulheres, supostamente, não tinham um sentido abstrato de justiça, Ray havia lido em algum lugar. Mas isso seria abstrato, já que ela o conhecia?

"Acho que você deveria contar à polícia que ele foi uma vez para Chioggia", Ray disse. "Ele pode ter ido de novo, porque tem amigos lá. Também vou procurá-lo, Inez. E agora preciso ir." Ray levantou-se. "Você deveria ficar aqui no hotel, para ter qualquer notícia assim que a polícia souber de algo. Até logo, Inez."

Ela pareceu surpresa com a despedida.

"Onde você está ficando na Giudecca? Preciso saber onde posso encontrá-lo."

Ray lhe disse o número e a rua, mas avisou que a casa não tinha telefone. Inez pareceu desapontada, perdida.

Ray começou a dizer que lhe telefonaria mais tarde, então se perguntou por que deveria fazer isso.

"A polícia sabe onde estou. Até logo, Inez."

Ray afastou-se do Canal Grande caminhando para o centro da cidade, para o teatro La Fenice. Dali, cinco ruas estreitas levavam em várias direções. Ray procurava Coleman. Ele tinha uma sensação opressiva de que procurá-lo, uma pessoa procurando a pé, era um absurdo em Veneza. Esse pequeno início de labirinto em que se encontrava, no La Fenice, se duplicava duzentas, trezentas vezes por toda a cidade. E atrás da parede de qualquer casa, realmente de qualquer casa pela qual ele passasse — exceto talvez a Ca' Rezzonica ou a Ca' d'Oro —, Coleman podia estar escondido. Ou nos fundos de centenas de bares, *trattorie* ou nos quartos de uma centena de pequenos hotéis. Ray caminhou, sem encontrar Coleman, mas sentindo-se muito visível com sua cabeça enfaixada. Ele ziguezagueou e caminhou até sentir-se cansado, então se dirigiu a um *vaporetto*, e por acaso a parada era a da Ca' d'Oro. Profético, ele pensou, da total improbabilidade de que encontrasse Coleman, porque ele certamente não estava na Ca' d'Oro. Mas só por desencargo, Ray comprou um ingresso para o museu, entrou e percorreu todas as salas procurando Coleman. Ele não estava.

Quando saiu da Ca' d'Oro estava mais escuro e frio. Ray lembrou que não tinha almoçado, mas não sentia fome. Ele andou até o cais do *vaporetto*.

E se tivesse matado Coleman? Se Coleman tivesse sido arrastado para o mar por algum canal e simplesmente não estivesse mais na cidade? Enquanto esperava o barco, Ray olhou para o céu azul e púrpura sobre os telhados de Veneza, sobre o antigo perfil da cidade com a ocasional protuberância de uma cúpula de igreja com sua cruz. E se Coleman nunca mais visse aquela paisagem, e ele, Ray Garrett, fosse o responsável por isso? Ray sentiu-se subitamente desanimado, culpado, intocável. Ele estremeceu, em parte por causa do frio e em parte pelo que estava pensando ou tentando imaginar, que era ele mesmo dando um golpe, ou vários golpes, que havia posto fim à vida de alguém. Haveria ele dado mais de um golpe com aquela pedra? Quando tentava lembrar, Ray era tão vago sobre isso quanto sobre se Coleman estava se mexendo, ou consciente, quando o deixou.

Uma luz estava acesa na cozinha e na sala do *signore* Ciardi quando Ray voltou, mas ele usou silenciosamente a escada de pedra externa, que levava para o hall no primeiro andar. Em seu quarto, onde ficou feliz ao ver que Giustina tinha acendido o fogo, Ray deitou-se na cama, puxou o casaco sobre o corpo e dormiu como alguém exausto. Teve dois sonhos perturbadores. Num deles, Ray encontrava um bebê cujo dono não podia localizar em lugar nenhum, mas ninguém parecia se importar de ele ficar com a criança. Esse sonho o acordou. Eram cinco e meia. Ray lavou o rosto com água fria e desceu para falar com o *signore* Ciardi. Ray lembrou que não tinha comprado o jornal vespertino e que talvez houvesse algo sobre ele ou Coleman nos jornais esta noite.

O *signore* Ciardi estava na cozinha com Giustina, e tinha um jornal sobre a mesa à sua frente. Ele se levantou de um salto.

"Ah, *signore* Wilson!... Ou *signore* Garrett? Não é o senhor?" Seu sorriso era desconfiado, mas amistoso.

Ray olhou para a fotografia.

"Sim", disse. Ele leu a notícia curta sob a foto. Nada dizia sobre o paradeiro de Coleman.

"Então não foi uma queda na outra noite. Foi uma briga, não é? Com um homem que é seu sogro, o *signore* 'Coliman'."

Ray olhou para Giustina, que o observava com um fascínio boquiaberto, mas sem alarme.

"É verdade, *signore* Ciardi."

"E agora o *signore* Coleman está desaparecido."

Ray sorriu. O ambiente era muito diferente da delegacia ou com os Smith-Peters.

"Acho que ele se levantou e foi embora. E se escondeu", disse Ray. "Eu lhe dei um golpe naquela noite também." Ray ilustrou com um gesto. "Ele estava me seguindo com uma pedra e me atingiu primeiro." Como tudo parecia simples em seu italiano simples!

"Ah, *capisco*. E por que não disse isso na terça-feira à noite?"

"Eu... bem, eu não queria que vocês soubessem que eu conhecia o *signore* 'Coliman'", Ray respondeu, pronunciando automaticamente o nome em italiano. "Estava tentando evitá-lo."

Ciardi franziu a testa pensativamente.

"Foi a filha dele, então... que se matou. Sua esposa."

"Sim."

"Há pouco tempo?"

"Há cerca de um mês", Ray respondeu.

"Sirva vinho para o senhor, Giustina, por favor", disse o *signore* Ciardi.

Giustina correu para atendê-lo.

Ray queria dar um telefonema antes das seis.

"Não posso demorar muito", ele disse, olhando para o relógio.

"Mas tome um copo! Então, falou com a polícia hoje?"

"Eu lhes contei quem sou", disse Ray. "Já tinha escondido por bastante tempo... a mim mesmo e minha dor. E lhe agradeço, *signore* Ciardi, por ser um amigo tão bom. Assim como Luigi." Ele fez esse pequeno discurso com evidente franqueza.

O *signore* Ciardi pegou a mão de Ray e a afagou.

"Eu gosto do senhor, *signore* Garrett. É um cavalheiro." Ele entregou o vinho a Ray e apontou para o jornal. "Se Luigi viu isso, estará aqui esta noite. Desde que a mulher dele não o tranque em casa para dormir. Mas ela não faria isso. Não conseguiria."

Ray agradeceu a Giustina com um gesto de cabeça antes de beber. O vinho era bom.

"*Signore* Ciardi, se o senhor quiser posso ir para um hotel agora, com meu passaporte. Se não quiser, posso ficar mais um dia ou dois." Havia certa vantagem em não haver telefone na casa do *signore* Ciardi. Uma certa calma que não teria no hotel.

Ciardi abriu as mãos em protesto.

"De modo algum, eu não quero. É claro que quero que o senhor fique. Mas agora devemos chamá-lo de *signore* Garrett, certo? O senhor é um negociante de arte?"

"Pretendo abrir uma casa de exposições em Nova York. *Signore* Ciardi, preciso sair para dar um telefonema..."

"Ah, sim. Lamento não ter telefone", disse Ciardi, que provavelmente não lamentava, já que havia sempre garotos da vizinhança para levar recados.

"Eu não", disse Ray, sorrindo. "Voltarei em cinco minutos."

Ray saiu sem o casaco. Queria ligar para Elisabetta. O café onde ela trabalhava chamava-se Bar Dino, e ele esperava que constasse no catálogo. Ray o encontrou depois de procurar um pouco, e então já faltavam três minutos para as seis.

Um homem atendeu e mandou chamar Elisabetta.

"Aqui é Filippo", Ray falou em italiano, esperando algum tipo de reação como ela desligar, ou dizer educadamente que estava farta de histórias malucas no jornal e não queria mais vê-lo.

Mas ela respondeu em tom calmo:

"Ah, Filippo! Como vai?"

"Muito bem, obrigado. Estava pensando se poderia vê-la esta noite. Talvez depois do jantar? Eu ficarei muito feliz se você estiver livre para jantar."

"Não posso sair para jantar esta noite", ela respondeu. "Talvez depois."

"Às oito e meia? Nove?"

Marcaram um encontro às nove.

Evidentemente Elisabetta não tinha visto o jornal, Ray pensou. Ele levaria um consigo à noite quando fosse encontrá-la, e se Elisabetta ainda não o tivesse visto ficaria surpresa. Afinal, havia certa verdade nas histórias que ele lhe contara.

A vitrine de um relojoeiro chamou a atenção de Ray quando ele voltava para casa. Um relógio elétrico para cozinha seria um bom presente para o *signore* Ciardi e Giustina, ele pensou. Giustina tinha se queixado mais de uma vez sobre o velho despertador na prateleira da cozinha, que atrasava, e que o *signore* Ciardi freqüentemente levava para outro cômodo da casa. Ray comprou um relógio cor de creme com mostrador preto e dourado por oito mil e trezentas liras. Foi agradável usar os cheques de viagem novamente, e Ray também lembrou que devia mandar dois cheques de cem dólares cada para seus amigos pintores em Nova York. Geralmente ele mandava cheques todo dia 15. Os pintores, um rapaz chamado Usher, no Village, e um velho que morava nos limites do Harlem preferiam receber mensalmente, em vez de uma soma inteira para todo o ano, pois os ajudava a economizar.

Ray ofereceu a caixa a Giustina quando entrou na cozinha.

"Um presente para a casa", disse.

Giustina ficou encantada com o relógio. O *signore* Ciardi o considerou "magnífico". Decidiram sobre um lugar na parede. Mas deviam esperar Guglielmo, um dos amigos de Ciardi que era carpinteiro, para instalá-lo, pois tinha de ser fixado adequadamente à parede.

"*Signore* Ciardi", disse Ray, "posso convidá-lo para jantar esta noite? Me daria um grande prazer."

"Ah...", Ciardi pensou, olhou para Giustina e então disse: "Sim, por que não? Com muito prazer. Aceito.

Giustina, sei que você tem costeletas de vitela, mas elas podem esperar. Ou coma duas você. Se me permite, *signore* Garrett, dar um jeito no rosto", ele acrescentou, indicando a barba de dois ou três dias. "Tome outro copo. Vou demorar só um instante. Giustina, se alguém chegar, volto um pouco depois das nove, talvez. Está bem, *signore* Garrett?"

Ray fez um gesto como se isso ou qualquer outra coisa estivesse bem para ele, e saiu para pegar seu casaco.

Ciardi aprontou-se rapidamente, vestindo uma camisa limpa e gravata.

"Uma coisa", disse Ray quando saíram. "Não vamos falar sobre problemas esta noite. Sobre a vida, talvez, mas nada de problemas."

O *signore* Ciardi pareceu concordar alegremente:

"E mais tarde vamos ver Luigi. Tenho certeza de que ele virá."

"Muito mais tarde. Tenho um encontro às nove com uma garota".

"Ah, sim? Está bem. Mais tarde, então."

Na atmosfera italiana daquela noite, tudo parecia possível para Ray.

19

Saindo de sua casa, Elisabetta engasgou ao ver a cabeça de Ray enfaixada.

"Não é tão grave quanto parece", disse Ray, que tinha preparado a frase antecipadamente.

Ela olhou à direita e à esquerda antes de fechar a porta e saiu. Caminharam rapidamente para a direita, na direção em que Elisabetta sempre havia seguido com Ray.

"Acabo de ver sua foto no jornal", ela disse. "Nesse minuto, depois do jantar. Não disse nada para meus pais, e eles não notaram a foto, ou não teriam me deixado sair com você. Nem na última vez, eu acho. Mas... uma briga com seu sogro!"

"Aonde estamos indo? Vamos a algum lugar lindo!", disse Ray.

"Lindo?", ela perguntou, como se nada em Veneza fosse bonito.

Ray sorriu.

"Talvez na *piazza*? O Quadri's?"

Elisabetta assentiu, também sorrindo.

"Está bem. A polícia não está à sua procura?"

Ele riu.

"Já fiz uma declaração completa à polícia esta manhã. Você leu no jornal. Eles sabem onde me encontrar. Na Giudecca."

"Ah, você está ficando na Giudecca?"

"Sim. E talvez possamos conversar sobre outras coisas esta noite." Ray tentou, perguntando-lhe como estava Alfonso, o rapaz do Bar Dino. Mas ela não queria falar sobre ele.

"É verdade que sua mulher se suicidou?", Elisabetta perguntou, sussurrando com uma espécie de admiração ou horror.

"Sim", Ray respondeu.

"E é verdade que seu sogro o atirou na laguna?"

"Sim. E é verdade que sou um comerciante de arte.

Ou pelo menos estou começando a ser. Como você vê, algumas das coisas que eu lhe disse são verdadeiras."

Elisabetta ficou em silêncio, mas Ray sentiu que ela acreditou.

"Mas... e isso é muito importante... não contei à polícia sobre a laguna. Você é uma das duas pessoas que sabem disso. Portanto, se por acaso tiver de falar com a polícia..." Ray se arrependeu imediatamente. "Não vai precisar. Não há motivo para isso. Mas não quero que conte a ninguém que meu sogro me empurrou na laguna."

"Por que não?"

"Porque ele é um homem muito nervoso, não consegue se controlar."

"Ele tentou matá-lo."

"Oh, sim."

"Ele está nervoso por causa da filha?"

Eles haviam chegado à praça.

"Exatamente. Mas não pude fazer nada sobre a filha dele... sobre o que ela fez. E, por favor, Elisabetta, não quero falar sobre isso esta noite. Eu quis encontrá-la porque com você não preciso pensar em nada disso. Posso apenas lembrar a manhã em que a vi pela primeira vez, e lembrar a maneira como você sorriu quando me mostrou o caminho para a casa da *signora* Calliuoli naquela tarde."

Isso agradou Elisabetta, e para Ray foi muito fácil dizer, porque era verdade.

Eles se sentaram no interior do Quadri's. Elisabetta não quis champanhe, então Ray sugeriu um *espresso*. Ele tomou um conhaque. E durante quase meia hora, especialmente graças a Elisabetta, conseguiram conversar agradavelmente sobre coisas sem importância. Elisabetta lhe perguntou em que tipo de casa estava ficando na Giudecca, e Ray conseguiu falar bastante sobre a casa, sobre Giustina e a estufa de ladrilhos vermelhos, sem mencionar o nome do *signore* Ciardi, e Elisabetta não teve curiosidade. Ela disse que seu café estava forte, e depois:

"Você é o homem mais estranho que já conheci."

"Eu? Sou extremamente comum. *Você* é a garota mais estranha que já conheci."

Ela riu, inclinando-se para trás na cadeira.

"Sei como minha vida é monótona!"

Isso não tornava sua companhia monótona, Ray pensou. Era o frescor, a generosidade de seu rosto que lhe agradavam tanto. E talvez ela fosse deliciosa na cama, ou talvez não. Era um pouco estranho sentir aquela alegria por estar com ela, e ao mesmo tempo pensar que realmente não importava se eles chegariam a fazer amor ou não, e que certamente ele jamais desejaria se casar com Elisabetta. Mas Ray estava feliz agora com ela, como se pretendesse lhe propor casamento ou como se ela tivesse dito sim. Ray queria que o prazer durasse um longo momento.

"A que horas você precisa voltar?"

"Está vendo?" Elisabetta sorriu para ele. "Ninguém no mundo me faz perguntas como essa. Onze, eu acho. Eu disse à minha mãe que ia ver minha amiga Natalie." Elisabetta riu alto.

O café estava realmente forte, Ray pensou.

"Você está em segurança, porque preciso ir para casa um pouco antes disso". Ray achou agradável dizer "casa", e também o fato de que o esperavam lá.

"Tem outro compromisso?", ela perguntou.

"Sim", disse Ray, ainda se deliciando com os olhos na garota, embora de vez em quando desviasse o olhar para a decoração ornamentada do antigo café, com seus bancos estofados, para que a veneziana Elisabetta tivesse um ambiente apropriado em sua memória.

Ela não quis outro café.

Caminharam lentamente de volta para a casa de Elisabetta, como se nenhum deles quisesse chegar. Ray pensou em lhe pedir para acompanhá-lo esta noite com o *signore* Ciardi e Luigi, se ele viesse, mas não era a hora avançada que tornava isso impossível, era que Ray não queria compartilhá-la com ninguém. Teria de explicar como a conhecera, ou ela poderia mencionar a *signora* Calliuoli. Era complicado demais. Ray queria Elisabetta como um pequeno retrato esmaltado que ele carregaria no bolso e não mostraria a ninguém. Ele tinha a sensação de que após essa noite não voltaria a vê-la, embora não houvesse motivo para pensar assim, se ele ficasse em Veneza mais dois ou três dias.

"Boa noite, Elisabetta", ele disse junto à porta.

Ela olhou para Ray com certa tristeza.

"Boa noite... Rayburn", disse, pronunciando "Raiburn", e lhe deu um beijo nos lábios, que ele mal teve tempo de retribuir, e virou-se para a porta.

Ray se afastou, olhou para trás para ver se ela havia entrado e viu a parte de trás de seu casaco desaparecendo, ouviu suavemente o ruído da porta se fechando. Não fora um beijo tão excitante quanto os outros dois, ele pensou, mas fora muito mais real. Pelo menos quem o recebeu foi Rayburn Garrett. Ela o havia chamado de

Filippo na última vez em que se encontraram. Ray caminhou lentamente, como havia feito com Elisabetta, em um transe agradável, sem se importar agora com as pessoas que olhavam para sua atadura. De repente lhe pareceu que o amor — o amor erótico e o romântico — não passava de uma forma, ou várias formas, de ego. Portanto, a coisa certa a fazer era dirigir o próprio ego para destinatários que não fossem pessoas, ou pessoas das quais não se esperasse nada. O amor podia ser puro, mas só se fosse altruísta.

Ele parou de andar por um instante e tentou pensar nisso com maior precisão. Era uma idéia da época da cavalaria.

Era importante que os objetos do amor fossem apenas destinatários, pensou novamente. O amor era uma coisa de dentro para fora, um presente do qual não se deveria esperar retorno. Stendhal poderia ter dito isso, Proust certamente, com outras palavras, um trecho de sabedoria que seus olhos teriam encontrado na leitura, mas que ele não havia aplicado a Peggy, Ray pensou. Não que tivesse surgido algo específico com Peggy em que isso se aplicasse, mas Ray pensou que teria sido mais sábio, e até onisciente, se apenas tivesse pensado nesse objeto-destinatário abstrato quando estivera com Peggy.

Ele continuou nesse transe beatífico enquanto caminhava para a casa do *signore* Ciardi.

Eram onze e dez quando chegou. Luigi não tinha chegado, mas o esperavam. E Ciardi tinha um recado para Ray que fora entregue por um oficial de polícia. Era um papel amarelo dobrado, com uma assinatura ilegível:

"Por favor, telefone para a delegacia: 759651."

Ele detestou ter de fazer isso naquele momento.

"Preciso telefonar para a polícia", Ray disse ao *signore* Ciardi.

Ray andou novamente até a cafeteria.

O capitão Dell'Isola não estava, e Ray foi transferido para outro homem.

"A *signora* Schneider está muito preocupada. Ela quer ter certeza de que o senhor continua onde disse que está. Está na casa de Ciardi?"

"Sim."

"Ela falou sobre um *signore* Antonio Santini. O senhor o conhece?"

"Sim", Ray respondeu com certa relutância.

"Ela conversou com ele", a voz disse enigmaticamente. "A *signora* Schneider está preocupada que o senhor tenha feito mal a seu amigo, o *signore* Coleman." A voz deu essa informação de modo tão impessoal quanto se fosse um boletim do tempo. "Ela queria que verificássemos onde o senhor está. Isso é tudo, *signore* Garrett, obrigado."

Ray desligou depois do policial. Agora Antonio estava entrando em cena? Isso era má notícia. Inez poderia estar simplesmente "preocupada". Mas parecia que Antonio não havia feito nada para acalmá-la. Ray caminhou de volta para a casa do *signore* Ciardi desejando não ter feito feito a ligação. Tentou pensar em Elisabetta, como havia feito depois de deixá-la, mas a magia desaparecera.

"*Rai-burn!*", gritou uma voz atrás dele. "Alô. Oh..."

Era Luigi, que vinha correndo para ele.

"Olá, Luigi!", Ray respondeu. "Como vai?"

"Vi sua bandagem a um quilômetro de distância", disse Luigi, tocando o ombro de Ray. "Como está se sentindo?"

"Muito bem, obrigado. Espero que o médico tire essa atadura amanhã. Ou pelo menos coloque uma menor. As pessoas olham para mim como se eu fosse Lázaro!", disse Ray, com repentino bom humor. "Como Lázaro saindo da tumba..."

Luigi gargalhou amistosamente. Ele tirou de baixo do braço uma garrafa embrulhada em jornal.

"Um bom Valpolicella para nós."

Eles tocaram o sino na casa do *signore* Ciardi, ou melhor, Luigi tocou, apesar de Ray ter a chave. Giustina os fez entrar.

"Ei, espero que você tenha dado ao Coleman um bom...", disse Luigi quando atravessavam o pátio.

Ray ficou contente por Luigi ter aceitado facilmente a história, o fato, a contra-história, o contrafato.

"Eu dei. Ele ficou quase inconsciente."

"Ótimo. Onde ele está?", Luigi perguntou, como se Ray devesse saber.

"Não sei. Escondido em algum lugar."

Na cozinha, tudo foi alegria e comemoração durante cinco ou dez minutos. O bebê da filha de Luigi deveria chegar em uma semana. Eles precisavam brindar antecipadamente. Mas Luigi não havia terminado de interrogar Ray. Como a briga havia começado? Por que Coleman o odiava tanto? Luigi manifestou sua simpatia a Ray pelo suicídio de sua jovem esposa, fez o sinal da cruz e proferiu um desejo, ou uma oração, para que a Virgem Maria a perdoasse e sua alma descansasse em paz. Onde fora a briga, exatamente? Qual era o tamanho de Coleman? Ele estava louco?

Com um olhar cauteloso para Ciardi, que escutava atentamente como se a história fosse nova para ele, Luigi perguntou:

"E na noite em que nos encontramos, você não esteve com Coleman?"

Ray balançou lentamente a cabeça para Luigi, com uma expressão que, ele esperava, demonstrava que não queria falar sobre isso.

"Estive com amigos", disse Ray, e deu um gole de seu copo.

"Amigos", disse Luigi com um sorriso, e seu corpo curto se dobrou subitamente pela cintura, como fazia mil vezes por dia remando, e ele pegou seu maço de cigarros Nazionale de cima da velha mesa de madeira. Seus dedos pareceram enormes, tirando um cigarro do maço verde. Sua cabeça arredondada e as feições grossas lembravam as irregularidades de um nó de madeira. Mas seus olhos piscaram calorosamente para Ray, e ele lembrou que aquele homem tinha salvado sua vida. Ray havia pedido a Luigi para não contar a ninguém a história da laguna, e de certa forma até lhe pagara para isso. Ray tinha lhe dado quinze mil liras dos cheques que Luigi trocara para ele. Mas Ray sabia que Luigi não guardaria a história por muito tempo, talvez nem até o fim dessa noite, depois de mais alguns copos. Mas qual seria o objetivo de manter segredo agora?

"Por que você queria se esconder, caro *Rai-burn*?", perguntou Luigi por trás de uma nuvem de fumaça.

"Eu precisava ficar só. Esquecer quem eu era. E quase consegui."

"Não estava com medo de Coleman?"

Ray percebeu que Luigi estava convencido de que Coleman o havia empurrado de um barco na laguna. E, na verdade, por que Luigi não deveria pensar isso?

"Eu não estava com medo dele", Ray respondeu.

O *signore* Ciardi, novamente vestido com seu confortável pulôver, observava Ray enquanto ele falava. Luigi parecia intrigado, mas o que talvez fosse um sentido de cortesia ou de respeito pela privacidade de Ray o impediu de dizer qualquer outra coisa.

"A vida é uma confusão, não é, Paolo?"

O *signore* Ciardi ignorou isso, que já devia ter escutado de Luigi muitas vezes. Ele levantou o dedo para Ray.

"A polícia. O que eles queriam?" Uma resistência automática à polícia e um vigor de fortaleza surgiram em sua expressão grave.

"Apenas queriam saber se eu voltei para cá", disse Ray.

Luigi bebia seu Valpolicella com prazer.

"Diga, *Rai-burn*, você não deu um... muito forte no *signore* Coleman, deu?"

Novamente a palavra que Ray não conhecia.

"Certamente não o matei", disse Ray, sorrindo. Ele olhou para o *signore* Ciardi então, e viu em suas sobrancelhas erguidas, em seus dentes que mordiam o lábio inferior, uma certa dúvida sobre isso, mas de nenhum modo pressentiu inimizade em relação a Ray. "Mas é claro que a polícia pode pensar isso enquanto ele não for encontrado. Amanhã irei para Chioggia procurá-lo."

"Chioggia?", perguntou Luigi.

Ray explicou o motivo: Coleman havia ido lá certa vez para pescar.

"Quem é a senhora, amiga de Coleman?", Luigi perguntou. De sua blusa preta ele tirou um jornal dobrado e procurou a notícia.

"Inez", disse Ray. "Inez Schneider."

"Você a conhece?"

"Ligeiramente." Ray desejou que eles mudassem de assunto. Acreditava que não poderiam compreender totalmente; com seus temperamentos diferentes, teriam feito as coisas de outro modo. E também sentia que, como não falava muito, eles achavam que estivesse escondendo algo. E estava, é claro. A história da laguna. Ray conversava. Luigi o estudava, sorrindo um pouco, e Ray olhou para o outro lado. Se Luigi contasse a história e o *signore* Ciardi a ouvisse, logo poderia chegar à polícia. A polícia provavelmente faria uma visita ao *signore* Ciardi, e talvez já tivesse feito esta tarde.

"*Signore* Ciardi, espero que a polícia não o tenha importunado hoje, com o recado para mim. Fizeram alguma pergunta?"

"Não, não. Foi só um policial. Ele me perguntou se eu era o *signore* Ciardi e se você estava hospedado aqui." Ciardi encolheu os ombros e sorriu. "Beba, *signore* Garrett! Sente-se."

Ray sentou-se constrangido numa cadeira junto à mesa. Estava pensando que Inez devia ter escutado de Coleman a história da laguna de forma totalmente diferente da realidade, já que Coleman lhe havia contado que o matara. É claro que Inez jamais contaria isso à polícia. Ray de repente pensou que Coleman provavelmente teria contado isso a Inez depois que viu Ray na entrada do Harry's Bar. Era bem de Coleman gabar-se de uma coisa que não era verdade. Havia nisso uma espécie de humor selvagem típico de Coleman. Ray deu um leve sorriso.

"Agora melhorou. Ele sorri", disse Luigi, observando-o. "Diga, Rai-burn, por que está protegendo o *signore* Coleman?" Luigi olhava para ele com uma curiosidade intensa, com a cabeça inclinada para o lado. "Você disse que vai para Chioggia amanhã, para procurá-lo. Deveria encontrá-lo e matá-lo!", ele terminou com uma risada.

"Oh, não, não. É muito perigoso. Você pensa que aqui é a Sicília?", disse o *signore* Ciardi, tornando a conversa ainda mais engraçada para Ray, porque Ciardi levava Luigi a sério.

"Você tem razão, Luigi. Por que o estou protegendo? Você contou ao *signore* Ciardi sobre a noite em que me encontrou na laguna?"

"Ah, não, *signore*. Você me pediu para manter isso em segredo!" Luigi pôs a mão no peito com emoção. "Queria que eu contasse a ele?"

"Agora não me importo que conte", disse Ray. "Só não quero que a polícia saiba. Agradeço-lhe por não ter contado a ninguém até agora, Luigi."

Seu agradecimento passou despercebido a Luigi, que se preparava para um esplêndido esforço dramático. Ele narrou a história rapidamente em italiano, com gestos, em seu dialeto que o *signore* Ciardi compreendia perfeitamente, mas Ray só captava em parte.

Ciardi assentiu, riu, ficou sério, ansioso, depois resmungou e balançou a cabeça incrédulo, conforme a história de Luigi avançava.

"Então, três ou quatro noites atrás", Luigi continuou, e contou a visita noturna de Ray a sua casa na Giudecca. "Que milagre! Vê-lo de repente aparecer diante de mim novamente... em minha casa! Ele ficou conosco naquela noite... O bebê de minha filha estava chegando... Mandamos um mensageiro para você, caro Paolo..."

Luigi conseguiu falar por mais dois ou três minutos.

O *signore* Ciardi estava adequadamente boquiaberto, com uma atenção incrédula.

"E agora este homem", Luigi resumiu, estendendo um braço na direção de Ray, "é perseguido pelo mesmo Coleman. Você estava sozinho com ele na laguna naquela noite?", ele perguntou a Ray.

"Sim. Em uma lancha", disse Ray.

"Está vendo? E agora este homem...", mais um gesto largo do braço, "defende o homem que por duas vezes tentou matá-lo! Por quê? Só porque ele é seu sogro?", Luigi perguntou a Ray.

Ray pensou no tiro em Roma, também, mas não ia mencionar isso.

"Não, não. Ele está nervoso porque sua filha se matou. Parece um louco", disse Ray, sentindo que era inútil, mas achou que devia isso a Luigi e ao *signore* Ciardi, explicar o melhor que pudesse. "Eu mesmo estava arrasado pela morte de minha mulher. Talvez uma dor excessiva para que pudesse sentir ódio de Coleman. Sim, talvez fosse isso." Ele ficou olhando para a madeira gasta da mesa enquanto falava, então olhou para cima. Era fácil dizer isso em italiano, palavras simples que não soavam emocionais ou falsas, apenas como uma simples verdade. Mas sua platéia não compreendia totalmente. "De qualquer modo, tudo está esclarecido agora, tudo explicado..." De repente seu italiano falhou. "Sinto muito. Não estou falando claramente."

"Não, não, não", o *signore* Ciardi o tranqüilizou, dando um tapinha na mesa ao lado do braço de Ray. "Eu o entendo."

"Vou ajudá-lo a procurar o *signore* Coleman amanhã", disse Luigi.

Ray sorriu.

"Obrigado, Luigi, mas você tem seu trabalho."

Luigi se aproximou, estendendo a mão direita quadrada, mas não para cumprimentá-lo.

"Somos amigos, não? Se você tem um serviço, eu o ajudo. A que hora você quer ir amanhã?"

Ray viu que não adiantaria tentar dissuadi-lo. E talvez não fosse tanto porque Luigi era dedicado a ele, mas porque o serviço o fascinava.

"Às nove? Dez?"

"Nove horas. Passe na minha casa. Fica no caminho. Eu sei de um barco."

"Que barco?", Ray perguntou.

"Não importa. É de um amigo." Luigi sorriu para Paolo. "Nós, venezianos, precisamos nos ajudar, hein, Paolo? Quer ir também?"

"Estou gordo demais. Ando muito devagar", disse o *signore* Ciardi.

"Você tem uma foto de Coleman? Não", Luigi disse para Ray, registrando antecipadamente sua decepção.

"Posso conseguir uma. Estava no jornal dois dias atrás. Também posso descrevê-lo para você. Ele tem cinqüenta e dois anos, é um pouco mais alto que você e mais pesado, quase careca..."

20

Na sexta-feira, 26 de novembro, Coleman acordou amassado em sua cama em forma de concha. A cama era ainda pior do que a da casa de Mario e Filomena: o colchão parecia estofado com palha amassada que não oferecia a menor resistência. Seu lábio inferior estava inchado por causa do corte no interior da boca, e Coleman esperou que não precisasse lancetá-lo. Puxou o lábio para baixo e olhou no espelho. Havia um corte vermelho-vivo, mas sem sinal de infecção.

Eram nove e vinte. Coleman imaginou que a família devia estar acordada há horas. Decidiu se vestir e sair em busca de um jornal e um *capuccino*. Estava a caminho da porta quando encontrou a *signora* Di Rienzo vindo em sua direção com uma bandeja com o desjejum, na qual ele viu, além de café e leite, alguns pedaços de pão, mas nada de geléia ou manteiga. É claro que ele teve de ficar e comer, sentado a uma mesa redonda coberta por um quadrado de renda. Esse era um exemplo da estranheza geral que ele encontrava na casa dos Di Rienzo. Seu quarto era frio, e ninguém lhe ofereceu um meio de aquecê-lo, porque, Coleman supunha, acreditava-se que as pessoas usariam os quartos apenas para dormir. A sala de estar também estava fria, embora houvesse nela um aquecedor elétrico portátil — que Coleman também não teve coragem de ligar. Na noite anterior, quando ele quis usar o banheiro (onde ficava o toalete), alguém estava no banho. Havia uma empregada gorda que parecia ter dezesseis anos, e Coleman pensou que os Di Rienzo a usavam de graça ou a empregavam por bondade, porque ela era mentalmente retardada. Quando Coleman lhe dizia alguma coisa, ela apenas ria.

Não havia nada nos jornais matinais sobre ele ou Ray. Coleman se perguntou o que Ray estaria fazendo agora, onde estaria. Os jornais não haviam dito onde ele estava hospedado. Coleman ficou pensando se a polícia deixaria Ray partir de Veneza, caso ele quisesse, ou o deteria sob suspeita de assassinato. Mais uma vez, Coleman desejou que alguém escrevesse à polícia sobre ter visto um homem sendo jogado num canal na noite de terça-feira. Então pensou que talvez Ray estivesse procurando por ele pessoalmente. E se Inez tivesse mencionado à polícia que certa vez ele fora pescar em Chioggia, a polícia poderia aparecer. Ou Ray.

Caminhando pelas ruas enquanto pensava nisso, Coleman olhou rapidamente ao redor na pequena praça em que estava e franziu o cenho, preocupado. O fato de não ter aparecido nada no jornal, como se a polícia continuasse a procurá-lo, fez Coleman sentir que o procurariam em Chioggia e tentariam surpreendê-lo. Quanto Ray teria contado?, Coleman se perguntou. Ele não havia considerado antes que Ray poderia ter contado que fora jogado na laguna, ou sobre o tiro em Roma, mas talvez tivesse.

Mestre, Coleman pensou, Mestre, no continente. Esse era o lugar para onde devia ir. Coleman dirigiu-se a uma barbearia, mas pensou que era melhor economizar tudo o que pudesse, e que poderia encontrar os utensílios de barba do *signore* Di Rienzo no banheiro e utilizá-los. Coleman voltou para a casa 43, número que havia anotado ao sair, e apertou a campainha. Decidiu que seria aconselhável passar o dia inteiro em casa. Talvez os Di Rienzo tivessem alguns livros.

Coleman conseguiu se barbear e estava deitado na cama lendo — havia reunido coragem e perguntara à *signora* Di Rienzo se poderia colocar um aquecedor elétrico em seu quarto, se lhe pagasse um pouco mais — quando, às onze e meia da manhã, a casa começou a se encher de crianças barulhentas, pelo menos dez, Coleman pensou. Ele entreabriu a porta e olhou para fora. A *signora* Di Rienzo trazia tabuleiros com doces para a mesa da sala de jantar, e três crianças gritavam e corriam ao seu redor. A campainha tocou forte e demoradamente, e Coleman teve certeza de que outras crianças estavam chegando.

Um tanto irritado, ele saiu do quarto e caminhou em direção ao banheiro, sabendo que encontraria a *signora* Di Rienzo ou a empregada gorda atendendo a porta. Encontrou a empregada gorda e perguntou:

"O que está acontecendo? Uma festa infantil?"

A garota cobriu a boca e o queixo redondo com uma mão estúpida e explodiu em risos, dobrando o corpo.

Coleman procurou ao redor a *signora* Di Rienzo e a viu sair da cozinha, desta vez carregando um grande bolo branco com cobertura turquesa.

"*Buon giorno*", Coleman disse em tom agradável, pela segunda vez naquele dia. "Uma festa de aniversário?"

"*Sì!*", ela respondeu animadamente. "O filhinho da minha filha faz três anos." Ela falou muito claramente para que Coleman entendesse. "Vamos dar uma festa hoje para vinte e duas crianças. Ainda não chegaram todas", ela acrescentou, como se achasse que Coleman estaria ansioso por isso.

Coleman assentiu.

"Muito bem. Ótimo", ele disse, e resolveu sair da casa assim que possível. Não que não gostasse de crianças, mas não se conteve e perguntou à senhora quanto tempo ficariam. "Vou sair para almoçar", ele disse, e a *signora* Di Rienzo, que havia se virado para voltar à cozinha, reconheceu isso com um gesto de cabeça.

Coleman saiu e sentou-se em um café, onde bebeu um *espresso* e uma taça de vinho branco e tentou pensar em como conseguir algum dinheiro. Também se perguntou se ousaria escrever uma carta à polícia. Achou que deveria tentar. Escreveria agora, a enviaria de Chioggia e depois iria para Mestre. Coleman pediu um pedaço de papel ao barman, um papel barato com pequenos quadrados azuis, perfeito. Poderia comprar um envelope na tabacaria. Tinha sua caneta esferográfica. Sentou-se à mesa e escreveu em italiano:

26 de novembro de 19...

Senhores,

Na noite de terça-feira, 23 de novembro, perto da Ponte de Rialto, vi dois homens lutando. Um deles ficou caído no chão. O outro o empurrou para um canal. Desculpem, mas tive medo de contar antes.

Respeitosamente,
Cidadão de Veneza

Tinha o primitivismo certo, Coleman pensou, e alguns erros de ortografia ou gramática, ele tinha certeza.

Coleman levantou-se. Olhou novamente para a mesa para ver se não tinha esquecido nada e percebeu que, sob a luz em que a mesa se encontrava, o que ele havia escrito era visível na superfície de fórmica vermelha. Mas, enquanto olhava, um rapaz recolheu a xícara e a taça de Coleman e limpou a mesa com um pano úmido.

Ele não enviou a carta. Comprou um envelope, mas perdeu a coragem. Rasgou a carta. Ela deveria vir de Veneza, para começar. Seus erros na carta eram erros americanos, e não italianos, ele temeu. Era melhor não arriscar.

Coleman não quis ir ao restaurante onde trabalhava o jovem Di Rienzo, pois não queria conversar com ele. Supôs que o rapaz teria dormido até tarde esta manhã, pois não o vira na casa, e provavelmente agora estaria trabalhando. Coleman percebeu que não tinha qualquer posse na casa dos Di Rienzo e poderia simplesmente não voltar, exceto que não lhes havia pago as quinhentas liras pela noite. Bem, poderia mais tarde colocar o dinheiro em sua caixa de cartas. Não precisaria vê-los novamente. Era uma boa sensação. Então ele sentiu um choque quando pensou em seus blocos de desenho, seus esboços, a caixa de bons pastéis, suas tintas e pincéis cuidadosamente escolhidos em Roma e Veneza e que havia deixado no Gritti Palace... Mas certamente Inez cuidaria deles, não os abandonaria se fosse embora. Ele percebeu que não se importava que Inez partisse para a França, nem mesmo que não a encontrasse novamente, mas aqueles cinco ou seis desenhos eram bons, e poderia fazer pelo menos três telas a partir deles. Coleman pensou em telefonar para Inez, perguntar o que pretendia fazer, pedir-lhe para guardar seus desenhos, mas poderia confiar que não contaria à polícia que ele tinha telefonado, se ele lhe pedisse? Coleman não tinha certeza. Além disso, Inez não saberia fingir tão bem que ele tinha desaparecido, se soubesse que estava vivo.

Coleman tentou imaginar Inez acreditando que ele estivesse morto. Comeria o mesmo desjejum no Gritti, tiraria as meias da mesma maneira, parada sobre um dos pés e descascando-as do avesso? Sua boca se curvaria um pouco mais para baixo nos cantos, e seu olhar ficaria perplexo ou triste? E seus amigos em Roma, Dick Purcell, Neddy e Clifford, ficariam circunspectos por um minuto, balançariam a cabeça, se perguntariam que gesto de respeito ou humanidade prestar, e acabariam sem saber o que fazer, já que não conheciam ninguém de sua família? Coleman olhou para o céu de um lindo azul-acinzentado, mais azul que cinza, e tentou imaginar como seria não vê-lo, e, sem conseguir, tentou imaginar não vê-lo depois desse instante. *Minha vida está acabada, cinqüenta e dois anos. Não é tão pouco tempo, já que muitas pessoas maravilhosas como Mozart e Modigliani tiveram menos.* Coleman tentou imaginar sua perda de consciência, não como algo fora do mundo ou do espaço, mas como uma cessação de identidade, de trabalho e de ação. Por um segundo congelante, Coleman imaginou sua própria carne como carne morta perambulando, indo para o enterro, apodrecendo. Isso se aproximava mais da verdade do que ele desejava saber, mas a experiência se dissipou assim que ele se deu conta dela. Nesse exato momento, estava livre de amarras de qualquer tipo. Essa era a essência mecânica, mas não a filosófica. Um esbarrão de alguém atrás dele, um adolescente apressado que murmurou *"scusi"*, fez Coleman perceber que havia estado parado na rua, imóvel. Ele andou.

Coleman pediu informações sobre o barco e o trem para Mestre, depois almoçou frutos do mar em uma *trattoria*. Em um pedaço de guardanapo de papel, escreveu "muito obrigado" e embrulhou com ele uma nota de quinhentas liras. Depositou-a às duas e meia da tarde na caixa de cartas de latão polido dos Di Rienzo. Caminhava em direção ao cais para pegar um barco para o continente, quando avistou Ray Garrett, com um italiano mais baixo. Eles andavam na direção de Coleman, mas estavam a certa distância, e não fosse pela atadura de Ray, Coleman pensou, não o teria localizado. Coleman deslizou imediatamente para uma rua estreita à sua direita.

Mas Coleman não tinha pressa. A raiva começou a crescer dentro dele, e depois de dar cinco passos lentos pela pequena rua, ele se virou. A aba de seu casaco, derrubou uma laranja da banca diante de uma mercearia e Coleman se abaixou e colocou-a de volta no lugar. Ele viu Ray e o outro homem passarem pela entrada da rua, e os seguiu. Pelo menos, disse a si mesmo, poderia ver se eles deixariam Chioggia aquela tarde ou aquela noite. Se partissem, provavelmente não voltariam, Coleman pensou, portanto Chioggia seria um lugar seguro por mais alguns dias.

Mas pensamentos racionais como esses se dissipavam diante da raiva e do ódio que cresciam em Coleman. Era curioso, ele pensou, porque desde que chegara a Chioggia não sentira ódio de Ray, como se sua luta tivesse desgastado uma certa paixão. Mas a visão de Ray trouxe tudo de volta. Coleman estivera consciente nos últimos dois dias até mesmo sobre uma vaga reconciliação com Ray, que ele jamais pretendera admitir para qualquer pessoa. Agora essa espécie de equilíbrio havia desaparecido e Coleman sabia que ia ferver, que ficaria tão furioso quanto jamais estivera se continuasse olhando para Ray. Ele sentiu a echarpe dobrada em seu bolso, os dedos tremendo de nervosismo, apertando a seda convulsivamente, soltando-a de novo. Desejou que tivesse uma arma agora, a arma que jogara fora naquela noite em Roma, porque pensava ter atingido Ray. Coleman amaldiçoou sua má sorte naquela noite. Ele acompanhou Ray e o outro homem lentamente, porque não andavam muito depressa, mas era difícil para Coleman porque ele desejava se aproximar cada vez mais de Ray.

Ray e o outro homem se separaram em um cruzamento, e Ray fez um gesto circular enquanto falava com o italiano. Coleman observava apenas Ray. Ele olhou em volta, mas Coleman estava a uma boa distância e havia dez ou doze pessoas entre eles na pequena rua. Ray virou à esquerda e Coleman o seguiu, dando alguns passos rápidos no início, porque Ray tinha saído de seu campo de visão. Coleman pensou que ele mesmo poderia desaparecer completamente, para sempre, sem mesmo recuperar seus quadros em Roma — simplesmente esconder-se e fazer Ray viver o tempo todo à sombra da suspeita — mas Coleman percebeu que não apenas não suportaria deixar seus quadros, como queria continuar pintando em qualquer lugar, quem quer que ele fosse; e o que o mundo fazia com pessoas suspeitas de assassinato, de qualquer modo? Não muita coisa, ao que parecia. Matar Ray era a única possibilidade, sua única satisfação real. No instante em que ele pensou isso, avistou um pedaço de cano de ferro num canto entre a rua e a fachada de uma casa, e o apanhou. Tinha cerca de sessenta centímetros. À sua frente, agora, a cabeça de Ray balançava conforme ele caminhava.

As pessoas olhavam para Coleman e se afastavam um pouco. Coleman carregava o cano apontado para baixo, e tentava parecer relaxado. Mas, meu Deus, ele jurou em uma agonia de repressão, usaria esse cano à luz do dia, à vista de todos, e dentro de apenas alguns minutos.

Ray virou à direita.

Coleman aproximou-se da viela com muita cautela, pensando que Ray poderia dar meia-volta e sair novamente, mas Coleman viu que ele continuava avançando. Coleman teve uma percepção amarga mas corajosa de que sua própria vida poderia terminar logo depois da de Ray, se a multidão o atacasse, mas esse fato não era nada ameaçador, e na verdade o inspirou. Sua mão direita segurou o cano com mais firmeza, com o polegar prendendo os outros dedos.

Ray virou à direita novamente, e quando Coleman o seguiu, viu, contrariado, que Ray e seu amigo italiano haviam se encontrado. *Que diabo*, Coleman pensou, avançando lentamente. Ray e o italiano estavam parados agora.

"Tonio! Não esqueça o pão!", a voz de uma mulher gritou muito perto de Coleman, de uma janela no primeiro andar, mas ele não olhou naquela direção.

Outra mulher se esquivou apavorada do caminho de Coleman.

"Ei, o que está fazendo?", perguntou um homem em italiano.

Coleman mantinha o olhar fixo na nuca de Ray.

Então Ray virou-se e imediatamente o viu. Estavam a apenas dois metros de distância.

Coleman levantou o cano. As pessoas se afastaram. Os braços de Ray estavam abertos e ele se abaixou um pouco. Alguma coisa pareceu deter os braços de Coleman no ar, algo que o paralisou. Ele pensou: "São as malditas pessoas em volta, as pessoas olhando". Um homem empurrou os dois braços de Coleman para cima — era o pequeno italiano que acompanhava Ray — e, como o corpo de Coleman estava rígido, o golpe o desequilibrou e o empurrou para o lado, duro, para o chão. Alguém tentou arrancar o cano de suas mãos, mas não conseguiu porque as mãos de Coleman pareciam soldadas nele. Coleman sentiu uma dor no cotovelo esquerdo.

"Quem é ele?"

"Qual é o problema?"

"Você o conhece?"

"Polícia!"

Uma pequena multidão se reuniu, todos falando e olhando.

"Ed, largue isso!" Era a voz de Ray.

Coleman se esforçava para não desmaiar. Na queda também tinha batido a cabeça. A dor em seu cotovelo era horrível, e ele tinha a sensação de que não estava respirando, ou não conseguia respirar. Ele inspirou com um ruído forte, seu nariz cheio do que ele pensou ser sangue. Ray estava puxando o cano de suas mãos, mas teve de desistir porque Coleman se recusava a soltar. Então Coleman foi levantado por Ray e um policial. O policial arrancou o cano em um instante — quando Coleman o segurava apenas com uma das mãos.

"Edward Coleman", Ray estava dizendo ao policial.

Eles começaram a andar. Algumas pessoas os seguiram.

"Ele podia tê-lo matado *de novo*", disse o italiano que acompanhava Ray, olhando para Coleman atrás deles.

Estavam em uma delegacia de polícia. Coleman hesitava em olhar para Ray. O casaco de Coleman tinha sido retirado — eles haviam gritado para que o tirasse, mas ele os ignorou — e, vendo-o escorregar por seus braços, Coleman resistiu porque a echarpe estava no bolso. A manga do paletó estava encharcada de sangue, do cotovelo para baixo.

"Quero meu casaco!", Coleman bradou em italiano, e ele lhe foi devolvido. Coleman o prendeu embaixo do braço direito.

Eles levantaram seu braço esquerdo, e Coleman percebeu que estava inerte. O paletó saiu em seguida. Eles o colocaram sentado numa cadeira e lhe disseram que um médico já ia chegar. Fizeram-lhe perguntas sobre seu nome, local de residência, idade.

Ray e seu amigo italiano estavam juntos à esquerda de Coleman, o italiano olhando para ele, o olhar de Ray tocando-o de vez em quando e desviando-se.

Então Ray murmurou algo com urgência para o italiano, algo negativo, Ray pressionando a mão para baixo no ar, várias vezes. O italiano franziu a testa e assentiu.

Eles foram para Veneza em uma lancha da polícia, Ray e Coleman, o amigo italiano e três policiais. Atracaram na Piazzale Roma e se dirigiram ao escritório do capitão Dell'Isola. O detetive Zordyi estava lá. O nariz de Coleman tinha parado de sangrar, mas ele podia sentir algo pegajoso no lábio superior, e o lenço que usava estava empapado. Dell'Isola lhe perguntou sobre a luta na terça-feira à noite.

"Ele me atingiu com uma pedra e tentou me empurrar para um canal", disse Coleman. "Felizmente para mim, surgiu um homem e ele", apontando para Ray, "teve de parar. Me deixou inconsciente."

"Mas não foi o senhor quem começou a briga?", Dell'Isola perguntou educadamente. "O *signore* Garrett disse que o senhor o seguiu com uma pedra na mão."

Coleman respirava pela boca.

"Não sei muito bem quem começou. Nos encontramos... e começamos a lutar."

"Por que, senhor?", perguntou Dell'Isola.

"Por que é assunto meu", disse Coleman, depois de uma breve hesitação.

Dell'Isola olhou para Ray e para Zordyi, e depois novamente para Coleman.

"A pedra, senhor. O senhor encontrou a pedra, não foi?"

"E deu o primeiro golpe?", Zordyi disse em inglês, e repetiu em italiano para Dell'Isola.

O interrogatório irritava Coleman. Ele sentia uma confusão de emoções — insulto, abuso, injustiça, tédio também. Os outros o estavam enfraquecendo fisicamente com todo aquele falatório. Seu braço o torturava, embora o médico na delegacia de Chioggia tivesse lhe dado um comprimido, supostamente contra a dor.

"Não vou admitir nada sobre a pedra", Coleman disse ao oficial.

"Nem sobre o cano de ferro em Chioggia?", Zordyi perguntou em inglês.

Com a mão direita, Coleman vasculhou o bolso do casaco, ainda segurando-o com o cotovelo direito, até encontrar a echarpe, mas o casaco escorregou e ele ficou segurando apenas a echarpe. Isso o embaraçou de início, então ele a agitou diante de Ray com a mão fechada.

"Juro por isto que estou dizendo a verdade!", Coleman disse em inglês. "A echarpe de minha filha."

Zordyi riu.

"Essa echarpe não é dela. Madame Schneider me falou sobre a echarpe."

"E o que ela sabe sobre isso?", perguntou Coleman.

"Ela sabe por Ray... que a comprou aqui", disse Zordyi.

"Vocês estão mentindo!", disse Coleman. "Todos vocês!" E Coleman viu que Ray pareceu hesitar ao ouvir isso.

Ray andou na direção de Coleman com uma expressão ansiosa no rosto, como se fosse confessar alguma coisa.

"Tente se acalmar, Ed. Você precisa de um médico. *Un dottore, per piacere, signore capitano*", Ray disse para Dell'Isola.

"Sim, está bem, *subito*. Franco, chame o médico", o capitão disse a um oficial.

Enquanto Dell'Isola falava, Coleman juntou saliva e cuspiu no rosto de Ray, atingindo sua face direita.

Ray começou a levantar a mão para limpar, mas então procurou um lenço.

Seu amigo italiano, que tinha visto tudo, gritou para Coleman algo que ele não pôde entender. Ray virou-se para o outro lado, covarde que era. Mas a força de Coleman subitamente cedeu e ele permitiu que o levassem para uma cadeira, em vez de cair no chão. Todos pareciam estar falando agora. O grupo se dissolvia. Ray e seu amigo falavam com o escrivão, que anotava o que diziam. Zordyi pairava. Um médico chegou e Coleman foi para outra sala com ele e Zordyi. A camisa de Coleman foi retirada.

Houve murmúrios de "fratura". Dois policiais ficaram observando.

"Conte-me o que realmente aconteceu naquela noite no Lido", Zordyi pediu a Coleman, inclinando-se para ele com as mãos nos joelhos.

Coleman tinha consciência de Zordyi apenas como uma presença vaga e fisicamente grande que o desacreditava, que era um inimigo. Coleman não o encarou. O amigo de Ray poderia ser um gondoleiro que tivesse salvo Ray, e talvez Ray tivesse contado isso a Zordyi. Coleman disse em italiano para um policial próximo:

"Telefone para minha amiga madame Inez Schneider, por favor, no Hotel Gritti Palace. Quero falar com ela."

21

Por volta das onze horas da manhã seguinte, Ray tinha apanhado sua mala na Pensione Seguso, no cais Zattere, e pagado sua conta, que foi calculada como três dias em meia pensão. Eles ficaram muito agradecidos e não fizeram perguntas, e Ray adicionou duas mil liras de gorjeta para a camareira. Não havia correspondência para ele, já que não tinha dito a ninguém para lhe escrever neste endereço.

Mas a jovem na recepção olhou para Ray com certa surpresa e perguntou:

"O senhor foi ferido?"

"É só um corte", disse Ray. Eles falavam em inglês. "Sinto muito pelos problemas que causei. Muito obrigado por sua paciência."

"Não há de quê. Esperamos vê-lo novamente."

Ray sorriu. Isso fora realmente gentil.

"Quer um carregador?"

"Não, obrigado. Darei um jeito." Ele saiu carregando a mala, que estava bastante pesada.

Saiu para o terraço da pensão, passou pela casa de Ruskin e seguiu para o cais Zattere... mas na verdade essa era a direção errada. Ray tinha marcado um encontro com Inez ao meio-dia no Florian's. Deveria levar a mala para a Giudecca e voltar? Ray decidiu carregá-la consigo. Atravessou a ilha e pegou um *vaporetto* na Accademia. Com a mala que continha seus bens mundanos, ou parte deles, Ray teve a terrível sensação de deixar alguma coisa para sempre quando o barco partiu do píer da

Accademia. Inez havia mandado um recado que o alcançara exatamente quando ele deixava a casa do *signore* Ciardi naquela manhã. Pedia que lhe telefonasse, e Ray o fez. Ela disse que Coleman tinha ido ao Gritti Palace naquela manhã cedo — depois de sofrer uma operação no cotovelo na noite anterior — para apanhar suas coisas. Ray supôs, embora Inez não tivesse dito, que Coleman não quis vê-la novamente. Mas Inez queria ver Ray, que estava deixando Veneza naquela tarde. Ray desceu na parada de San Marco e caminhou em direção à *piazza*, fazendo uma pausa de vez em quando para olhar vitrines, pois estava adiantado. O Bar Dino não ficava longe; poderia passar por lá e tomar um café, mas realmente não teve vontade. E talvez Elisabetta não trabalhasse aos sábados. Mas era agradável imaginá-la, nesta manhã, atrás do balcão como de costume, sorrindo para as pessoas, conversando com os clientes antigos. Também era agradável pensar nela em casa, talvez lavando o cabelo, cuidando dos pés, lavando um suéter, ou tendo uma leve discussão com sua mãe ou seu pai sobre a vida entediante em Veneza. E ele achou agradável pensar nela casando-se dali a um ano.

A extensão de San Marco produziu novamente o vasto "ah" em seus ouvidos, fazendo-o por alguns segundos sentir-se diminuto, e então de alguma forma renovou suas energias. Ray olhou para trás, procurando Inez, que viria daquela direção se viesse do Gritti, mas ela não estava à vista. Um pombo que não tinha um pé, mas que ciscava entre os demais mancando sobre seu cotoco como um velho marinheiro, fez Ray sorrir. Ele o procuraria na próxima vez em que viesse a Veneza, pensou.

Não estava tão adiantado, afinal; eram dez para o meio-dia, e assim que Ray chegou ao Florian's e olhou na direção do Gritti viu Inez na *piazza*. Seu passo estava um pouco mais lento, mas sua cabeça continuava erguida. Ele se adiantou para encontrá-la.

"Olá, Ray, olá!", ela disse, apertando a mão que ele estendeu. "Meu Deus, que manhã!"

"O que há de tão ruim? Vamos beber alguma coisa. Um Cinzano? Champanhe?"

"Um chocolate quente. Preciso me reconfortar."

Eles se sentaram a uma mesa no interior.

"Você também vai embora?", Inez perguntou.

"Acabo de pegar minha mala na Seguso. Demorei um bocado para fazer isso", disse Ray. Ele fez os pedidos a um garçom.

"O que aconteceu ontem? Acho que Edward não está me contando a verdade."

Isso era muito provável, Ray pensou.

"Ele me perseguiu com um pedaço de cano."

"De quê?"

"Cano. Um cano de água." Ele fez um círculo com os dedos para mostrar o tamanho. "Mas não me atingiu. Luigi, um italiano com quem eu estava, o empurrou, e foi assim que ele caiu e feriu o cotovelo."

"E isso foi em Chioggia?"

"Sim. Ele deve ter passado algumas noites lá."

"Ele disse que você o estava procurando para lhe fazer mal."

"Ah, bem...", Ray suspirou. "Eu o estava procurando para provar que ele estava vivo. É muito simples."

"Ele é um louco", Inez disse intensamente. "Absolutamente perturbado. Sobre o assunto de você com a filha dele."

Ray lembrou que Inez havia dito isso em sua primeira conversa.

"O que aconteceu esta manhã?", Ray perguntou.

Inez encolheu os ombros devagar, mas com intensidade.

"Ele simplesmente chegou, sem mesmo telefonar. Mas eu soube que estava no hospital ontem à noite e tentei ligar para lá, mas o lugar parecia um hospício e foi impossível. Por isso esta manhã ele disse que vinha pegar suas coisas. E foi o que fez. Então ele apenas disse adeus."

Havia lágrimas em seus olhos, mas Ray achou que não eram suficientes para rolar.

"A polícia não vai detê-lo, então? Espero que não..."

"Não sei. Ele disse que ia para Roma, mas acho que me diria isso mesmo que não fosse."

"Você soube alguma coisa de Zordyi?"

"Sim, ele me ligou depois que Edward saiu. Ele disse... bem, ele acha que Edward é culpado de tudo. Afinal, ele disse, primeiro uma pedra, depois um cano." Inez olhou para o espaço com o olhar vazio. "Ele não acredita que Edward não tenha feito nada a você na noite do Lido."

Então Coleman não havia cedido. Ray sentiu um ligeiro alívio por isso, mas sem saber por quê. Então subitamente entendeu: ele não estava mais na defensiva ou irritado com Coleman, e podia sentir pena dele, e até simpatia. Ray achava também que Coleman nunca mais tentaria nada contra ele. Coleman havia dado tudo de si na última tentativa. Ray podia imaginar a teimosia de Coleman, como granito, sob o interrogatório de

Zordyi, e havia algo admirável nisso. Coleman tinha convicção, mesmo que fosse uma convicção louca. Ray esperava que ele mesmo não tivesse de sofrer mais interrogatórios de Zordyi ou da polícia italiana, que novamente havia lhe pedido para telefonar.

"Zordyi disse que vai embora?"

"Sim, acho que hoje. Ele disse que Coleman poderá receber uma multa. Acredito que isso não significa prisão."

Ray viu nos olhos de Inez que ela esperava que ele não fosse preso.

"Acredito que não. Você sabe, não estou prestando queixa contra Edward."

"Você é mesmo muito bondoso, Ray."

Ray sentiu que ela estava tentando sentir mais emoção do que realmente sentia naquela hora.

"E os Smith-Peters? Ainda estão aqui?"

"Sim, mas vão embora esta tarde. Acho que eles nem quiseram ver Edward. Você sabe, agora têm medo dele."

Isso divertiu Ray, mas ele não sorriu.

"O que eles disseram?"

"Bem, depois que lhes contei sobre o cano... eu não tinha certeza do que era, até que você explicou... Houve testemunhas disso, não?"

"Sim."

"Eles disseram: 'É horrível. Ele não fez alguma coisa contra Ray na noite do Lido?'. E eu lhes disse: 'Não, porque Ray disse que não'. Eles estavam pensando em alguma coisa como uma injeção ou algo para fazê-lo dormir ou perder a memória."

"Mesmo?", Ray inclinou a cabeça para trás e riu. "E você? Vai ver Edward de novo?"

"Acho que não. Ele é um homem independente, na verdade."

"Um pintor muito interessante", Ray disse educadamente, e sentiu que a conversa estava no fim. Ele olhou em volta para o interior do Florian's, como tinha olhado o Quadri's quando Elisabetta estava sentada à sua frente. Ray se lembraria dessa cena com Inez. O sentimento dela por Coleman não era forte, não o suficiente para mudar sua vida. Coleman havia sido apenas um amante especialmente difícil, ou fosse como ela quisesse chamá-lo. Toda a paixão parecia ser de Coleman. Ray teve um súbito senso desesperado de inutilidade e quis sair, deixando Inez a seu destino, e lutar com o seu próprio. Inez propôs que se fossem.

"Você deveria ter mais confiança em si mesmo", Inez disse na *piazza*. "Encontre outra garota e se case."

Ray não teve resposta.

Ela apertou sua mão em despedida.

"Adeus, Ray."

"Adeus."

Ele a observou caminhar para a saída da praça para San Moisè. Ray ia na mesma direção, e depois de um instante, apanhou sua mala e caminhou, porém mais devagar que Inez.

Ray pegou o barco que o levou à Giudecca.

O *signore* Ciardi tinha um telegrama para ele. Ray o leu na cozinha.

PARTO ÀS SEIS DA TARDE PARA NOVA YORK. COLEMAN LIVRE. NÃO ENTENDO LEI ITALIANA OU TALVEZ VOCÊ. BOA SORTE. ZORDYI.

Ray sorriu quando guardou o telegrama no bolso.

"Nada de ruim? Ótimo!", disse o *signore* Ciardi.

Ray tinha dito a Ciardi que provavelmente partiria hoje. Precisava conseguir uma passagem de avião. O italiano insistiu para que ele tomasse um copo de vinho e depois almoçasse — Giustina tinha feito lasanha —, mas Ray recusou. Ele respondeu de forma mecânica às perguntas do *signore* Ciardi sobre as ações da polícia, sem realmente vê-lo, ou a cozinha, ou Giustina, mas sentindo que os via profundamente, em sua essência, sua bondade, sua... Ray esforçou-se para definir melhor suas idéias, e só conseguiu pensar na capacidade deles de perdoar. Eles o haviam recebido, ele lhes causara problemas, mas aceitavam ser seus amigos. Ray saiu da cozinha, desconcertado por suas emoções. Subiu ao quarto e com prazer vestiu outro terno, apesar de amassado. Arrumou sua mala nova e tornou a descer, consciente das duas escovas de dentes que agora estavam na mala maior, a antiga verde e a nova azul. Elas o perturbavam por estar juntas, e Ray desejou que tivesse jogado fora a antiga. Deixou as malas na cozinha e disse ao *signore* Ciardi que precisava dar um telefonema e que voltaria em alguns minutos.

"Depois há os pontos", ele acrescentou, lembrando de repente.

"Sim, hoje!", exclamou o *signore* Ciardi. "Mandarei um recado para o doutor Rispoli imediatamente."

Ray agradeceu. À maneira italiana, isso seria feito, ele sabia. O médico chegaria, talvez um pouco mais tarde do que havia prometido, mas viria e tiraria os pontos, e ele também pegaria qualquer avião para o qual conseguisse passagem. Na cafeteria, Ray fez a primeira ligação para a Alitalia e reservou uma passagem no vôo que sairia às dez e quarenta e cinco da noite para Paris; depois combinou que pagaria ao dono do bar e mandou um telegrama ao Hotel Pont Royal reservando um quarto. Então ligou para a polícia.

Conseguiu falar com Dell'Isola, que disse:

"Não precisamos mais vê-lo, se o senhor não quiser..." Uma longa frase que Ray entendeu como "fazer acusações contra o senhor Coleman".

Ray disse, como já havia dito na véspera, que não queria.

"Então vamos apenas multá-lo por perturbar a ordem pública", disse Dell'Isola.

Disturbatore della quiete pubblica. A frase tinha uma considerável dignidade, Ray pensou.

"Muito bem, *signore capitano*."

De volta à casa de Ciardi, Ray comeu um pouco de lasanha, afinal. O novo relógio elétrico reluzia na parede. Giustina olhava para ele a cada cinco minutos. Ray disse ao *signore* Ciardi que pegaria um vôo noturno, mas precisava chegar cedo para comprar a passagem.

"Luigi", disse o *signore* Ciardi, "está trabalhando esta tarde. Coisa rara. Ele disse que gostaria de se despedir do senhor. Talvez chegue em casa às seis. Devo perguntar?" Ele estava pronto para enviar uma mensagem pela rua.

Isso poderia continuar para sempre, Ray pensou, mas assim mesmo ficou contente porque Luigi queria vê-lo mais uma vez. Luigi provavelmente estaria contando a história da laguna a vários gondoleiros. Com o tempo, Ray imaginou, ela seria ampliada e exagerada até que superasse as mais temíveis histórias de dragões de Luigi.

"Obrigado. Não é preciso, *signore* Ciardi. Escreverei para ele, prometo. Isto é, se o senhor tiver seu endereço, porque eu não tenho."

Ciardi também não sabia o número. Pelo menos Ray tinha o endereço de Ciardi — e agora pensou que isso era suficiente no bairro, de qualquer modo —, então disse que escreveria para a casa de Ciardi e este prometeu que mandaria entregar a carta.

"Preciso ter notícias do bebê da filha dele", disse Ray, e o *signore* Ciardi riu.

O médico chegou por volta das quatro, e os pontos foram removidos. Era um pouco prematuro, disse o médico, mas não houve sangramento. Ray tinha uma grande falha onde seu couro cabeludo fora raspado, que ele escondeu o melhor que pôde, penteando o cabelo por cima.

Às seis horas o *signore* Ciardi e um menino que Ray nunca tinha visto, que carregou uma de suas malas, foram até o Fondamento San Biagio, onde Ray tomou um barco para o continente. O *signore* Ciardi o teria acompanhado, mas Ray o dissuadiu. Com um pouco de incentivo ele o teria acompanhado até Paris, Ray pensou, e de lá teria mandado buscar Luigi.

"*Arrivederci*", disse Ray. Eles se beijaram três vezes. "*Addio, signore Ciardi.*"

"*Addio, addio, Rai-burn!*"

O barco ganhou velocidade. As luzes de Veneza piscavam, subindo e descendo com o avanço do barco pela água varrida pelo vento. Ray imaginou, à luz bruxuleante do píer de San Biagio, o *signore* Ciardi e o menino, embora seus olhos não pudessem enxergá-los, acenando com sua amizade para ele.

Copyright© 2005 A Girafa Editora Ltda.
Copyright© 1993 by Diogenes Verlag AG Zürich
Primeira edição em 1967
Todos os direitos reservados

Título original: *Those who walk away*

Não é permitida a reprodução desta obra, integral ou parcialmente, sem a autorização expressa da editora e do autor.

Produção editorial: Fabiana Werneck Barcinski e Beatriz Antunes
Tradução: Luiz Roberto Mendes Gonçalves
Revisão: Fernanda Spineli
Projeto gráfico e diagramação: designeditorial.com
Capa: Cibele Cipola | designeditorial.com
Foto de capa: ©David H. Wells/Photonica

Dados Internacionais de Catalogação na Publicação (CIP)
(Câmara Brasileira do Livro, SP, Brasil)

Highsmith, Patricia
Os fugitivos / Patricia Highsmith ; tradução de Luiz Roberto Mendes Gonçalves. São Paulo: A Girafa Editora, 2005.

Título original: Those who walk away.

ISBN 85-89876-82-9

1. Ficção norte-americana 2. Ficção policial e de mistério (Literatura norte-americana)
I. Título.

05-5163   CDD-813.0872

Índices para catálogo sistemático:
1. Ficção policial e de mistério: Literatura norte-americana 813.0872

Os direitos para publicação desta obra em
língua portuguesa estão reservados por
A GIRAFA EDITORA LTDA.
Av. Angélica, 2503, cj. 125
01227-200 – São Paulo – SP
Tel: [55 11] 3258-8878
Fax: [55 11] 3259-2172
www.agirafa.com.br

Tipologia: E Antiqua
Impresso pela Geo-gráfica e editora Ltda.
Papel pólen 70g